Cliff Allister

KAMPF UM SOL

Die Hegemonie von Krayt – Band 2

1. Auflage 2021 –

Impressum:

Cliff Allister: Kampf um Sol
Die Hegemonie von Krayt – Band 1

ISBN: 9798742706168

SpaceTime Publishing Ltd.
Rodiou Street, Villa 7
Skalia Mountain View
8540 Tsada
Republic of Cyprus

mail@spacetime-publishing.ltd

Korrektorat/Lektorat: Birgit Böckli

Coverdesign: Thomas Budach

Vom gleichen Autor:

Erbe des Imperiums – Markan Saga 1 (2014)
Die Rebellen des Imperiums – Markan Saga 2 (2015)
Kampf um das Imperium – Markan Saga 3 (2016)
Das neue Imperium – Markan Saga 4 (2016)
Todfreunde – Ein Gregory A. Duncan Fall (2015)
Sezession – Ein Gregory A. Duncan Fall (2017)
Der Leviathan – Ek'Thal-Zyklus Band 1 (2015)
Bewahrer der Zeit – Ek'Thal-Zyklus Band 2 (2015)
Der Rekrut – Multiversum Zyklus 1 (2016)
Mission Triangulum – Multiversum Zyklus 2 (2016)
Hüter des Universums – Multiversum Zyklus 3 (2017)
Der Verrat Gottes – Multiversum Zyklus 3.5 (Novelle/2017)
Die perfekte Waffe – Multiversum Zyklus 3.6 (Novelle/2018)
Die Exodus Sphäre – Multiversum Zyklus 4 (2017)
Megaversum – Multiversum Zyklus 5 (2018)
Im Vortex der Zeit – Multiversum Zyklus 6 (2018)
Krieg der Clans (2017)
Im Dienst der Garde – Mercenary Chronicles 1 (2018)
Planet der Gesetzlosen – Mercenary Chronicles 2 (2018)
Schatten der Vergangenheit – Mercenary Chronicles 3 (2019)
Helium-3: Kampf um die Zukunft (mit Brandon Q. Morris/2019)
Helium-3: Tod aus der Vergangenheit (mit Brandon Q. Morris/2020)
Das System – Die kalten Sonnen 1 (2019)
Die Waffe – Die kalten Sonnen 2 (2019)
Der Krieg – Die kalten Sonnen (2020)
Gefangener der Zeit – Timehunter Trilogie (Novelle/2020)
Das Dallas Paradox – Timehunter Trilogie (Novelle/2020)
Nukleares Gambit – Timehunter Trilogie (Novelle/2020)
Verloren in der Zeit – Timehunter Sammelband (2020)
Der Fund – Die Hegemonie von Krayt 1 (2020)

Über den Autor:

Cliff Allister ist das Pseudonym eines deutschen Schriftstellers, der seit vielen Jahren im Ausland lebt. Nach Stationen in Afrika, der Karibik und Ägypten lebt er seit 2017 mit seiner Frau und mehreren Katzen in der Nähe von Paphos im griechisch-sprachigen Teil der Insel Zypern, wo er neben dem Schreiben seine Zeit mit Motorradfahren, Tauchen, Lesen und Planungen für den nächsten oder übernächsten Roman verbringt. Und auch gerne mit Reisen, sobald dies wieder möglich sein sollte…

Schon in jungen Jahren begeisterte er sich für das Science-Fiction-Genre, ausgelöst durch die unvergessene TV-Serie *Raumpatrouille* Mitte der Sechziger. Cliff Allister begann 2014 mit dem Schreiben von Science-Fiction-Romanen und gehört inzwischen zu den erfolgreichsten deutschen Autoren dieses Genres.

Der gemeinsam mit *Brandon Q. Morris* verfasste Roman *'HELIUM 3 – Kampf um die Zukunft'* wurde in einer deutsch-landweiten Leserabstimmung mit dem *SKOUTZ-Award* als bester Science-Fiction-Roman des Jahres 2019 ausgezeichnet.

Cliff Allister

Kampf um Sol

Die Hegemonie von Krayt – Band 2

**Dann ist es Zeit zum Kampf, wenn es so steht,
dass ohne Kampf der Tod sicher,
mit Kampf nur das Leben in Gefahr ist.**

*Altindische Sprüche
ca. 3500 v. Chr. - 500 n. Chr.*

– 2094 –

06. Februar 2094: im Sol System namenloser Asteroid im Kuipergürtel

Mondträger zweiter Klasse Rekat Terzin fluchte zum dritten Mal innerhalb ebenso vieler Minuten. Der Zelkaner und seine fünf Bordkameraden befanden sich nunmehr seit bereits fast einem sechstel Umlauf des dritten Planeten dieses Systems auf diesem trostlosen Geröllhaufen inmitten des Asteroidenringes rund um das System, welchen die Bewohner dieses Planeten 'Kuipergürtel' nannten, wie Terzin aus aufgefangenen Funksprüchen hatte in Erfahrung bringen können.

Das kleine Beiboot war von der Spähereinheit *Wacher Blick* auf diesem annähernd sphärischen, mehrere Hundert Schiffslängen durchmessenden Felsbrocken abgesetzt worden, der rund vierzigmal so weit von dem Zentralgestirn des Systems entfernt war wie der zu beobachtende Planet. Da der große Asteroid im Bezug auf diesen Planeten fast keine Rotation aufwies, konnte die 'Erde', wie die rückständigen Bewohner ihren Planeten seltsamerweise bezeichneten, ständig im Fokus der Hochleistungsteleskope und der empfindlichen Richtantennen des Schiffes liegen.

Warum eine Spezies ihren gesamten Heimatplaneten ausgerechnet nach der Mischung kohlenstoffbasierter organischer und silikonbasierter anorganischer Substanzen benannt hatte, welche den größten Teil der nicht von Wasser bedeckten Planetenkruste überzog, blieb Terzin ein Rätsel. Zelka – *die Herrliche* – war ein angemessener Name für die Heimat seines Volkes, stellte Mondträger zweiter

Klasse Rekat Terzin voller Stolz fest. Wenn ein Volk seinen heiligen Ursprungsplaneten nach dem Dreck unter den Füßen benannte, sprach dies ganz offensichtlich für die mangelnden intellektuellen und kreativen Fähigkeiten dieses Volkes und war ein erneuter Beweis für die Überlegenheit der Zelkaner über alle anderen Spezies.

Jeder Blick in den Kosmos bestätigt aufs Neue den gerechtfertigten Anspruch des Zelkanischen Imperiums auf Vorherrschaft und absolute Dominanz in diesem Raumsektor, überlegte Terzin selbstzufrieden.

Doch auch dieser Gedanke konnte ihn nicht darüber hinwegtrösten, dass der ihm und seinem Kameraden vom Planetenträger erster Klasse und Kapitän der *Wacher Blick* Udor Kublar erteilte Auftrag allmählich allen auf die Nerven zu gehen begann. Die beengten Verhältnisse an Bord des kleinen Beiboots ließen unausweichlich Spannungen zwischen ihnen entstehen, was Terzin vor der Aussicht erschaudern ließ, noch längere Zeit unter diesen Bedingungen ausharren zu müssen. Zelkaner stammten von Raubtieren ab und waren von Natur aus Einzelgänger und keine geselligen Individuen, doch nun waren sie gezwungen, jeweils zu zweit in einer winzigen Kabine zu hausen. Was für ein paar Tage mit größter Anstrengung zu tolerieren war, bedeutete hingegen über viele Wochen eine enorme psychische Belastung für jeden von ihnen und konnte im Lauf der Zeit zu hässlichen Szenen unter der Besatzung führen – bis hin zu Gewalttätigkeiten.

Glücklicherweise hatten sie den Terraner an Bord, an dem sie ihre stetig wachsenden Aggressionen abreagieren konnten. Rekat Terzin musste nur darauf achten, dass die Besatzung den Gefangenen nicht umbrachte, solange man nicht alle Informationen über seine Spezies und deren Fähigkeiten aus ihm herausgequetscht hatte, über die er verfügte, vor allem jene, die das Arrangement mit der *Hegemonie von Krayt* betrafen, deren Flotte sich gemeinsam mit einer Protektoratsstation in einem Orbit um diese 'Erde' befand. Hatte man das System offiziell in die Hegemonie aufgenommen oder handelte es sich um eine Invasion? Die Beantwortung dieser Frage war von entscheidender Bedeutung für das weitere Vorgehen des Zelkanischen Imperiums. Es machte einen Unterschied, ob man ein Mitglied der Hegemonie angriff oder sich lediglich um die Besitzansprüche auf ein besetztes System stritt.

Die genaue Beziehung zwischen den Terranern und der Hegemonie zu ergründen war die Hauptaufgabe des auf dem Asteroiden versteckt liegenden Beiboots der *Wacher Blick*. Sobald die zelkanische Flotte hier auftauchte, musste eine Entscheidung darüber getroffen werden, wie man strategisch und taktisch vorzugehen hatte, um sich in den Besitz des Schiffes der *Ersten* zu bringen. Die in der Zwischenzeit vor Ort gewonnenen Informationen konnten hierfür von großer Wichtigkeit sein.

Rekat Terzin wusste, dass Makar Grolt, der Bordingenieur, vor wenigen Minuten in den freigeräumten Lagerraum gegangen war, in dem sie den Terraner untergebracht hatten. Terzin beschloss nachzusehen, was Grolt dort trieb. Es kümmerte den Mondträger nicht, ob man dem Terraner auch noch die restlichen Zähne ausschlug, doch es war wichtig, ihn am Leben zu erhalten, bis man sicher sein konnte, alles

Wissenswerte aus ihm herausgeholt zu haben. Zudem würde Planetenträger Kublar nicht davon erbaut davon sein, bei seiner Rückkehr zusammen mit der glorreichen Flotte des Zelkanischen Imperiums nur noch einen toten Gefangenen vorzufinden.

Es war ein glücklicher, aber durchaus nicht unmöglicher Zufall gewesen, dass die *Wacher Blick* unmittelbar nach der Rückkehr in den Normalraum am Rand des Systems auf das antriebslos im Raum treibende Schiff der Terraner aufmerksam geworden war. Die Wahrscheinlichkeit, nur wenige Lichtsekunden von einem anderen Raumschiff entfernt aus dem Subraum zu kommen, war angesichts der Weite des Alls zwar extrem gering, aber nicht gleich null. Die Vakuumfluktuationen im Quantenschaum des Universums im Zusammenspiel mit hochkomplexen gravitativen Einflüssen der Himmelskörper des Zielsystems zeichneten bestimmte Punkte am Systemrand energetisch aus und wirkten auf den Subraum-Antrieb beinahe wie ein Magnet. Beim Zusammenbrechen des Hüllfeldes, das ein Schiff während des Fluges durch den Subraum umgab, wurden bestimmte Lokalitäten für die Rückkehr in den Normalraum energetisch bevorzugt. Zwar gab es recht viele solcher bevorzugten *Manifestationspunkte*, wie die Wissenschaftler diese Stellen im Raum getauft hatten, rings um ein Sonnensystem, doch wenn sich ein Raumschiff dem System zufällig auf dem gleichen Vektor näherte, auf dem ein anderes es zu verlassen trachtete, und beide am Systemrand aus dem Subraum kamen, war es nicht völlig ausgeschlossen, dass sie unweit voneinander in den Normalraum zurückfallen würden. Es war zwar ein Zufall, aber kein wirklich erstaunlicher!

In diesem Fall hatte der Zufall das offensichtlich schwer beschädigte Schiff der Terraner unweit der *Wacher Blick* im Raum treiben lassen, als das Späherschiff aus dem Subraum gekommen war. Das Schiff der Terraner war energetisch völlig tot gewesen und nur der Umstand, dass die *Wacher Blick* mit ihrem Massetaster im Umkreis mehrerer Lichtsekunden nach einem als Versteck für das Beiboot geeigneten Asteroiden Ausschau gehalten hatte, war für die Entdeckung verantwortlich gewesen.

Die vier Männer an Bord waren dem Tod näher als dem Leben gewesen, als ein Enterkommando mit einem Beiboot zu dem hilflos im All treibenden Schiff übergesetzt worden war. Nach dem Ausfall des Hauptmeilers und dem Verbrauch der Notenergiespeicher mussten sämtliche Lebenserhaltungssysteme schon vor etlichen Stunden ausgefallen sein. Die Temperatur an Bord hatte bereits unter dem Gefrierpunkt von Wasser gelegen und die Luft war nicht nur zum Schneiden dick gewesen, sondern hatte auch kaum noch genügend Sauerstoff enthalten, um ein Überleben zu ermöglichen. Die vier halb bewusstlosen Terraner hatten dem Enterkommando keinerlei Widerstand entgegensetzen können.

Was ihnen allerdings auch nicht möglich gewesen wäre, wenn sie im Vollbesitz ihrer Kräfte gewesen wären, überlegte Rekat Terzin amüsiert. *Die Technologie, die wir an Bord vorgefunden haben, war erschreckend primitiv. Es ist ein Wunder, dass sie es überhaupt bis an den Rand ihres Systems geschafft haben.*

Wie für die Zelkaner mit einem Blick festzustellen gewesen war, hatte es sich bei dem völlig zerstörten Subraum-Antrieb des kleinen Schiffes um einen

Nachbau des Aggregats der *Ersten* gehandelt, das in diesem System gefunden worden war. Natürlich ein Nachbau mit völlig unzureichenden Mitteln und ohne grundlegendes Verständnis der Subraumtheorie. Die primitive Spezies der Terraner hatte beim Versuch, die Technologie der *Ersten* zu kopieren, zwangsläufig katastrophal scheitern müssen. Wohin auch immer sie hatten fliegen wollen, ihr Subraum-Antrieb war bereits nach kurzer Zeit ausgefallen und hatte das Schiff hier am Rand des Systems stranden lassen.

Die Energiesignatur des Originals war eindeutig gewesen und natürlich auch auf Zelka aufgefangen worden. Der Erste Großrat hatte sofort ein Späherschiff in Bewegung gesetzt.

Natürlich war die Hegemonie zuerst hier gewesen, überlegte Mondträger Terzin. *Dieses System mit seinen primitiven Bewohnern liegt ja fast vor der Haustür von Kraytar-Prime.*

Doch ihm war klar, dass nicht nur die Hegemonie und das Imperium die eindeutigen Signale aufgefangen hatten und mit Sicherheit Interesse an dem Fund zeigen würden. Die kleineren Sternenreiche in diesem Teil der Galaxis würden es nicht wagen, sich mit den zwei tonangebenden Machtblöcken in diesem Spiralarm anzulegen, doch man konnte davon ausgehen, dass die Zentrumsmächte die Sache nicht auf sich beruhen lassen würden. Sie würden früher oder später ebenfalls hier erscheinen und die Herausgabe des Artefakts verlangen. Und es war ratsam, sich ihren Wünschen nicht zu widersetzen. Deshalb blieb nur wenig Zeit – bestenfalls ein paar terranische Jahre –, um die wissenschaftlichen Erkenntnisse aus dem Fund auszuwerten und in die eigene Technologie einfließen zu lassen. Auch dies war von den Zentrumsmächten zwar verboten worden, doch ein Erkenntnisgewinn ließ sich schlecht rückgängig machen und würde, wenn man ihn mit Bedacht allmählich in praktisch anwendbare Technologien umsetzte, die Zentrumsmächte zwar verärgern, sie jedoch wahrscheinlich nicht zu einer aggressiven Reaktion veranlassen.

Während dieser Überlegungen hatte Rekat Terzin den kleinen Frachtraum erreicht, in dem sie den Terraner gefangen hielten. Seine drei Mitgefangenen waren von Planetenträger Kubler an Bord des Späherschiffes mit zurück nach Zelka genommen worden, um sie dort einem Verhör durch Spezialisten für Xenopsychologie zu unterziehen. Es war nicht anzunehmen, dass die drei Terraner dieses Verhör überleben würden, und deshalb war es wichtig, den ihnen anvertrauten Mann zumindest so lange am Leben zu lassen, bis man sicher sein konnte, keine weiteren Informationen aus ihm herauspressen zu können.

Die Entscheidung hierüber lag jedoch weder bei Bordingenieur Grolt noch bei Mondträger Terzin. Selbst Planetenträger Kubler würde sich den diesbezüglichen Anweisungen eines Sonnenträgers oder gar eines Mitglieds des Konzils beugen müssen, wenn eine solche Anweisung nicht sogar vom *Ersten Konziliar* persönlich erfolgen würde.

Bis dahin musste Terzin dafür sorgen, dass der Terraner am Leben blieb.

Er öffnete das Schott zum Lagerraum. Der Terraner lag auf einer Pritsche. Seine Arme und Beine waren mit unzerstörbaren Kunststoffmanschetten an die Liege gefesselt. Der völlig nackte Körper war von Schnittwunden, Blutergüssen und getrocknetem Blut übersät. Von einem seiner Augen war nur noch eine leere Höhle zurückgeblieben und mehrere Finger an beiden Händen standen in unnatürlichen Winkeln ab. Sie schienen gebrochen zu sein, was entsetzlich schmerzen musste. Frisches Blut rann in dünnen Fäden an dem Körper des Gefangenen herab und tropfte auf den stählernen Boden des Frachtraums.

Der Mann wimmerte leise, das Lid über seinem noch intakten, linken Auge war geschlossen. Das rechte Auge war bereits beim ersten Verhör zerstört worden. Das andere hatte man ihm gelassen, da es erfahrungsgemäß effektiver war, wenn ein Gefangener beim Verhör sehen konnte, mit welchen Methoden und Instrumenten man ihm drohte.

Terzin staunte erneut darüber, wie ähnlich die Terraner den Angehörigen seines eigenen Volkes sahen. Der Körperbau – Arme, Beine, relative Rumpflänge und Kopfform – war fast identisch, nur waren sie mindestens zwei Köpfe größer als ein durchschnittlicher Zelkaner. Auch war ihre Haut nur an wenigen Stellen mit Fell bedeckt. Hauptsächlich auf dem Kopf, aber auch unter den Armen und zwischen den Beinen, wo sich bei den Terranern das Geschlechtsteil zu befinden schien. Am Rest des Körpers hatte der Gefangene nur einen leichten Flaum, wo sich bei einem Zelkaner ein dichtes, kurzes, dunkelrotes Fell befand. Terzin fand die Stelle für den Penis seltsam. Er musste beim Gehen schrecklich stören. Bei den männlichen Zelkanern befand sich das Geschlechtsorgan dort, wo der

Terraner eine kleine, runde Vertiefung in der Mitte der Bauchdecke aufwies.

Augen, Mund und Nase unterschieden sich nicht wesentlich, wenn auch die Nase des Mannes proportional deutlich größer als die eines Zelkaners war. Dieser Bereich des Gesichts war auch bei den Zelkanern frei von Haaren. Die kleinen Zähnchen hingegen, zumindest die nach den Verhören noch erhaltenen, waren mit den spitzen, kräftigen Reißzähnen im Gebiss eines Zelkaners nicht zu vergleichen.

In der Nase steckte ein Schlauch, durch den in regelmäßigen Abständen eine zähe Masse aus einem Spender floss, der über dem Gefangenen an der Decke angebracht worden war. Die Nahrungskonzentrate und das Wasser in dem grauen Schleim würden ihn zumindest eine Zeitlang am Leben erhalten. Die organischen Abfälle wurden ebenfalls durch Schläuche abgeleitet, die man in die entsprechenden Körperöffnungen eingeführt hatte. Sie verschwanden im Boden und wurden in der Recyclinganlage für organische Substanzen wiederaufbereitet.

Bordingenieur Grolt stand vor dem leise wimmernden Terraner und wischte sich die Hände an einem blutigen Tuch ab. Sie wurden dadurch nicht wesentlich sauberer.

»Es reicht, Grolt«, sagte Terzin.

Grolt fuhr herum. Er hatte den Kommandanten nicht kommen hören. Die Vorderseite seiner Uniform war blutverschmiert und in seinen Augen spiegelte sich ungehemmte Aggression wider.

»Jawohl, Mondträger! Ihr Befehl, mein Gehorsam!«, stieß er hervor und salutierte vorschriftsmäßig, was ihm offensichtlich schwerfiel, wie Terzin nicht entging. Grolts Atem ging stoßweise und seine Hände ballten sich unwillkürlich zu Fäusten.

»Der Gefangene muss am Leben erhalten werden, bis Planetenträger Kubler zurückkehrt. Vielleicht brauchen wir ihn dann noch«, sagte Terzin, in der Hoffnung, den Bordingenieur aus seinem offensichtlichen Blutrausch reißen zu können.

Es widerstrebte ihm zwar, sich länger mit Grolt zusammen in dem engen Raum aufzuhalten, doch als Kommandant oblag es ihm, für die Aufrechterhaltung der Disziplin an Bord zu sorgen.

»Ich verstehe, dass Sie das Bedürfnis verspüren, Ihre … hm … Anspannungen abzureagieren, doch dabei darf keine Grenze überschritten werden, ist das klar?«

»Jawohl, Kommandant!«, wiederholte der Bordingenieur. Terzin konnte erkennen, wie sich die geballten Fäuste entspannten.

»Gehen Sie und reinigen Sie sich«, befahl der Mondträger.

Makar Grolt salutierte erneut und verließ den Raum.

Terzin trat näher an den leise stöhnenden Terraner heran, der ab und an unkontrolliert zuckte und unverständliche Worte von sich gab. Der Mondträger machte sich nicht die Mühe, seinen Armbandkommunikator einzuschalten, der längst mit den Sprachen programmiert worden war, die auf der Erde am häufigsten gesprochen wurden. Terzin wusste, dass der Gefangene ein Idiom sprach, das als

'Englisch' bezeichnet wurde, doch es gab nichts, was er den Terraner hätte fragen wollen. Außerdem war es zweifelhaft, ob der Mann in seinem Zustand überhaupt in der Lage gewesen wäre, auf Fragen zu antworten.

Der Terraner öffnete langsam das noch intakte Auge und murmelte etwas, das zu leise und zu undeutlich war, als dass der Kommunikator es hätte übersetzen können.

Terzin glaubte, die Worte *'Demon'* und *'God'* zu vernehmen, die ihm beide nichts sagten. Vielleicht handelte es sich um Flüche oder um eine Verhöhnung seiner Peiniger. Zumindest hätte ein Zelkaner in einer solchen Situation genug Stolz besessen, um weder Angst noch Schmerz zu zeigen.

Terzin holte aus und hämmerte dem Mann seine rechte Faust mit aller Kraft auf den Unterleib. Der Terraner schrie auf, wobei ein Blutschwall aus seinem Mund schoss und Rekat Terzins Uniform besudelte.

Der Mondträger fluchte und schlug erneut zu. Diesmal zielte er auf die Stelle, an der ersten Untersuchungen zufolge ein zentrales Stoffwechsel-organ saß, das für lebenswichtige hormonelle Vorgänge im Körper des Terraners zuständig war. Der Gefangene gab ein kurzes Wimmern von sich, dann sackte sein Kopf zur Seite und das verbliebene Auge schloss sich wieder.

Da aus etlichen Wunden nach wie vor Blut floss, durfte Rekat Terzin annehmen, dass der Mann noch am Leben war.

Der Mondträger wandte sich ab und verließ den Frachtraum.

Ich kann nur hoffen, dass die Flotte bald ankommt, dachte er, während sich das Schott zischend hinter ihm schloss. *Sonst kann ich nicht dafür garantieren, dass ich dieses ekelhafte, minderwertige Geschöpf nicht eigenhändig umbringe.*

12. Februar 2094: im Erdorbit an Bord der Protektoratsstation

Joy rümpfte die Nase und sah erneut auf das kreditkartengroße Dokument aus Plastik, das sie in der Hand hielt. '*Joycelyn Bernard*' stand dort in der Namenszeile. Geburtsdatum: 12.02.2077 in London/États-Unis d'Europe. Darüber schwebte ein Hologramm ihres Kopfes, das alles andere als schmeichelhaft war. Sie stupste es mit einer Fingerspitze an und ließ es langsam rotieren.

Ihre weißblonden Haare lagen wie angeklebt am Kopf, auf der Nase war bei genauem Hinsehen der Ansatz eines Pickels zu erkennen und ihre Wangen sahen aus, als hätte sie Mumps. Oder mehrere Kilogramm Übergewicht.

»Du siehst hübsch aus«, erklang eine weibliche Stimme neben ihr.

Joy schnaubte verächtlich. »Ich sehe aus wie die Karikatur eines pickeligen, verfressenen Teenagers!«

Mireille Bernard lachte und legte Joy einen Arm um die Schultern, was diese zu ihrer eigenen Überraschung widerstandslos geschehen ließ. Joy empfand die liebevolle Geste nicht einmal als unangenehm.

Die beiden Frauen standen im Gang vor einem Schleusenraum in der gewaltigen Protektoratsstation, die in einem hohen Orbit um die Erde kreiste. Sie waren auf Einladung von Protektor Jarallor vor wenigen Minuten mit einem Shuttle der Hegemonie hier angekommen, das sie vom Gelände der SFN auf dem Flughafen in Bordeaux abgeholt hatte.

Der Protektor hatte sehr geheimnisvoll getan, als es um den Grund für die Einladung gegangen war. Man hatte ihnen nach der Ankunft auf der Station lediglich gesagt, dass sie hier warten sollten. Jemand würde kommen, um sie abzuholen.

»Wir können ja ein neues Holo aufnehmen und einspeisen«, sagte Joys frisch gebackene Adoptiv-mutter. Die Adoption war vor wenigen Tagen juristisch wirksam geworden und Joy musste sich erst noch daran gewöhnen, plötzlich eine Mutter und einen Vater zu haben. Auch wenn sie sich eher die Zunge abgebissen hätte, als Alex oder Mireille so zu nennen. Nicht etwa, dass die beiden dies verlangt hätten. Ganz im Gegenteil.

»Komm ja nicht auf die Idee, 'Dad' zu mir zu sagen«, hatte Alex gegrummelt, wobei seine Augen jedoch belustigt gefunkelt hatten. »Dann würde ich mich sofort zehn Jahre älter fühlen.«

Joy verdrängte die aufblitzende Erinnerung an den Moment vor etwas mehr als zwei Wochen, an dem die Adoptionspapiere genehmigt und gestempelt zurückgekommen waren. Auch die reichste und mächtigste Industrielle der Erde und ihr inzwischen nicht weniger berühmter Lebensgefährte mussten sich der irdischen Bürokratie beugen; und diese war auch – oder gerade – während dieses gewaltigen Umbruchs der Eingliederung in die *Hegemonie von Krayt* immer noch so langsam wie in den vergangenen Jahrhunderten.

»Nein, lass gut sein, Mireille«, sagte sie zu der Frau, die rein äußerlich auch als ihre ältere Schwester durchgegangen wäre. Mit ihren nicht ganz vierzig Jahren sah Mireille Bernard wenigstens zehn Jahre jünger aus. »Dann müsste man es auch in den ID-Chip einspeisen, der mir unter die Haut am Handgelenk implantiert wurde, und dazu müsste man ihn erst wieder entfernen. Ich bin froh, dass der kleine Schnitt schon verheilt ist.«

»Außerdem kann jeder sofort sehen, dass das Bild deiner wahren Schönheit nicht gerecht wird«, ertönte eine männliche Stimme in Joys Rücken. Der spöttische, aber liebevolle Tonfall war unverkennbar und die Stimme unverwechselbar.

»Alex, Liebling!«, rief Mireille erfreut aus und drehte sich um. »Ich dachte, du würdest erst in über einer Woche vom Mars zurückkommen. Das war also Jarallors Überraschung!«

»Er war so nett, mir sein persönliches Innersystem-Shuttle zur Verfügung zu stellen, das natürlich sehr viel schneller ist als unsere rückständigen Schiffe«, sagte Alexander Walker, ging auf die beiden Frauen zu, nahm Mireille in den Arm und drückte ihr einen schnellen Kuss auf den Mund.

Joy verdrehte die Augen. »Ich freue mich zwar auch, dass du früher zurückgekommen bist, aber – meine Güte – bitte nehmt euch ein Zimmer!« Dann grinste sie. »Keine Angst, ich bin alt genug und schon aufgeklärt. Diese elterliche Pflicht entfällt also und ihr müsst euch darüber keine Sorgen machen.«

»Uff!«, sagte Alex. »Und ich habe mir gerade überlegt, ob ich das mit den Bienchen und Blümchen noch zusammenbringe.«

Alle drei mussten lachen und zu ihrer eigenen Überraschung – *schon wieder!* – drückte Joy ihrem neuen Adoptivvater einen Kuss auf die Wange.

»Ich freue mich wirklich, dass du wieder da bist«, sagte sie.

Ich werde noch ein sentimentaler Familienmensch, dachte Joy und fand den Gedanken nicht einmal unangenehm oder gar absurd.

»Ich konnte doch den ersten Geburtstag meiner Tochter nicht verpassen«, sagte Alex und zwinkerte Joy zu, die ob dieses müden Witzes nur die Augen verdrehte. »Und ich habe ein Geschenk für dich!«

Mireille räusperte sich.

»*Wir* haben ein Geschenk für dich«, korrigierte sich Alex schnell. »Und eigentlich ist es nicht nur von uns, sondern auch von Protektor Jarallor. Du darfst uns nach Kraytar-Prime begleiten!«

Joy glaubte, sich verhört zu haben. Warum sollte Protektor Jarallor ausgerechnet *ihr*, einer Siebzehnjährigen, die bis vor wenigen Wochen als Hackerin am Rand der Legalität gelebt hatte, etwas erlauben, wonach sämtliche mehr oder weniger wichtigen Politiker des Planeten verlangten, von den Tausenden von Wissenschaftlern gar nicht zu reden, die ihre Teilnahme am Besuch einer irdischen Delegation auf dem Zentralplaneten der *Hegemonie von Krayt* für unverzichtbar hielten.

»Wow, das ist … das ist … warum ausgerechnet ich?«, entfuhr es ihr. Joy hätte sich selbst dafür ohrfeigen können, diese Frage gestellt zu haben. Es musste so klingen, als ob sie es für eine blöde Idee hielte oder gar nicht mitkommen wollte. »Nicht etwa, dass ich nicht will, aber … ich dachte … äh …«, stammelte sie bei dem Versuch, noch etwas zu retten.

Alex grinste sie an. »Jarallor glaubt, dir etwas schuldig zu sein. Schließlich haben deine … hm …

nicht ganz legalen 'Aktivitäten' in London und die Übergabe des von dir gestohlenen Datenkristalls an Mireille letztlich dazu geführt, dass die theokratische Diktatur in den USA gestürzt werden konnte. Sie wäre mit Sicherheit zumindest ein großes Hindernis auf dem Weg zur Mitgliedschaft der Erde in der Hegemonie gewesen, wenn Präsident Butcher nicht sogar einen thermonuklearen Krieg mit den beitrittswilligen Nationen ausgelöst hätte. Er hielt die Außerirdischen nicht nur für vom Teufel gesandte Dämonen, in erster Linie sah er durch sie seine absolute Macht gefährdet. Dass du die Pläne der Amerikaner offen gelegt hast, hat ursächlich zum Sturz von Butcher und seinen durchgeknallten Spießgesellen beigetragen. Und nun will sich Jarallor erkenntlich zeigen.«

»Wow!«, Joy sah ihren Adoptivvater mit großen Augen an. Dann grinste sie über das ganze Gesicht. »Ich bin also so etwas wie eine Heldin!«

»Du bist eine vorlaute Göre, die das unverschämte Glück hat, dass Jarallor einen Narren an ihr gefressen zu haben scheint«, warf Mireille ein, wobei ihr Lächeln zeigte, dass sie den Tadel nicht wirklich ernst meinte.

»Der Protektor hat mir gesagt, er bewundere unsere 'Schlüpflinge'. Sein Volk der Trakon ist ovipar, erklärte Alex. »Das bedeutet …«

»Verdammtes Mansplaining«, unterbrach Joy seine Erklärung und schüttelte missbilligend den Kopf. »Ich weiß, was ovipar bedeutet. Auch wenn ich die Schule vorzeitig abgebrochen und mir das meiste Wissen selbst angeeignet habe, bin ich kein Dummkopf. Die Trakon legen zur Fortpflanzung Eier.«

»Natürlich, sorry«, entschuldigte sich Alex sofort. Er wusste, wie empfindlich Joy war, wenn man ihre Intelligenz infrage stellte. Zu Recht, wie er wusste. Sie war trotz mangelnder schulischer Bildung ihren Altersgenossen auf fast allen Gebieten weit überlegen. Joy hatte seit ihrem dreizehnten Lebensjahr keine Schule mehr besucht, und das nicht nur, weil sie damals aus dem Waisenhaus abgehauen war und auf der Straße gelebt hatte, sondern auch weil sie dort hoffnungslos unterfordert gewesen war. Sie hatte ihnen erzählt, dass sie sich in der Schule maßlos gelangweilt hatte und von den Lehrkräften häufig dafür bestraft worden war, wenn sie ihre Langeweile zu offen gezeigt hatte.

Ein Mädchen aus dem Waisenhaus hatte nicht zu intelligent zu sein und zu viele Fragen zu stellen, hatte Joy im Gespräch mit Mireille und Alex vermutet. *Zu viel Bildung und Wissen konnte nach Ansicht der Lehrer bei uns Waisenhauskindern nur zu Aufsässigkeit führen.*

Joy hatte nach ihrer Flucht aus dem Waisenhaus täglich viele Stunden im *Earthnet* recherchiert und sich dabei auf allen möglichen Gebieten einen Wissensstand angeeignet, der weit über das normale Schulwissen eines Mädchens ihres Alters hinausging, wie Alex schon verschiedentlich hatte feststellen können.

»Jedenfalls hält Jarallor irdische Jugendliche für viel weiter entwickelt als die Nachkommen der Trakon im vergleichbaren Lebensalter. Er glaubt, dass sich die Menschheit unter anderem deswegen sehr viel schneller entwickelt hat als vergleichbare Spezies, die oft viele Jahrhunderte oder sogar Jahrtausende brauchen, um von der Dampfmaschine zum ersten Weltraumflug zu gelangen.«

»Bei uns Menschen lagen zwischen der Patentanmeldung der Dampfmaschine von James Watt und der ersten Mondlandung nur genau zweihundert Jahre«, sagte Joy und streckte Alex die Zunge heraus.

»Angeberin«, sagte Alex und grinste. »Aber es gab bereits vor James Watt Dampfmaschinen. Die erste grundlegende Idee reicht sogar bis ins erste Jahrhundert nach Christus zurück.«

»Der sogenannte Heronsball«, gab Joy sofort zurück. »Und in den folgenden Jahrhunderten gab es weitere Verbesserungen, aber erst James Watt konstruierte eine Dampfmaschine, die sich kommerziell nutzen ließ und das industrielle Zeitalter einleitete.« Sie streckte ihrem Adoptivvater erneut die Zunge heraus. »Zwei zu eins für mich!«

»Im späten siebzehnten Jahrhundert gab es aber bereits …«, konterte Alex, doch er wurde von Mireille unterbrochen.

»Hört auf! Es reicht! Ihr seid beide Kindsköpfe und dieser Wettstreit ist lächerlich.« Sie machte eine kleine Pause, ehe sie fortfuhr. »Außerdem habt ihr beide Unrecht. Der erste brauchbare Versuch, eine Dampfmaschine zu konstruieren, die zum Antrieb eines Schiffes eingesetzt werden sollte, geht auf Blasco de Garay zurück und fand im Jahr 1543 in Barcelona statt.«

Joy und Alex stöhnten gleichzeitig auf und protestierten lautstark. Dann mussten alle drei lachen, was ihnen die verwunderten Blicke von vier zufällig vorbeikommenden *Chrish* einbrachte.

Die Chrish waren eine insektoide Spezies, die Joy an aufrecht gehende Kakerlaken erinnerte. Zu ihrer eigenen Überraschung hatte sie von Anfang an jedoch keinerlei Abscheu gegen diese Wesen verspürt, was wohl daran liegen mochte, dass die großen, runden, das Gesicht beherrschenden Augen eine wache Intelligenz ausstrahlten und zudem die für Kakerlaken typischen, langen Fühler fehlten. Die Chrish liefen auf vier kurzen Beinchen, die aus dem unteren Ende ihres von einem glänzenden, braunen Chitinpanzer umhüllten Körpers ragten. Die beiden Arme waren denen eines Menschen durchaus ähnlich und endeten in sechsfingrigen Händen mit je zwei einander gegenüberliegenden Daumen. Der halslose Kopf mit den ausdrucksstarken Augen verfügte über eine mit Mandibeln versehene Mundöffnung, und Büschel feiner Flimmerhärchen an den Seiten dienten sowohl als Geruchs- wie auch als Hörorgan.

Die Chrish zwitscherten miteinander in ihrem fast an der Grenze zum Ultraschall liegenden Idiom, während sie an den drei Menschen vorbeigingen, ohne sie weiter zu beachten.

Bisher hatten die Menschen bereits neun der elf in der Hegemonie von Krayt vereinten Spezies kennengelernt; die beiden verbliebenen Spezies hingegen betrieben keine Raumfahrt oder wollten sich nicht ins All vorwagen. Man hatte sie den Menschen nur als Hologramme vorstellen können.

Die Schurak waren Wasserbewohner und daher denkbar schlecht dafür geeignet, sich an Bord eines Raumschiffes aufzuhalten. In seltenen Fällen, und nur wenn es absolut unumgänglich war, wurde ein Schurak in einer wassergefüllten Überlebenskammer von seinem Heimatplaneten auf eine andere Welt gebracht. So hatte zum Beispiel der Vertreter dieser Spezies im Hegemonialrat auf Kraytar-Prime diese

Unannehmlichkeit auf sich nehmen müssen. Auf der Zentralwelt der Hegemonie wohnte er in einem weiträumigen Komplex, der einem Aquarium ähnelte und der auf seine Bedürfnisse zugeschnitten war. An den Sitzungen des Rates nahm er nur virtuell als Hologramm teil.

Die Schurak waren begnadete Mathematiker und theoretische Physiker. Auch wenn sie ihre Theorien kaum jemals in der Praxis hatten überprüfen können – unter Wasser waren die allermeisten physikalischen Experimente schlichtweg nicht durchführbar –, so hatten sie doch allein kraft ihres überragenden Intellekts erheblich zum heutigen Stand der Technologie in der Hegemonie beigetragen, vor allem hinsichtlich der Weiterentwicklung der Subraumtheorie.

Sie waren als eines der ersten Mitglieder der Hegemonie vor Jahrtausenden zufällig entdeckt worden, als die Krayt nach einem geeigneten Planeten für die geplante Anlage riesiger Fischfarmen gesucht hatten.

Die einen Meter langen Wasserbewohner ähnelten einem irdischen Hummer, auch wenn sie über zwei Arme mit feingliedrigen Fingern anstelle klobiger Zangen verfügten. Ihre gesamte Körperoberfläche war ledrig und tiefschwarz.

Die andere Spezies, die man so gut wie nie fernab ihres Ursprungsplaneten antraf, waren die My´lasch. Sie lehnten es aus religiösen Gründen ab, sich ins All vorzuwagen. Ihre vielen Gottheiten – es gab tausende davon, für jede denkbare Gelegenheit eine andere – untersagten den My´lasch angeblich, My´La zu verlassen. Da sich das gesamte Leben der My´lasch um ihre Götter drehte und sie niemals etwas unternahmen, ohne deren Zustimmung einzuholen, gab es kaum einen unter ihnen, der bereit gewesen wäre, gegen dieses Verbot zu verstoßen. Es war in den Jahrhunderten seit der Aufnahme der My´lasch in die Hegemonie schwierig genug gewesen, alle paar Jahrzehnte einen von ihnen dazu zu bewegen, sich als Abgesandter für den Hegemonialrat zur Verfügung zu stellen und hierfür nach Kraytar-Prime zu reisen.

Trotzdem hatten die My´lasch großen Wert darauf gelegt, in die Hegemonie aufgenommen zu werden. Eine uralte Prophezeiung ihrer Götter besagte nämlich, dass eines Tages eine Gruppe Fremde vom Himmel herabsteigen, sie in ihren Kreis aufnehmen und ihrer Bestimmung zuführen würde. Um welche Art Bestimmung es sich hierbei handelte, war bisher im Dunkeln geblieben, doch die My´lasch waren in ihrer Religiosität manchmal erstaunlich flexibel. Vor allem, wenn es darum ging, sich Vorteile zu verschaffen. Die Götter liebten die Cleveren und es galt als überaus clever, sein Gegenüber bei einem Handel übers Ohr zu hauen. Und was für den Handel untereinander galt, galt für den Handel mit den vom Himmel herabgestiegenen Fremden schon lange. Sie brachten technologische Wunder, von den die My´lasch nur träumen konnten. Die Götter hatten nichts gegen technischen Fortschritt – und dieser war als Mitglied der Hegemonie garantiert. Im Gegenzug lieferten die in Höhlen tief unter der Oberfläche von My´La hausenden, irdischen Erdmännchen nicht unähnlichen und nur knapp einen Meter großen My´lasch jede Menge wertvoller Mineralien und seltener Erden, die auf dem Planeten überreich vorhanden waren.

Es gab Stimmen bei den anderen Völkern der Hegemonie, die die Geschichte von der angeblichen Prophezeiung in Zweifel zogen und behaupteten, die My´lasch hätten sich die Geschichte nur ausgedacht, um ihre Mitgliedschaft in der Hegemonie rechtfertigen zu können und in den Genuss des technischen Fortschritts zu kommen, der den Mitgliedern zur Verfügung stand. Die My´lasch waren ja bekanntlich unglaublich clever.

»Warum stehen wir noch hier herum?«, fragte Joy.

»Wir warten auf einen Offizier, der uns abholen und zu Jarallor bringen soll«, antwortete Alex. »Er müsste jeden Moment hier sein.« Er blickte über seine Schulter. »Ah, da ist er schon!«

Im Rücken der kleinen Gruppe näherte sich ein Wesen, das unter anderen Bedingungen aufgrund seiner Größe furchteinflößend gewirkt hätte. Doch nachdem man der Menschheit bereits vor der Abstimmung über eine Mitgliedschaft in der Hegemonie von Krayt die anderen Mitgliedsvölker des Bundes über das *Earthnet* ausführlich vorgestellt hatte, war ein Friem zwar immer noch ein beeindruckender Anblick, jedoch nichts, vor dem man sich fürchten musste.

Im Gegenteil!

Die fast drei Meter großen Friem galten als überaus empathisch und waren von Haus aus eine extrem pazifistische Spezies. Da sie sich rein vegan ernährten und auf ihrem Ursprungsplaneten keinerlei natürliche Feinde kannten, war ihnen das Konzept von Krieg und Kampf völlig fremd.

Sie hatten es mühsam lernen müssen, als sie vor rund zwei irdischen Jahrtausenden die ersten Schritte ins All gewagt hatten. Nur das rasche Eingreifen der Hegemonie hatte verhindern können, dass ein kleines Sternenreich, auf die Aktivitäten unweit ihres Einflussgebietes aufmerksam geworden, die friedlichen Riesen versklaven konnte. Man hatte die Friem in die Hegemonie aufgenommen, da sie hervorragende Biowissenschaftler und Genetiker waren und die letzten unheilbaren Krankheiten unter den Hegemonialvölkern auszurotten halfen.

Wenn man sie mit einem irdischen Wesen hätte vergleichen wollen, wäre noch am ehesten ein Seelöwe infrage gekommen. Allerdings ein Seelöwe auf sechs Beinen mit zwei massigen Armen, die in Händen mit vier überraschend filigranen Fingern endeten. Der tonnenförmige Körper mit der dicken Fettschicht und der grauen Lederhaut wies tatsächlich verblüffende Ähnlichkeit mit dem eines Seelöwen auf, auch wenn er größtenteils unter einer eng anliegenden, dunkelroten Uniform verborgen war, auf der die schon bekannten geometrischen Symbole zu sehen waren, die den Träger als Wissenschaftsoffizier im Rang eines *Allwächters* auswiesen, was einem terranischen Leutnant entsprach. Auch der halslos auf dem Körper sitzende, in einer spitzen Nase auslaufende Kopf mit den beiden dunklen, runden Knopfaugen und den Schnurrhaaren seitlich der Schnauze, in der eine weißliche Kauleiste schimmerte, sowie die beiden kleinen Ohren vervollständigten diesen Eindruck.

»Ich grüße euch«, sagte der Friem mit einer zu dem massigen Körper passenden Bassstimme. »Würdet ihr mich bitte begleiten. Der Protektor erwartet euch.«

Joy konnte es kaum erwarten, mehr von dem Innern der Protektoratsstation zu sehen. Und sie war gespannt darauf, den höchsten Vertreter der Hegemonie von Krayt im Sol-System endlich persönlich kennenzulernen.

12. Februar 2094: im Oowuulonga-System Kolonialsystem der Paschtarur

Mikkla 17strich4 blickte mit seinem Prioritätsauge zufrieden, ja beinahe glücklich auf den mittleren Holokubus des hufeisenförmigen Terminals, wo das von der Drohne übertragene Bild des Haakareet-Clusters die Entdeckung auch visuell bestätigte, während er mit den sekundären Optikroutinen die seitlich davon angezeigten holografischen Darstellungen der finalen quantitativen Messungen ablas und in seinen Subsystemen speicherte.

Der Cluster war einer der ausgedehntesten, die sie auf Oowuulonga gefunden hatten.

Mikkla 17strich4 lehnte sich in seiner Aufhängung zurück, in der er die letzten Stunden voller Anspannung verbracht hatte. Obwohl der Begriff 'Bequemlichkeit' für ihn keinerlei praktische Bedeutung mehr besaß, war diese unbewusste Geste des metallenen Körpers ein Ausdruck immer noch vorhandener Reste instinktiver Reaktionen auf äußere Stimuli in dem organischen Gehirn. Wenn Mikkla 17strich4 seinen biologischen Körper noch besessen hätte, wäre es ihm möglich gewesen, die Erleichterung auch körperlich zu verspüren, als die Ergebnisse der Messungen des letzten Suchvektors und die Bilder der Unterwasser-Drohne vor wenigen Minuten hereingekommen waren. So empfing sein Gehirn zwar die Informationen und er verspürte ein Gefühl der Befreiung von einer Last, er konnte aber dem Robotkorpus über das Neuro-Interface keine hormonellen Reaktionen entlocken, wie sie bei einem biologischen Lebewesen in diesem Moment normal gewesen wären. Lediglich die unbewusst ausgeführte Bewegung zeugte davon, dass in dem annähernd würfelförmigen Robotkörper ein instinktgesteuertes Gehirn saß.

Anstatt vor Aufregung oder abfallender Anspannung zu zittern, wie es bei seinem biologischen Originalkörper unweigerlich der Fall gewesen wäre, verspürte Mikkla 17strich4 lediglich eine extreme innere Erleichterung darüber, dass die Aufgabe abgeschlossen war und er endlich nach Paschtar zu seinen Sporen würde zurückkehren können.

Er war gespannt zu erfahren, wie weit sie während seiner Abwesenheit gediehen waren und welche Körper – und damit auch welche Aufgaben – sie für den bald anstehenden Korpustransfer gewählt hatten.

Nachdem man den gesamten Wasserplaneten während der vergangenen Monate, Wochen und Tage mühsam abgesucht hatte, war es den Prospektoren-Teams nun endlich gelungen, sämtliche Haakareet-Cluster aufzuspüren und zu katalogisieren, die sich kilometertief unter der planetenumspannenden Wasserwüste versteckt hielten.

Auf Oowuulonga gab es kein Festland, nicht einmal Inseln. Glücklicherweise besaß der Planet einen großen Mond, auf dem die Paschtarur einen Stützpunkt errichtet hatten. Von dort aus hatten die sechs Prospektorenschiffe in den Einsatz gehen können. Doch nun war der Auftrag erledigt und Mikklas Schiff würde als letztes zu der provisorischen Basis zurückkehren.

In wenigen Wochen würden die großen Ernteschiffe und Versorgereinheiten in das Oowuulonga-System einfliegen. Spezialisierte Korpusse würden damit beginnen, das systemumspannende Asteroidenfeld auszubeuten, um aus diesen Rohstoffen große Schwimmplattformen auf dem dritten von nur vier Planeten dieses Systems zu errichten, von denen aus die Erntedrohnen später ausschwärmen konnten, um im Dunkel der Tiefe die wertvollen organischen Verbindungen aus den Haakareet-Korallen zu extrahieren, die rings um die unterseeischen, vulkanischen 'Schwarzen Raucher' auf dem Meeresboden dieses Planeten zu finden waren.

Oowuulonga war erst der vierte Planet, auf dem man während der vergangenen Jahrtausende ein Lebewesen gefunden hatte, welches ein Hormon produzierte, das die gleichen außergewöhnlichen Eigenschaften aufwies, wie man sie von der heimischen Rooduur-Schnecke kannte. Die beiden ältesten dieser Planeten waren inzwischen längst ausgeplündert, und auch die Ressourcen des zuletzt entdeckten Planeten gingen allmählich zur Neige, da man wesentlich mehr von dem Hormon benötigte, als die Natur hergab. Auf Paschtar selbst existierten schon lange keine Rooduur-Schnecken mehr. Die ersten Generationen der korpustransferierten Paschtarur hatten bei der Ernte des wertvollen Stoffes ökologischen Raubbau betrieben und sie ausgerottet. Oowuulonga würde den Bedarf für mindestens ein weiteres Jahrtausend decken können.

Leider war es in all den Jahrtausenden nicht gelungen, das mit einer höherdimensionalen Strahlungskomponente versehene Hormon erfolgreich zu synthetisieren. Ohne diese Substanz war es jedoch unmöglich, das Schwammgehirn eines Paschtarur aus seinem Pilzkörper zu extrahieren und es ohne geistige Schäden in den Korpus eines Cyborgs zu übertragen.

Erst die Technik des Korpustransfers hatte es den fungoiden Paschtarur ermöglicht, ihre unbeholfenen Pilzkörper zu verlassen und schließlich auch das All zu erobern. In ihren ungelenken, weichen, schwammigen und extrem verletzlichen Pilzkörpern wäre dies undenkbar gewesen. Die Beschleunigungskräfte beim Verlassen der Planetenoberfläche mit den ersten, primitiven Raketen hätten jeden Wagemutigen unweigerlich zerquetscht. Die Paschtarur waren über Jahrhunderte auf Roboter angewiesen gewesen, die für sie stellvertretend zunächst die beiden Monde ihres Heimatplaneten und dann das gesamte Heimatsystem erforscht hatten.

Erst die Entwicklung des Korpustransfers hatte ihnen selbst den Weg ins All geebnet!

Heutzutage gab es kaum noch einen Paschtarur, der auf den Transfer verzichtete. Nur Nostalgiker, religiöse Mystiker und einige Künstler verblieben ihr gesamtes Leben über in dem Pilzkörper, der sich aus den Sporen ihres Elter entwickelt hatte.

Die Paschtarur waren eines der Gründungsvölker der Hegemonie von Krayt gewesen. Zum einen bot die Mitgliedschaft in der Hegemonie den von Natur aus vorsichtigen und ängstlichen Paschtarur Schutz, zum anderen waren sie als hervorragende Biochemiker, Kybernetiker und Techno-Mediziner dort hochwillkommen. Nicht zuletzt den Paschtarur war es zu verdanken, dass es bei den Mitgliedsvölkern der Hegemonie so gut wie keine unheilbaren Krankheiten mehr gab.

Mikkla 17strich4 schaltete einen Kanal zu Joora 12strich1, dem Gehirn des Prospektorenschiffes. Im Grunde *war* Joora 12strich1 das Schiff!

#Scanning des letzten Suchvektors abgeschlossen. Ergebnisse überprüft und bestätigt. Alle Parameter nominal. Scanning beenden.#

#Scandurchgang wird terminiert#, kam sofort die Bestätigung.

#Setze Kurs zurück zur Basis#, befahl Mikkla 17strich4 dem Gehirn des Schiffes, *#und sende die gute Nachricht an Chefprospektor Kraak 48strich7.#*

#Bestätigt und durchgeführt. Ich verlasse den Scan-Orbit und gehe auf Intercept-Kurs zu …#

Ein Alarm leuchtete vor Mikkla 17strich4 auf. Gleichzeitig wurde eine Notfallfrequenz aktiviert, auf der ein Datenpaket in seine Speicher flutete. Der zentrale Holokubus in dem Terminal vor ihm, auf dem soeben noch das Koordinatennetz mit den bestätigten Haakareet-Clustern zu sehen gewesen war, schaltete auf eine schematische Darstellung des Oowuulonga-Systems um, auf der neue und unbekannte Ortungsechos zu sehen waren.

Eine Flotte von zweiundfünfzig Schiffen war nur wenige Lichtminuten von dem Mond entfernt aus dem Subraum gekommen, auf dem sich die Basis der Paschtarur befand.

Mikkla 17strich4 durchfuhr ein eisiger Schreck, als die automatischen Interpretationsroutinen nur Augenblicke später die Energiesignaturen der Schiffe identifizierten und das Ergebnis übermittelten.

#Es sind Kampfeinheiten des Zelkanischen Imperiums#, sendete er überflüssigerweise an Joora 12strich1. Natürlich hatte das Schiffsgehirn die Daten der

einfliegenden Schiffe ebenfalls längst mit den in seinen Speichern vorhandenen Werten abgeglichen und dies bereits selbst erkannt.

Das Oowuulonga-System befand sich zwischen dem Hauptsiedlungsgebiet der Paschtarur und dem Zelkanischen Imperium. Allerdings lagen die offiziell seit Jahrhunderten als Grenzgebiet definierten Raumsektoren und die nächstgelegenen, von den Zelkanern beanspruchten Sonnensysteme etliche Lichtjahre und somit mehrere Flugtage entfernt.

Was wollen die Zelkaner hier?, überlegte Mikkla 17strich4 verwundert. *Sie können uns kaum eine Verletzung ihres Hoheitsgebietes vorwerfen. Außerdem ist dieser Wasserplanet für sie vollkommen uninteressant. Es gibt nichts in diesem System, weswegen sich für die Zelkaner eine Auseinandersetzung mit der Hegemonie lohnen würde.*

Doch es handelte sich eindeutig mehrheitlich um schwere, hammerförmige Kampfschiffe des Zelkanischen Imperiums, die sich nun anschickten, eine Angriffsformation einzunehmen, wie im Holokubus zu erkennen war. Mindestens dreißig von ihnen gehörten der größten Schiffsklasse an, über die die imperiale Raumflotte der Zelkaner verfügte.

Aus Mikklas Verwunderung wurde Angst.

Es konnte kein Zweifel daran bestehen, dass die Schiffe einen Angriff auf die Mondbasis planten.

Die Paschtarur besaßen kaum eigene Kampfschiffe. Sie waren zum einen eine überaus friedfertige Spezies, zum anderen hatten sie sich von jeher auf den Schutz durch die Hegemonie verlassen. Jegliche Aggressivität war ihnen fremd, und da der Weltraum durchaus kein friedlicher Ort war, wären die Paschtarur ohne die Rückendeckung durch die Raumflotte der Hegemonie schon beim ersten Konflikt mit benachbarten Zivilisationen unweigerlich ausgelöscht worden.

Doch der nächstgelegene Militärstützpunkt der Hegemonie lag einige Tagesreisen entfernt und niemand hatte damit gerechnet, während des Einsatzes im Oowuulonga-System angegriffen zu werden. Trotz der Nähe zum Grenzgebiet hatte man es nicht für nötig erachtet, dem Prospektorenteam eine Schutzflotte zur Seite zu stellen. Lediglich drei schwach bewaffnete Aufklärer hatten die Prospektoreneinheit ins Oowuulonga-System begleitet und selbst dieser Schutz war eher aus Gewohnheit erfolgt denn aus dem Gefühl der Notwendigkeit heraus. Wenn man überhaupt mit einer Gefahr gerechnet hatte, dann allerhöchstens durch eine Begegnung mit Piraten oder bewaffneten Schmugglern, die hin und wieder das Grenzgebiet unsicher machten. Für diesen Fall waren die drei Aufklärer allemal ausreichend. Doch einen Angriff durch ein anderes Sternenreich hatte niemand für möglich gehalten. Wer würde eine Gruppe harmloser Prospektoren angreifen und sich deswegen mit der mächtigen Hegemonie anlegen?

Sowohl die Mondbasis als auch das halbe Dutzend Prospektorenschiffe waren somit einem Angriff schutzlos ausgeliefert!

Mehr als fünfzig Schiffe waren eindeutig ein Overkill, stellte Mikkla 17strich4 fest. Selbst mit nur einem Dutzend Kampfeinheiten hätten die Zelkaner die drei Aufklärer sowie sämtliche Einrichtungen auf dem Mond mitsamt den Prospektorenschiffen spielend vernichten können.

Vielleicht haben sie nicht genau gewusst, welche Verteidigungseinrichtungen sie hier vorfinden würden, mutmaßte Mikkla. *Oder sie haben vielleicht damit gerechnet, auf eine Abwehrflotte zu stoßen.*

Doch er wusste, dass dies unwahrscheinlich war. Die Zelkaner waren dafür bekannt, jeden Angriff sorgsam vorzubereiten und vor jedem Einsatz zumindest ein Späherschiff vorauszuschicken. Sie neigten nicht dazu, sich unüberlegt in ein militärisches Abenteuer zu stürzen. Schon gar nicht gegen die Hegemonie!

#Die drei Aufklärer verlassen den Mondorbit und werfen sich den Angreifern entgegen#, informierte ihn Joora 12strich1. *#Soll ich die taktische Darstellung auf dein Terminal legen?#*

#Zustimmung!#

#Die visuell aufbereitete Darstellung des Tachyonenscans erfolgt in Echtzeit#, teilte das Schiffsgehirn mit.

Vor Mikkla 17strich4 erschien eine Darstellung des Planeten mitsamt seinem Mond im Holokubus. Eine Wolke kleiner roter Punkte symbolisierte die anrückende Feindflotte, die nur noch wenige Lichtminuten entfernt war. Wie es schien, hatten die gravitativen Verhältnisse im äußeren System es der Zelkanischen Flotte erlaubt, auf Höhe der Bahn des vierten Planeten aus dem Subraum zu kommen. Da diese nur wenige Lichtminuten von Oowuulongas Bahn um die rote Zwergsonne entfernt lag, würden die Feindschiffe innerhalb kürzester Zeit ihr Angriffsziel erreichen. Drei grüne Quadrate stellten die Paschtarurischen Aufklärer dar, die den Angreifern mit maximaler Beschleunigung entgegen-strebten. In weniger als vier Minuten musste die maximale Einsatzreichweite der Torpedos erreicht sein, mit denen die Aufklärer bestückt waren. Die bordeigenen Strahlwaffen würden wahrscheinlich gar nicht erst zum Einsatz kommen, da deren beschränkte Reichweite einen Nahkampf erforderte. Die Zelkaner würden ihre Gegner kaum so dicht herankommen lassen.

Mikkla 17strich4 wusste, dass sich die drei Aufklärer einem aussichtslosen, selbstmörderischen Kampf stellten.

Kurz darauf lösten sich Dutzende kleiner gelber Dreiecke von den drei grünen Quadraten. Die Aufklärer hatten ihre Torpedos abgefeuert. Fast gleichzeitig schwärmte eine Wolke unzähliger kleiner roter Dreiecke von den Symbolen der anfliegenden Feindschiffe aus.

Es mussten Hunderte von Torpedos sein, die den Verteidigern entgegenstrebten.

Mikkla 17strich4 konnte beobachten, wie sich ein Teil der gegnerischen Torpedos auf die der Verteidiger stürzte. Nach und nach erloschen etliche der kleinen roten Dreiecke, aber gleichzeitig verschwanden auch die kleinen gelben Dreiecke aus der Darstellung. Die Torpedos der Verteidiger waren vollständig vernichtet worden – und es blieb immer noch eine unüberschaubare Zahl von anfliegenden Zelkanischen Torpedos übrig.

Als die Torpedos in die Reichweite der Abwehrstrahlwaffen der drei Schiffe gerieten, wurden sie zwar in der Darstellung sichtbar dezimiert, doch Mikkla konnte unschwer erkennen, dass es zu viele waren, um alle vor Erreichen ihrer Ziele vernichten zu können. Tatsächlich entkamen mehrere Dutzend der

Punktverteidigung der Aufklärer. Fast zeitgleich erloschen die drei grünen Quadrate im Hologramm.

Die drei Aufklärer waren mit fast spielerischer Leichtigkeit vernichtet worden.

Die Zelkanischen Angreifer hatten keinerlei Verluste erlitten und nun stand ihnen der Weg zur Mondbasis und den unbewaffneten sechs Prospektorenschiffen weit offen. Eine Flucht war sinnlos. Um sich weit genug vom gravitativen Einfluss des Planeten und seines Mondes für einen Übergang in den Subraum entfernen zu können, fehlte schlichtweg die Zeit. Die Maximalbeschleunigung der schwerfälligen Prospektorenschiffe lag um Größenordnungen unter der eines Kampfschiffes und sie würden eine leichte Beute abgeben, lange bevor sie eine Chance erhalten würden, in den Subraum zu entkommen.

Mikkla wusste, dass er seine Sporen auf der Heimatwelt nie mehr wiedersehen würde.

Trotzdem war er nicht bereit, einfach aufzugeben.

#Berechne optimalen Fluchtvektor#, befahl er Joora 12strich1, dessen Kommandant und somit nomineller Vorgesetzter er war.

#Du weißt, dass eine Flucht nicht gelingen kann?#

#Noch sind wir nicht tot. Tu, was ich sage!#

#Bestätigt – auch wenn es sinnlos ist.#

Ein paar Sekunden verstrichen.

#Berechnung abgeschlossen, Vektor liegt an, Maximalbeschleunigung.#

Was Joora 12strich1 unter Maximalbeschleunigung verstand, war ein langsames Kriechen durch das All, weg von den Schiffen des Zelkanischen Imperiums.

Die vorderste Front hatte inzwischen den Mond erreicht und eröffnete das Feuer auf die Prospektorenbasis. Mikklas Schiff war immer noch nahe genug, um den Angriff mit wenigen Sekunden Verzögerung über die optischen Systeme beobachten zu können. Die Basis auf dem atmosphärelosen Mond verging in einer lautlosen Explosion. Auch die bereits auf dem dortigen Landefeld geparkten drei Prospektorenschiffe explodierten in grellen Plasmawolken, als ihre Energiemeiler getroffen wurden.

Zwei Prospektorenschiffe befanden sich gerade im Landeanflug, als die Zelkaner über der Mondoberfläche erschienen. Sie versuchten noch, die Landung abzubrechen und in den freien Weltraum zu entkommen, aber natürlich war dieser Versuch vergeblich. Auch sie wurden erbarmungslos vernichtet.

Mikkla 17strich4 und das Schiffsgehirn Joora 12strich1 waren die letzten Überlebenden Paschtarur im Oowuulonga-System, doch auch ihre Zeit lief ab, wie Mikkla nur zu gut wusste. Da sie als letztes Prospektorenschiff den Planeten verlassen hatten, waren sie am weitesten vom Mond und von den Angreifern entfernt gewesen, als der Angriff begonnen hatte, doch nun schwenkten zwei der Kampfschiffe ab und jagten auf Joora 12strich1 zu. Es konnte nicht lange dauern, bis sie das wesentlich langsamere Prospektorenschiff eingeholt haben würden und bis auch Joora 12strich1 und Mikkla 17strich4 den Tod finden mussten.

Mikkla schloss die Augen, was bedeutete, dass er seine optischen Systeme herunterfuhr. Er wollte nicht mit ansehen müssen, wie die tödlichen Torpedos auf ihn zujagten oder wie die Plasmastrahlen heranzuckten.

Er bereitete sich darauf vor, zu sterben.

#Wir werden angefunkt#, riss ihn der Datenfluss von Joora 12strich1 aus seinen Gedanken.

Mikkla fuhr seine optischen Systeme wieder hoch.

Vor sich im Holokubus sah er die unverkennbare Gestalt eines Zelkaners. Der bis auf das Gesicht mit einem dichten, roten Fell überzogene Körper war in einen schwarzen Umhang gehüllt, auf dem Mikkla 17strich4 das Rangabzeichen eines *Ersten Speers* erkennen konnte.

Aus den Augen des zweibeinigen und zweiarmigen Wesens sprach tiefste Verachtung. Mikkla wusste, dass sich die Zelkaner für die überlegene Spezies des Universums hielten und andere Völker entweder als minderwertige Sklaven betrachteten oder zumindest kaum höher als Tiere einstuften, die man zum eigenen Schutz ausrotten musste, bevor sie den Zelkanern ihre Position ganz oben auf der Evolutionsleiter streitig machen konnten.

Mikkla 17strich4 aktivierte die akustischen Sensoren seines Cyborgkörpers, die er nur im Umgang mit biologischen Wesen benötigte, da diese in der Regel den direkten sensorischen Datenfluss nicht beherrschten.

Der Zelkaner ließ Mikkla 17strich4 gar nicht erst zu Wort kommen.

»Hör zu und unterbrich mich nicht, Cyborg. Ich erlaube dir, zu überleben, damit du zu deinem Volk zurückkehren kannst, um eine Nachricht zu überbringen. Das glorreiche Zelkanische Imperium beansprucht aufgrund uralter Anrechte dieses System und den umgebenden Raumsektor für sich. Weder den Paschtarur noch einer anderen Spezies ist es erlaubt, in das System einzufliegen oder sich ihm auch nur zu nähern. Jede Zuwiderhandlung wird als Kriegserklärung gewertet. Hast du das verstanden?«

Mikkla 17strich4 wies Joora 12strich1 über den direkten Datentransfer an, eine Bestätigung zu senden.

»Sehr gut«, sagte der Zelkaner, nachdem die Bestätigung bei ihm eingegangen war. »Du wirst dich auf direktem Weg aus diesem System entfernen. Solltest du zögern, werden wir dich abschießen.«

Das Hologramm erlosch.

Mikkla wies das Schiffsgehirn an, mit maximaler Beschleunigung einen Kurs zum Systemrand anzulegen, der ihnen die Gelegenheit geben würde, so schnell wie möglich in den Subraum zu gehen.

Es wunderte ihn, dass man sie entkommen ließ. Die Zelkaner waren nicht dafür bekannt, großzügige Sieger zu sein. Doch da es ihm nun vergönnt sein würde, seine Sporen wiederzusehen, wollte er sich über die ungewöhnliche Großmut nicht beschweren.

Er konnte jedoch nicht direkt nach Paschtar zurückfliegen, ohne zuvor einen Umweg über Kraytar-Prime zu machen. Der Hegemonialrat musste umgehend erfahren, dass die Zelkaner den Frieden gebrochen hatten und in einen Raumsektor eingefallen waren, der bisher der Hegemonie zugerechnet worden war.

Dies konnte den Beginn eines galaktischen Krieges bedeuten!

Mikkla 17strich4 und sein Schiff erreichten den berechneten Eintauchpunkt und verschwanden einen Moment später im Subraum.

12. Februar 2094: im Erdorbit an Bord der Protektoratsstation

Joy hatte den Protektor schon häufig in Holo-Übertragungen gesehen, doch nun stand sie ihm zum ersten Mal persönlich gegenüber. Der schlanke Alien aus dem Volk der Trakon überragte selbst Alex um einen halben Kopf, und ihr Adoptivvater war weiß Gott nicht klein. Jarallor trug seine unverwechselbare schwarz-weiße Kleidung, die Mireille bei ihrer ersten Begegnung an die Zeichnung eines Pinguins erinnert hatte. Kopf und Hände waren von einem seidigen, aber dichten, dunkelgrünen Flaum überzogen. Was Joy jedoch beinahe ein despektierliches Grinsen entlockt hätte, waren die einer Trompete ähnelnde Nase und die beiden seitlich am Kopf auf langen Stielen sitzenden Chamäleonaugen. Sie fand den Anblick überaus komisch.

Alex, der hinter ihr stand, gab ihr einen spürbaren Schubs in den Rücken und räusperte sich vernehmlich. Es war eine deutliche Aufforderung, den Protektor angemessen zu grüßen. Womöglich hatte er auch bemerkt, dass Joy den Anblick des höchsten Repräsentanten der Hegemonie von Krayt amüsant fand.

Vielleicht geht es ihm ähnlich, und er weiß deshalb, was ich gerade denke, überlegte Joy, was ihre innerliche Belustigung nur noch verstärkte.

Sie riss sich zusammen, gab sich alle Mühe, ein dem Status ihres Gegenübers angemessen würdevolles Gesicht aufzusetzen, und deutete eine Verbeugung an.

»Protektor Jarallor, es ist mir eine Ehre, Sie kennenzulernen«, sagte Joy.

Zu ihrer Überraschung brach der Protektor in schallendes Gelächter aus, das einem menschlichen Lachen nicht unähnlich war.

»Mein liebes Kind«, sagte der Trakon. Auch seine Stimme, die aus einem kleinen Übersetzungsgerät am Kragen seiner Kleidung kam, klang durchaus wie die eines Menschen. »Ich bin sicher, Mireille und Alex haben Ihnen eine Menge Benimmregeln für dieses Treffen mit auf den Weg gegeben, doch ich lege keinen allzu großen Wert auf Formalitäten.« Jarallor streckte Joy seine erstaunlich menschenähnliche rechte Hand entgegen. Joy zögerte einen kaum wahrnehmbaren Moment, bevor sie einschlug. Der seidige Flaum fühlte sich nicht unangenehm an. »Bei uns in der Hegemonie ist diese Geste zwar nicht gebräuchlich, aber mir gefällt sie«, sagte der Protektor und ließ Joys Hand wieder los. »Sie symbolisiert nicht nur das Eingehen einer Verbindung, der Griff zeigt zudem, dass in der Hand keine Waffe versteckt ist. Nicht etwa, dass ich Sie verdächtigt hätte, eine Waffe hereingeschmuggelt zu haben.« Wieder lachte er sein schallendes Lachen.

Nachdem auch Mireille und Alex den Protektor begrüßt hatten, nahmen die vier rings um einen Tisch Platz, der mitten in Jarallors Arbeitszimmer stand – zumindest vermutete Joy, dass es sich bei dem Raum um das Arbeitszimmer des höchsten Vertreters der Hegemonie im Sol-System handelte.

Der Raum war annähernd quadratisch. Die Wand hinter einem hochkomplex aussehenden Arbeitsterminal bestand vollständig aus einem Holoscreen, der die Illusion eines ungehinderten Blickes über die sich unter der Raumstation drehende Erde vermittelte. Die Illusion war so perfekt, dass man fast hätte annehmen können, es gebe gar keine Wand und der Raum sei an dieser Seite zum Weltraum hin offen.

»Keine Angst«, sagte Jarallor, als er Joys Blick bemerkte. »Der Transparentschirm wird nicht zusammenbrechen. Und falls doch, wird innerhalb weniger Mikrosekunden ein Schutzschirm aufgespannt, der verhindert, dass wir alle ins All gezogen werden. Ich genieße den ungehinderten Ausblick in die Unendlichkeit. Er bestätigt mir jedes Mal aufs Neue, wie winzig wir im Vergleich zu der Größe des Universums doch sind. Deshalb habe ich hier und in meiner Kabine auf der *Stolz von Trakon* einen solchen Transparentschirm einbauen lassen. Die Marotte eines alten Mannes.«

Joy wurde schlagartig klar, dass es sich bei der Wand nicht um einen Holoscreen handelte und dass der Raum an dieser Stelle *tatsächlich* nur durch einen unsichtbaren Energieschirm vom Weltall abgegrenzt wurde.

Zwischen ihnen allen und dem eisigen Tod im Vakuum stand lediglich eine wenige Nanometer messende Energiebarriere.

Sie konnte hören, wie Alex neben ihr scharf die Luft einsog und Mireille leise etwas auf Französisch murmelte, das verdächtig nach einem Fluch klang.

Wieder lachte Jarallor laut auf.

Der Kerl muss einen Clown zum Frühstück gegessen haben, dachte Joy, aber sie fand den Protektor trotz allem nicht unsympathisch. Sein Sinn für einen leicht anarchischen Humor gefiel ihr.

»Wie gesagt, Sie alle müssen sich keine Sorgen machen. Unsere Technik ist viel weniger anfällig als die recht primitiven Systeme der Menschen. Transparentschirme gehören seit etlichen Jahrtausenden zum Standard auf Schiffen und Raumstationen. Ich kann mich nicht einmal erinnern, wann es den letzten Zwischenfall damit gegeben hat.«

Die beiläufige Erwähnung der 'Jahrtausende' machte Joy wieder einmal deutlich, wie rückständig die Menschheit im Vergleich zu den Völkern der Hegemonie war.

Es ist nicht viel anders, als wenn ein Mensch der heutigen Zeit in den geschützten Bereich eines der letzten Urvölker im Amazonasgebiet einfallen und ihnen ein Holofon vorführen würde, dachte Joy. *Sie würden unsere Technik zwangsläufig für Zauberei halten. In Relation zur Hegemonie sind wir nicht viel weiter als ein Urvolk am Amazonas im Vergleich zu uns.*

»Joy?«

Mireilles Stimme riss Joy aus ihren Gedanken.

»Entschuldige, Mireille, ich war gerade … geistig woanders.« Sie grinste verlegen.

Mireille sah ihre Adoptivtochter missbilligend an. »Protektor Jarallor möchte wissen, ob du noch irgendwelche Fragen hast.«

»Verzeihung, Protektor«, sagte Joy und lächelte entschuldigend. »Ich habe natürlich sehr viele Fragen, doch eines geht mir schon lange durch den Kopf: Die Hegemonie besteht aus elf … mit uns Menschen jetzt sogar aus zwölf unterschiedlichen Spezies. Es erstaunt mich immer wieder, dass trotz aller Unterschiede und Fremdartigkeiten all diese Völker so … menschlich … denken und handeln. Ich hätte erwartet, dass fremde Spezies und fremde Zivilisationen auch völlig unterschiedliche Moralvorstellungen, Denkweisen und Verhaltensmuster an den Tag legen. Wieso seid ihr in euren Handlungen alle so … so … menschenähnlich?«

»Ah, eine schlaue Beobachtung«, sagte Jarallor und machte mit der rechten Hand eine Geste, von der Joy inzwischen wusste, dass sie Zustimmung signalisieren sollte. »Eine Frage, mit der sich auch unsere Philosophen und Xeno-Psychologen lange beschäftigt haben. Warum ähneln sich Verhaltensmuster und Moralvorstellungen vieler Spezies trotz völlig unterschiedlicher Herkunft und Ausgangsbedingungen. Was eure Spezies als 'menschlich' oder 'menschenähnlich' bezeichnet, sind tatsächlich unter raumfahrenden Zivilisationen weit verbreitete Denk- und Verhaltensmuster. Unsere Gelehrten sind zu der Überzeugung gelangt, dass nur eine bestimmte Art des Denkens und Handelns eine Spezies langfristig überleben lässt. Für uns alle, ganz gleich, wo wir geboren wurden, gelten die gleichen Naturgesetze und auch die gleichen Gesetzmäßigkeiten der Evolution. Natur ist Natur – ob auf der Erde, auf Kraytar-Prime oder auf irgendeinem anderen Planeten. Und so wie es nur eine kleine Bandbreite physikalischer Rahmenbedingungen gibt, unter denen Leben überhaupt entstehen kann, so gibt es auch nur eine kleine psychologische Bandbreite, in der es gedeihen und langfristig existieren kann. Spezies, die für uns völlig fremde, ja abwegige Moral- und Lebensvorstellungen haben, werden sehr schnell wieder untergehen, da es ihnen nicht möglich ist, im Einklang mit ebendiesen physikalischen und psychologischen Rahmenbedingungen zu existieren. Sie vernichten entweder sich selbst oder ihren Planeten, lange bevor ihnen der Sprung ins All gelingen kann. Zu einer raumfahrenden Zivilisation heranzuwachsen setzt nicht nur einen technologischen, sondern auch einen intellektuellen und moralischen Reifeprozess voraus, der zwangsläufig überall zu ähnlichen Ergebnissen und Erkenntnissen führen muss. Und deshalb, liebe Miss Joycelyn, sind wir einander, bei allen äußerlichen Unterschieden, geistig nicht so fremd, wie man vermuten möchte.«

»Die Vorstellung, Aliens würden erstaunlicherweise so wie wir Menschen denken und handeln, ist demzufolge nichts als anthropozentrische Arroganz.« Mireille nahm ihren Worten mit einem Lächeln die Schärfe. »In Wahrheit folgen alle Intelligenzwesen lediglich den für ein Überleben von der Natur vorgegebenen Moral- und Denkstrukturen. Außerirdische Intelligenzen sind also nicht überraschenderweise wie wir – wir sind schlicht und ergreifend nicht anders als alle anderen Spezies!«

»Alle intelligenten Lebewesen sind also so etwas wie Brüder im Geiste«, stellte Joy fest. Der Gedanke gefiel ihr.

»Aber leider gibt es auch unter Brüdern immer wieder Streit«, sagte Jarallor. »Dass intelligente Spezies durchaus ähnliche psychologische Verhaltens- und Handlungsmuster aufweisen, bedeutet leider nicht, dass sie alle in Frieden miteinander leben können. Innerhalb dieser Bandbreite kann und wird es auch immer wieder Interessenkonflikte geben.«

»So wie mit dem Zelkanischen Imperium«, schaltete sich Alex ein und brachte das Gespräch damit auf einen Punkt, der von großer Bedeutung für den anstehenden Besuch von Kraytar-Prime war. Die Hegemonie von Krayt war nicht zuletzt auch ein Verteidigungsbündnis. »Das entdeckte Späherschiff lässt nichts Gutes vermuten.«

»Natürlich hat man im Zelkanischen Imperium ebenfalls die Energiesignatur des auf eurem Mond entdeckten Schiffes der *Ersten* angemessen und daraufhin ein Späherschiff hierher entsandt. Wahrscheinlich sogar mit der Absicht, einen Angriff vorzubereiten. Aber meine Analysten und Xeno-Psychologen sind sich sicher, dass das Imperium es nicht ohne Weiteres wagen wird, das Sol-System anzugreifen, nachdem wir die Erde offiziell in die Hegemonie aufgenommen haben.«

Es war erst wenige Tage her, dass die letzten Stimmen auf der Erde ausgezählt worden waren. Zwar hatte es Unterschiede in den einzelnen Ländern und Machtblöcken gegeben, doch die Menschen hatten sich insgesamt mit einer knappen, aber doch deutlichen Mehrheit für eine Mitgliedschaft der Erde als zwölfte Spezies in der Hegemonie von Krayt ausgesprochen.

Natürlich hatte es eine nicht unerhebliche Rolle gespielt, dass innerhalb weniger Wochen nach Ankunft der Flotte fast sämtliche bislang als unheilbar geltenden Krankheiten mithilfe der überlegenen medizinischen Möglichkeiten der Hegemonie so gut wie ausgerottet worden waren. Doch nicht nur das – es war schnell ersichtlich geworden, dass auch der gerade erst anlaufende Technologietransfer die Lebensbedingungen der Menschen drastisch verbessern und die Umwelt immens entlasten würde. Auch diejenigen, die anfänglich der Hegemonie noch finstere Absichten unterstellt hatten, mussten angesichts der realen Entwicklung klein beigeben. Selbst in den USA, wo bis zu dem noch nicht lange zurückliegenden Umsturz die fremdenfeindlichen Evangelikalen unter Präsident Butcher die Völker der Hegemonie als 'Invasoren', 'Dämonen' und 'Abgesandte des Teufels' verunglimpft hatten, war eine – wenn auch äußerst knappe – Mehrheit für den Beitritt gewesen. Natürlich hatten sich die Vertreter der Hegemonie hier ganz besonders bemüht, die Vorteile hervorzuheben, die eine Mitgliedschaft den Menschen bringen würde, und es gab fast kein Krankenhaus mehr in den USA, in dem nicht die modernsten, von Jarallor bereitgestellten medizinischen Gerätschaften im Einsatz waren.

Die Materiedrucker und Technoassembler an Bord der Versorgereinheiten der hegemonialen Flotte liefen seit Wochen auf Hochtouren, und der Strom neuartiger Gerätschaften mit einzigartigen Fähigkeiten aus dem Orbit hinunter zur Erde riss nicht ab. Sämtliche Länder der Erde hatten in wenigen Wochen und Monaten einen Technologiesprung vollzogen, der zumindest ein paar Jahrhunderte umfasste.

Kein Argument war jedoch schlagkräftiger gewesen und hatte mehr Menschen von den Vorteilen einer Mitgliedschaft in der Hegemonie überzeugt als die Aussicht, das Leben ihrer von den irdischen Ärzten bereits aufgegebenen Liebsten retten zu können.

Sofort nach Bekanntgabe des Wahlergebnisses hatte Jarallor schnelle subraumfähige Nachrichtendrohnen mit einer entsprechenden Erklärung nach Kraytar-Prime und in alle wichtigen besiedelten Systeme der Hegemonie geschickt. Leider gab es im

Sol-System noch keine Station zur Übertragung von FTL-Nachrichten. Eine solche *Quantenfunkstation* konnte mittels speziell erschaffener, quantenverschränkter Elementarteilchen Nachrichten über Lichtjahre in Echtzeit versenden. Wenn damit auch nur einfache Textnachrichten auf dem primitiven Niveau frühzeitlicher, irdischer Morsesignale übermittelt werden konnten, so war dies doch die einzige Möglichkeit einer überlichtschnellen Kommunikation. Allerdings war die Technik dieser Stationen hochkomplex und sie benötigten zudem enorme Energiemengen. Üblicherweise umkreisten sie die jeweilige Sonne in einem möglichst engen Orbit und zapften die benötigen Energien direkt von der Sonnenoberfläche ab. Aus diesem Grund wurde nur in den wichtigsten Systemen der Hegemonie eine solche Quantenfunkstation erbaut. Auch das Sol-System sollte eine erhalten. Die Errichtung noch innerhalb der Bahn des Merkur befand sich allerdings erst im Planungsstadium, und es würde noch mehr als ein Jahr vergehen, bis sie in Betrieb genommen werden konnte.

In den vergangenen Tagen würden jedoch auch die langsameren Subraum-Nachrichtendrohnen ihre Zielsysteme erreicht haben. Das Zelkanische Imperium hatte zwischenzeitlich sicherlich durch seine Spione auf diesen Welten ebenfalls von der Aufnahme der Erde in die Hegemonie erfahren.

»Unsere Analysten sind der Überzeugung, dass das Imperium es nicht wagen wird, einen Krieg gegen die Hegemonie zu beginnen. Nicht aus dem Stand heraus, innerhalb einer solch kurzen Zeitspanne und ohne eingehende Planung und Vorbereitung«, sagte der

Protektor. »Mittel- und langfristig dürfen wir diese Gefahr natürlich nicht aus den Augen verlieren. Der Lohn in Form eines Schiffes der *Ersten* ist auch für das Zelkanische Imperium verlockend.«

»Warum bringen wir die *Goldene Nova* nicht einfach nach Kraytar-Prime?«, wollte Alex wissen. »Nirgendwo sonst dürfte sie vor einem Zugriff durch Neider besser geschützt sein.«

Der Ausdruck auf Jarallors fremdartigem Gesicht war selbst für Joy unschwer zu deuten. Er zeugte von maßlosem Entsetzen.

»Das Schiff in das Herz der Hegemonie bringen? Das kommt nicht infrage! Das wäre verantwortungslos«, brach es aus dem Protektor heraus. »Damit würden wir unser wichtigstes System zum Ziel für einen Angriff durch die Zentrumsmächte machen. Sie werden früher oder später hier auftauchen, das steht außer Frage, auch wenn es noch einige eurer Jahre dauern wird. Die *Goldene Nova* darf niemals auch nur in die Nähe von Kraytar-Prime gelangen!«

Joy verkniff sich die Bemerkung, dass Jarallor anscheinend kein Problem damit hatte, das Sol-System als potenzielles Angriffsziel zu akzeptieren.

Dieser hingegen machte mit der rechten Hand eine Bewegung, die signalisierte, dass dieses Thema für ihn endgültig abgeschlossen war.

»Nun, ich habe Sie vor allem zu mir gebeten, um Ihnen das junge Erdenkind vorzustellen, bevor wir nach Kraytar-Prime aufbrechen. Wir verdanken Joycelyn die Aufdeckung eines gefährlichen Plots, dessen Erfolg unsere Mission deutlich erschwert hätte. Es ist erstaunlich, dass ein so junges Wesen, das sich noch im Reifeprozess befindet, bereits eine derartige Eigeninitiative zeigt. Bei den anderen Mitgliedsvölkern der Hegemonie wäre etwas Vergleichbares schwerlich zu finden. Überhaupt scheinen die Menschen in vielerlei Hinsicht eine außergewöhnliche Spezies zu sein. Viele Individuen verbinden die Fähigkeit der Eigeninitiative mit der Bereitschaft, in Gruppen zusammenzuarbeiten, was in sich ein Widerspruch zu sein scheint. Gleichzeitig verfügen sie über ein außerordentlich hohes Aggressionspotenzial, ohne dass dies jedoch eine Zusammenarbeit in der Gruppe beeinträchtigt. Diese Kombination widersprüchlicher Eigenschaften könnte für die gesamte Hegemonie von Nutzen sein, wenn es zu einer militärischen Konfrontation mit anderen Sternenreichen kommen sollte.«

»Inwiefern?«, wollte Mireille wissen und legte fragend die Stirn in Falten.

»Spezies, die sich gut in Gruppen einfügen und harmonieren, sind üblicherweise recht friedliebend, was sie als Kämpfer eher ungeeignet sein lässt. Soldaten einer extrem aggressiven Spezies hingegen tun sich schwer damit, diszipliniert in größeren Verbänden zu agieren und sich einer militärischen Ordnung zu unterwerfen. Übrigens ein Handicap, das es dem Zelkanischen Imperium bisher schwer gemacht hat, der Hegemonie tatsächlich gefährlich zu werden. Die Menschen vereinen beides auf eine Art, wie wir sie bisher bei keiner anderen Spezies gefunden haben.«

»Was genau bedeutet das?«, wollte Alex wissen und hatte bereits einen Verdacht.

»Die Menschheit könnte sehr schnell zum militärischen Rückgrat der Hegemonie werden«, sagte der Protektor. »Schon aus diesem Grund konnten wir es nicht zulassen, dass sich die Erde einem anderen Sternenreich anschließt. Wir wollen euch Menschen als Freunde und Verbündete, denn als Gegner wärt ihr für uns schon sehr bald viel zu gefährlich geworden!«

Joy staunte über die Ehrlichkeit des Protektors. Doch sie sollte sofort erkennen, warum er dieses Thema angeschnitten hatte.

»Und dies bringt mich zu dem unangenehmeren Teil unseres Treffens«, sagte Jarallor und machte die kraytsche Geste des entschuldigenden Bedauerns. »Wie Sie wissen, Alexander, hat der Hegemon in seiner letzten Depesche zugestimmt, dass die Hegemonie ihrem neuen Mitgliedsvolk eine kleine Flotte von zwanzig Kampfschiffen zur Verfügung stellt. Es ist von jeher das Bestreben der Hegemonie gewesen, ihren Mitgliedsvölkern ausreichend militärische Mittel an die Hand zu geben, um ihr Heimatsystem notfalls so lange alleine verteidigen zu können, bis Hilfe durch die hegemoniale Raumflotte eintrifft. Angesichts des Spähschiffes des Zelkanischen Imperiums erscheint es dem Hegemon angebracht, diesen Schritt bereits jetzt zu veranlassen. Sie, Alexander, waren ja ein Mitglied der technischen Kommission, die sich mit diesem Thema befasst hat.«

»Aber Protektor, es handelte sich bisher nur um Vorgespräche über eine später anstehende militärische Aufrüstung. Weder war die Bezahlung der Schiffe geklärt noch verfügt die Menschheit über ausgebildete Besatzungen. Wir benötigen für die zwanzig Schiffe etwa dreitausend irdische Besatzungsmitglieder, die alle erst geschult werden müssen. Bisher sind wir davon ausgegangen, dass dies in ein oder zwei Jahren umgesetzt werden würde.«

Joy wunderte sich darüber, dass die Erde ganz offensichtlich für die Schiffe bezahlen sollte. Bis ihr einfiel, dass es auch in der Hegemonie nichts umsonst gab. Ihr Wirtschaftssystem war eindeutig streng kapitalistisch.

Doch warum ist dies der unangenehme Teil dieses Gesprächs?, wunderte sie sich.

Die Antwort auf Joys Frage erfolgte sofort.

»Das Erscheinen eines Zelkanischen Späherschiffes am Rand des Sol-Systems hat den Zeitplan geändert«, erklärte Jarallor. »Es ist nun umso dringender geworden, der Menschheit so schnell wie möglich eine eigene, kleine Raumflotte zur Verfügung zu stellen. Auch wenn unsere Analysten es für unwahrscheinlich halten, dass die Zelkaner in naher Zukunft angreifen werden, so müssen wir bereits jetzt damit beginnen, das Sol-System zu sichern. Die Bezahlung ist sekundär. Ich bin sicher, dass wir uns als Gegenleistung darauf einigen können, Einblick in die Technologie der *Ersten* zu erhalten, wenn die Menschen die *Goldene Nova* weiter untersuchen.«

Ah, dachte Joy, *daher weht der Wind! Sich selbst die Finger nicht schmutzig machen wollen, um die Zentrumsmächte nicht gegen sich aufzubringen, aber gerne von den verbotenen Früchten naschen wollen.*

Dies war ganz offensichtlich zwanzig gebrauchte Kampfschiffe wert.

»Und was die Besatzungen betrifft: Mir ist bekannt, dass die meisten irdischen Regionalregierungen bereits eine Vorauswahl unter den Freiwilligen in ihren ehemaligen nationalen Armeen und Raumfahrtorganisationen getroffen haben. Wenn dieser Prozess schnellstmöglich abgeschlossen wird, können die ausgesuchten Männer und Frauen sofort mit ihrem Training an Bord der im Sol-System stationierten Einheiten beginnen.« Er warf Alex einen Blick zu, den Joy nicht gleich deuten konnte. »Der Hegemon hat auf meine Empfehlung hin Sie, Alexander Walker, zum *Zweiten Schild* und Oberbefehlshaber der neu gegründeten *Terranischen Raumverbände* ernannt.«

Alex blickte den Protektor konsterniert an und runzelte die Stirn. »Ich … äh … ich wüsste nicht, dass ich mich um diesen Posten beworben hätte! Und 'Zweites Schild'? Ist das nicht ein Rang, der in etwa dem eines irdischen Generals entspricht? Ich bin in meiner militärischen Laufbahn nicht über den Rang eines Majors hinausgekommen. Das wäre ein zu großer Sprung, denke ich. Außerdem gibt es sicher qualifiziertere Bewerber als mich.«

»Es obliegt alleine dem Hegemon, außerordentliche Beförderungen auszusprechen, und Ihr vormaliger irdischer Rang ist hierbei nicht von Belang. Außerdem vertrauen wir Ihnen, und wenn Sie ehrlich sind, gibt es *niemanden* auf der Erde, der für eine solche Position vorbereitet wäre. Abgesehen davon ist es nicht nur Tradition, sondern auch aus politischen Gründen unerlässlich, dass der Oberbefehl der Heimatflotte einem Angehörigen des jeweiligen Volkes übertragen wird. Also, Alexander Walker, werden Sie dem Wunsch des Hegemon nachkommen?«

Alex sah fragend zu Mireille, die nach kurzem Zögern unmerklich nickte. Joy wusste, dass Jarallor recht hatte. Es gab auf der Erde niemanden, der besser für diesen Job qualifiziert gewesen wäre als ihr

Adoptivvater. Es gab auf der Erde *überhaupt niemanden*, der für diesen Job qualifiziert war! Es machte aus Sicht des Protektors und des Hegemons also durchaus Sinn, ihn jemandem anzuvertrauen, den sie kannten und der seine Loyalität bereits unter Beweis gestellt hatte. Außerdem hatte Alex militärische Erfahrung, war ein ausgebildeter Astronaut und auch ein erfahrener Raumschiffkommandant – er war mit Sicherheit qualifiziert.

Doch dann fiel Joy ein, was Jarallors Angebot noch zu bedeuten hatte.

»Du … du wirst nicht mit nach Kraytar-Prime fliegen können!«, stieß sie hervor.

Jarallor machte wieder die Geste des entschuldigenden Bedauerns. »Das stimmt leider, Miss Joycelyn. Ihr Adoptivvater wird hier gebraucht, wenn er unser Angebot annimmt. Also, Alexander Walker, werden Sie die Führung der Terranischen Raumverbände übernehmen?«

Alex seufzte und nickte schließlich. »Na schön! Es ist zwar nicht die Karriere, von der ich geträumt habe, aber ich verstehe die Beweggründe des Hegemon. Und ich bedanke mich für das Vertrauen.« Er wandte sich an die beiden Frauen an seiner Seite. »Mireille, Joy, wie es aussieht, werdet ihr wohl leider ohne mich auf große Fahrt gehen müssen. Es tut mir sehr leid, ich hätte euch gerne begleitet und natürlich hätte ich Kraytar-Prime gerne in natura gesehen anstatt nur als Hologramm.«

Joy umarmte ihren Adoptivvater. »Hey, mein neuer, alter Herr ist jetzt so was wie der Jean-Luc Picard des Sol-Systems! Cool!«

»Wie wer?« Alex sah Joy verwirrt an.

»Oh mein Gott!« Joy musste schallend lachen. »Du hast ja doch Wissenslücken. Schau im Earthnet nach, alter Mann!«

Auch Mireille umarmte ihren Lebensgefährten und küsste ihn zärtlich. »Ich hoffe, du findest unter den Freiwilligen einen guten William T. Riker«, sagte sie und zwinkerte Joy verschwörerisch zu.

Alex sah nun noch verwirrter aus, doch bevor er etwas sagen konnte, zog Jarallor eine kleine, goldene Spange aus der Tasche, die ein längliches, achteckiges Schild symbolisierte. In der Mitte der Spange waren zwei funkelnde, rote Edelsteine eingesetzt.

»Zweites Schild in der hegemonialen Raumflotte Alexander Walker, ich beglückwünsche Sie zu Ihrem neuen Rang«, sagte der Protektor und heftete die Spange an die linke Brustseite von Alex´ Jackett.

20. Februar 2094: auf Zelka
Konzilspalast in Zelkandia

Der *Konziliar* sah sich an dem runden Tisch um. Die ihn eingerechnet elf Mitglieder des imperialen Konzils saßen rings um die auf einem Antigravkissen schwebende, kreisrunde Tischplatte aus sündhaft teurem Malleka-Holz, dessen Oberfläche je nach Lichteinfall in verschiedenen Farben schillerte, als sei sie mit einem Ölfilm überzogen. Die Sitzordnung sollte verdeutlichen, dass sie prinzipiell gleichrangig waren, doch die etwas höhere Rückenlehne seines Sessels deutete dezent den besonderen Status des Konziliars an.

Tatsächlich war es ein mehr als nur leicht herausgehobener Status. Der Konziliar war nicht etwa nur Erster unter Gleichen, sondern der absolute Herrscher über Leben und Tod im Zelkanischen Imperium. Auch über das Leben der hier Anwesenden.

Konziliar Rallek Frentar war von Geburt an auf seine zukünftige Rolle vorbereitet worden. Seine Familie stellte bereits seit Dutzenden von Generationen den Konziliar – seit sie in einem kurzen, aber heftigen Bürgerkrieg die bis dahin regierende Familie vom Thron gestoßen hatte. Und Rallek würde alles dafür tun, dem Haus Frentar ein solches Schicksal zu ersparen. Dazu gehörte allerdings nicht nur die Fähigkeit, sich konkurrierender Familien zu entledigen, er musste seine Untergebenen auch davon überzeugen, dass sich das Imperium unter seiner Führung zu neuer Blüte aufschwingen konnte, nachdem es auf fast allen Gebieten zunehmend hinter die Hegemonie von Krayt zurückgefallen war.

Die Geduld der anderen Familien der Führungsschicht war nicht unerschöpflich.

Die Geschichte des Zelkanischen Imperiums hatte gezeigt, dass sich regierenden Häuser und Konziliare nicht lange auf dem Thron halten konnten, wenn die Opposition gegen sie ein bestimmtes Maß überschritt. Und dieses Maß wurde nicht zuletzt davon bestimmt, wie erfolgreich der Konziliar das Imperium durch die politischen, militärischen und ökonomischen Wirren der Galaxis zu steuern verstand. Rallek wusste, dass er sich nicht erlauben konnte, das Imperium noch weiter hinter die Hegemonie zurückfallen zu lassen.

Die Aasfresser lauerten schon am Horizont, darauf hoffend, bald ihre Zähne in seine politische und tatsächliche Leiche schlagen zu dürfen!

Rallek wusste durch seine Geheimdienste von den geflüsterten Gesprächen in den Wandelgängen des Palastes und von den konspirativen Treffen in den Villen einflussreicher Familien, bei denen man bereits damit begann, sich despektierlich über das Haus Frentar zu äußern. Leise noch und mit scheuen Blicken über die Schulter, doch die Saat des Zweifels an seiner Führung war bereits gelegt. Wollte Rallek die Thronfolge seines erst kürzlich geborenen Sohnes sicherstellen, musste er bald einen Beweis seiner Fähigkeiten liefern, der ausreichte, um die Zweifler verstummen zu lassen.

Die jetzt eingeleitete Operation würde, sollte sie erfolgreich enden, die Herrschaft des Hauses Frentar auf Generationen hinaus zementieren. Sie *musste* erfolgreich enden!

»Wir werden also mit Phase zwei beginnen«, sagte er und blickte den Konzilsherren der Reihe nach ins Gesicht.

Sämtliche Augen, in die er blickte, drückten Zustimmung aus. Rallek hatte es nicht anders erwartet. Die zehn Konzilsherren waren ihm treu ergebene Gefolgsleute. Jeder von ihnen wusste genau, dass Widerspruch schnell mit dem Verlust der eigenen Position und aller damit verbundenen Privilegien enden konnte – wenn nicht sogar mit Schlimmerem.

»Wir sind uns also einig, sehr gut«, fasste Rallek das Ergebnis der Besprechung zusammen. »Der Angriff auf das von den Paschtarur 'Oowuulonga' genannte System war ein voller Erfolg und wir setzen unsere Operation wie geplant fort. Wie weit sind wir mit dem nächsten Schritt?«

Galaxienträger erster Klasse Kolak Potera wusste, dass die Frage an ihn gerichtet war. Der ranghöchste Militär des Zelkanischen Imperiums – natürlich immer noch dem Konziliar untergeordnet – war verantwortlich für die Planung und die bereits angelaufene Durchführung der gesamten Operation. Angesichts der Kürze der Zeit, seitdem man das Signal des Ersten-Schiffes empfangen hatte, war dies keine einfache Aufgabe gewesen. Kolak Potera konnte nur hoffen, dass seine Mitarbeiter bei der hastig erstellten Ausarbeitung des Plans nichts übersehen und keine groben Fehler gemacht hatten. Der Konziliar war nicht dafür bekannt, ein Übermaß an Verständnis für die Fehler seiner Untergebenen aufzubringen, und er würde es nicht dulden, wenn

Potera seine Verantwortung auf untergeordnete Ränge abzuschieben versuchte.

»Die Mobilmachung läuft wie geplant. Es dürfte uns gelungen sein, die Flottenteile an den Sammelpunkt zu verlegen, ohne dass dies den sicherlich im Imperium vorhandenen Spionen der Hegemonie aufgefallen sein sollte. Nach außen hin ist nichts durchgedrungen, was nicht wie ein gewöhnliches und nicht sonderlich bemerkenswertes Flottenmanöver ausgesehen hat, wie wir sie in regelmäßigen Abständen durchführen. Sämtliche Direktiven für die eigentliche Operation wurden den Geschwaderkommandanten auf verschlüsselten Datenspeichern übergeben, mit dem ausdrücklichen Befehl, diese erst während des Subraumflugs zu öffnen. Sollten sich an Bord einiger unserer Schiffe trotz der letzten Säuberung immer noch Agenten der Hegemonie befinden, so werden sie natürlich auch keine Möglichkeit mehr haben, eine Nachricht an den Feind zu senden, sobald unsere Schiffe am Sammelpunkt eingetroffen sein werden.«

»Wann wird das sein?«, fragte der Konziliar.

»Die ersten Flottenteile müssten den Sammelpunkt bereits erreicht haben und ich rechne mit dem Eintreffen der letzten Geschwader in den nächsten beiden Tagen.«

»Wann kann der eigentliche Angriff erfolgen?«

»Das hängt in erster Linie von der Reaktion der Hegemonie auf unseren Angriff auf das Oowuulonga-System ab, Exzellenz. Die Flugzeit von dort bis nach Kraytar-Prime beträgt für das langsame Prospektorenschiff der Paschtarur rund zehn Standardtage. Der Angriff erfolgte vor acht Tagen, das Schiff wird also noch etwa zwei Tage bis nach Kraytar-Prime benötigen. Es gibt keine Systeme in diesem Raumsektor, die über eine Möglichkeit verfügen, quantenverschränkte Nachrichten zu senden. Der Hegemonialrat kann also erst durch das Schiff, das unsere Flotte hat entkommen lassen, von dem Angriff erfahren und er wird mindestens zwei weitere Tage benötigen, um seinerseits eine Entsatzflotte zusammenzustellen und sie in das Oowuulonga-System zu schicken. Diese ist natürlich wesentlich schneller, kann jedoch frühestens in zehn Tagen – von heute an gerechnet – dort eintreffen. Die in der Hegemonie übliche Militärdoktrin verlangt zudem, dass die Entsatzflotte mindestens die doppelte Größe des Angreifers umfassen muss und sich eine weitere, gleichgroße Flotte nicht mehr als zwei Flugtage entfernt bereitzuhalten hat, um notfalls schnell ins Zielgebiet verlegt werden zu können, falls ein Angreifer weitere Einheiten ins Feld führt. Unser Angriff auf Oowuulonga sollte demzufolge innerhalb der nächsten Wochen mindestens die Hälfte der gesamten Raumflotte des Feindes weit entfernt vom eigentliche Operationsgebiet binden.«

»Während auf unserer Seite weniger als ein Achtel der glorreichen imperialen Raumflotte im Oowuulonga-System gebunden ist«, stellte der Konziliar zufrieden fest. »Sehr gut! Wie sehen Ihre weiteren Planungen aus, Galaxienträger?«

»Der Flottenaufmarsch ist so gut wie abgeschlossen, Exzellenz. Alles hängt nun davon ab, wann unsere Agenten auf Kraytar-Prime den Abflug der Entsatzflotte ins Oowuulonga-System bestätigen können. Unsere Botschaft auf Kraytar-Prime wird daraufhin in der diplomatischen Depesche, die regelmäßig über Quantenfunk nach Zelka gesendet wird, ein Codewort übermitteln. Sobald dieses bei uns eingeht, setzen wir die imperiale Raumflotte in Marsch.«

»Wie können Sie die Flotte kontaktieren, um ihr so schnell wie möglich den Marschbefehl zu erteilen? Sie ist Hunderte von Lichtjahren von Zelka entfernt.«

»Nur einen Flugtag für eine schnelle Nachrichtendrohne vom Sammelpunkt entfernt befindet sich ein System mit einer Quantenfunkstation. Ich habe bereits dafür gesorgt, dass dort in den kommenden Tagen einer meiner Leute Dienst tun wird. Sobald wir hier auf Zelka von unseren Agenten darüber informiert werden, dass die hegemoniale Flotte ins Oowuulonga-System unterwegs ist, werde ich veranlassen, dass ein codierter Quantenfunkspruch von hier an meinen Agenten geschickt wird. Er wird daraufhin eine schnelle Drohne mit dem Marschbefehl an die nur ihm bekannten Koordinaten des Sammelpunkts schicken.«

Der Konziliar nickte zufrieden. Galaxienträger erster Klasse Kolak Potera schien an alles gedacht zu haben.

»Wann wird das eigentliche Angriffsziel erreicht werden?«, fragte er zum Abschluss.

»Da sich das Aufmarschgebiet etwa auf halber Strecke zum Zielsystem befindet, wird die imperiale Flotte dieses bei maximaler Marschgeschwindigkeit innerhalb von weiteren fünfundzwanzig Tagen erreichen, Exzellenz! Ich gehe davon aus, dass der Angriff auf das System, das die dortige Spezies als Sol-System bezeichnet, von heute an gerechnet spätestens in rund dreißig Tagen beginnen kann.«

20. Februar 2094: im Subraum an Bord der *Stolz von Trakon*

Langweilig! Ein Flug durch den Subraum war in erster Linie fürchterlich langweilig!

Die *Stolz von Trakon* war im typischen Stil von Jarallors Volk erbaut worden. Das dreieckige Schiff, dessen Kantenlänge an den Seiten etwas mehr als vierhundert, am Heck jedoch nur knapp dreihundert Meter betrug, bei einer recht gleichförmigen Höhe von nicht ganz einhundert Metern, verfügte über eine Besatzung von einhundertfünfzig Personen und konnte bis zu einhundert Gäste aufnehmen. Es gehörte zu den modernsten und schnellsten Schiffen der hegemonialen Flotte.

Trotzdem nahm der Flug von der Erde nach Kraytar-Prime mit einem Überlichtfaktor von nicht ganz 5000 für die rund 160 Lichtjahre immer noch 12 Tage in Anspruch. 12 langweilige Tage!

Joy drehte sich in ihrem Bett erneut von einer Seite auf die andere. Sie konnte seit Stunden nicht einschlafen. Zumindest kam es ihr wie Stunden vor, auch wenn ein Blick auf das neben ihr liegende HoloPad zeigte, dass seit ihrem letzten Blick noch nicht einmal drei Minuten vergangen waren und sie sich erst vor einer knappen Stunde hingelegt hatte.

Das leise Summen und Brummen der diversen Aggregate an Bord der *Stolz von Trakon* nahm Joy schon gar nicht mehr wahr. Die allgegenwärtigen, aber kaum hörbaren Hintergrundgeräusche waren nicht der Grund für ihre Ruhelosigkeit.

Auch die Langeweile war nicht für Joys innere Anspannung verantwortlich.

Irgendetwas beunruhigte sie!

Joy konnte jedoch nicht den Finger darauf legen, was genau der Auslöser sein mochte – es fühlte sich wie bei einem Wort an, von dem man weiß, dass man es kennt, das einem auf der Zunge liegt und doch nicht ausgesprochen werden kann. Je länger und angestrengter man verzweifelt versucht, dieses Wort aus seinen Gehirnwindungen hervorzukramen, umso flüchtiger wird es. Jedes Mal, wenn man glaubt, es erhascht zu haben, entzieht es sich im letzten Moment erneut dem Zugriff.

Es war zum Verrücktwerden!

Die *Stolz von Trakon* war vor vier Tagen aus dem Sol-System nach Kraytar-Prime aufgebrochen. Das Schiff war eines der schnellsten in der Flotte der Hegemonie, die vor fünf Monaten ins Sol-System eingefallen war. Trotzdem würde es noch weitere acht Tage dauern, bis sie das Krayt-System erreichen würden.

Inzwischen waren neue Schiffe von dort im Sol-System eingetroffen und andere waren abgeflogen. Die Hegemonie hatte Kampfschiffe und Raumtruppen turnusmäßig rotieren lassen, und kürzlich hinzugestoßene Ingenieurtrupps hatten damit begonnen, auf dem irdischen Mond einen riesigen Militärstützpunkt zu errichten.

In einem hohen Orbit über der Erde war man außerdem dabei, rings um den Planeten Dutzende von Verteidigungsplattformen zu installieren. Die Nachricht von dem Späherschiff des Zelkanischen Imperiums hatte diese Maßnahme in der Prioritätenliste aufrücken lassen.

Zusätzlich waren Dutzende Diplomaten eingeflogen worden, um nicht nur in jeder Hauptstadt der Erde einen Repräsentanten der Hegemonie einsetzen zu können, sondern auch um die enormen bürokratischen Umwälzungen zu begleiten, die eine politische und wirtschaftliche Vereinigung des gesamten Planeten und seine Eingliederung in das komplexe Geflecht der Hegemonie zwangsläufig zur Folge haben musste, bei der Organisation zu helfen und den Vorgang mithilfe der unglaublichen technischen Möglichkeiten der Hegemonie zu unterstützen. Es würde sicherlich noch Jahre dauern, bis sich auch im entlegensten Winkel und im kleinsten Land der Erde die Menschen an den Gedanken gewöhnt haben würden, nicht mehr verschiedenen Staaten oder Ideologien anzugehören, sondern als *geeinte* Menschheit Mitglied in einem Bund raumfahrender Zivilisationen zu sein.

Die Menschheit war unwiderruflich ins All aufgebrochen!

Mehr durch die Umstände getrieben und von anderen Mächten gedrängt als durch eigene Anstrengungen, aber dies spielte nun keine Rolle mehr. Es gab kein Zurück mehr in die '*Splendid Isolation*', die 'wunderbare Isolation' wie sie sich Robert Gascoyne-Cecil, der dritte Marquess of Salisbury, im 19. Jahrhundert für die Britischen Inseln gewünscht hatte. Und so wie damals Großbritannien sich irgendwann nicht mehr der Tatsache hatte entziehen können, dass in Europa, unmittelbar vor der eigenen Haustür, konkurrierende Mächte heranwuchsen, so konnte sich die Erde nicht mehr der Tatsache entziehen, dass sich in ihrer unmittelbaren

Nachbarschaft, in dem galaktischen Spiralarm, in dem die Menschheit zuhause war, eine Vielzahl von Sternenreichen tummelten, von denen einige zur Gefahr werden konnten.

So wie das Zelkanische Imperium!

Joy drehte sich erneut auf die andere Seite, zog die dünne Bettdecke bis unter das Kinn und seufzte. Hinter der Wand am Kopfende ihres Bettes befand sich Mireilles Kabine. Joy fragte sich, ob ihre Adoptivmutter und beste Freundin selig schlummerte oder ebenfalls wach lag und über all das grübelte, das in den letzten Monaten auf die Menschheit und sie persönlich eingestürzt war.

Es gab kaum einen Menschen auf der Erde, für den sich das Leben nicht grundlegend geändert hatte. Einzig die letzten indigenen Völker lebten weiterhin geschützt in den noch verbliebenen Dschungelreservaten. Für alle anderen war nichts mehr so, wie es gewesen war. Trotzdem waren die gewaltigen gesellschaftlichen Umwälzungen bisher erstaunlich reibungslos und friedlich verlaufen, wie Joy fand. Sie hatte mit mehr Widerstand und größeren Komplikationen gerechnet.

Ihre Gedanken wurden wieder von dem Gefühl einer unbestimmten Bedrohung unterbrochen, das Joy aus unerfindlichen Gründen seit mehreren Stunden heimsuchte. Sie hatte mit niemandem darüber gesprochen – auch nicht mit Mireille –, da sie nichts Konkretes hätte vorweisen können.

Man würde meine vagen Ahnungen einer drohenden Gefahr sicher mit irgendwelchen dummen Sprüchen abtun oder auf angebliche hormonelle Schwankungen während der Pubertät schieben, vermutete Joy und verspürte bei dieser

Vorstellung eine Mischung aus Verärgerung und Amüsement. *Was zum Teufel geht in meinem Kopf vor? Was habe ich gesehen oder gehört, das mein Unterbewusstsein aufgeschnappt hat und das jetzt in mir rumort?*

Sie beschloss, das Ganze logisch anzugehen. Irgendetwas hatte dieses Gefühl in ihr ausgelöst und dieses Etwas konnte im Grunde nur heute geschehen sein.

Was war heute anders als an den Tagen zuvor, überlegte Joy.

Dann fiel es ihr ein.

Wir durften heute Morgen die Brücke der 'Stolz von Trakon' besichtigen. Es war das erste Mal, dass alle Mitglieder der Delegation zusammenkamen!

Zwar hatte Joy beim Einschiffen vor vier Tagen und auch an den beiden Tagen danach während der Mahlzeiten immer wieder andere Mitglieder der kleinen menschlichen Abordnung kennengelernt, die den Flug nach Kraytar-Prime mitmachen durften, doch niemals alle gleichzeitig. Es war nicht auszuschließen, dass der eine oder andere ihr noch nicht begegnet war. Bis sie heute Morgen alle zusammen die Brücke besichtigt hatten!

Protektor Jarallor hatte seinen Gästen natürlich die überlegene Technik der Hegemonie vorführen wollen, es dabei jedoch andererseits vermeiden müssen, die Brückenbesatzung über Gebühr von ihren Aufgaben abzulenken. So hatte es bei einem Besuch der Brücke bleiben müssen. Deshalb waren zum ersten Mal alle vierundfünfzig Terraner, die sich an Bord befanden, zusammengekommen. Es wäre aufgefallen, wenn einer der Gäste kein Interesse gezeigt hätte und lieber in seiner Kabine geblieben wäre!

Einer der anderen Menschen an Bord muss mir unbewusst aufgefallen sein, überlegte Joy, doch sie wusste immer noch nicht, was genau daran ihr Unterbewusstsein hatte Alarm schlagen lassen.

Aber es gab eine Möglichkeit, dies herauszufinden. Sie musste sich jeden einzelnen Menschen auf der *Stolz von Trakon* noch einmal ansehen. Vielleicht würde dies die nebelhaften Gedanken in ihrem Hinterkopf in den Vordergrund spülen und erkennbar machen.

Joy griff nach ihrem HoloPad und schaltete es mit einem Augenblinzeln ein. Es war auf ihre Iris programmiert und gewährte nur ihr Zugang.

Man hatte den Menschen begrenzten Zugang zum *Intranet* der *Stolz von Trakon* gewährt. Zwar hatten einige Hürden überwunden werden müssen, um die rückständige, terranische Technik mit der des Hegemonieschiffes kompatibel zu machen, doch die Flexibilität der hegemonialen Software hatte es schließlich erlaubt, wenigstens rudimentäre Zugriffe zuzulassen. So war es den Menschen an Bord möglich, über ihre HoloPads miteinander zu kommunizieren, ihren jeweiligen Standort im interaktiven Lageplan des Schiffes zu finden, um sich nicht zu verlaufen, und für sie gedachte Mitteilungen der Schiffsführung zu erhalten und abzurufen.

Doch Joy wollte mehr! Sie musste in eine Datenbank der *Stolz von Trakon* eindringen, um sich Informationen über alle Teilnehmer des Fluges nach Kraytar-Prime zu verschaffen. Wenn es unter ihnen einen gab, der ihr Unterbewusstsein hatte Alarm schlagen lassen, dann würde sie ihn auf diese Weise ausfindig machen können. Jeden von ihnen persönlich in Augenschein zu nehmen und eindringlich zu mustern konnte Verdacht bei den Betreffenden erregen – zumindest jedoch peinlich werden, falls sie sich irrte. Eine heimliche, virtuelle Überprüfung hingegen würde von niemandem bemerkt werden.

Falls … nein, *sobald* es ihr gelang, unbemerkt in das lokale Netzwerk des Schiffes einzudringen!

Drei Dinge stimmten Joy optimistisch. Die Techniker der Hegemonie waren sehr freizügig darin gewesen, den Menschen die grundlegenden Prinzipien ihrer Netzwerkstruktur und die gebräuchlichen Programmieralgorithmen nahezubringen. Dies war notwendig gewesen, um vorhandene irdische Netzwerke, vor allem das globale *Earthnet*, mit der hegemonialen Technologie kompatibel zu machen. Erst dies ermöglichte eine Hilfestellung bei den weltweit anstehenden Veränderungen, seien sie industrieller oder gesellschaftlicher Art. Zweitens ähnelte die Struktur ihrer Quantencomputer denen der Erde, auch wenn sie in ihrer Leistungsfähigkeit sehr viel weiter fortgeschritten waren. Die zugrunde liegenden quantenmechanischen Gesetzmäßigkeiten galten universell. Und drittens war Joy eine der besten Hackerinnen der Erde! Außerdem hatte sie von Beginn an den Technologietransfer mit Interesse verfolgt und dabei einen guten Einblick in die Netzwerkstrukturen der Hegemonie erlangt, wobei ihr sofort die eine oder andere Schwachstelle aufgefallen war.

Talent lässt sich halt nicht unterdrücken. Joy grinste vor sich hin, während sie ein spezielles Programm auf ihrem HoloPad aufrief, für dessen Besitz alleine sie selbst als Adoptivtochter des derzeit berühmtesten Paares der Welt wahrscheinlich vor einem Richter gelandet wäre.

Es gab noch einen weiteren Punkt, der Joy optimistisch stimmte: Der Speicher des Bordnetzes, in dem die Datenbank mit den Informationen über die menschlichen Besucher lag, gehörte nicht zu den besonders gesicherten Bereichen, in denen sich sensible Daten befanden. Es stand nicht zu befürchten, dass ein eventuell an Bord befindlicher Spion einer anderen Macht aus den Informationen besonders viel würde lernen können, und natürlich musste jedes Besatzungsmitglied, das in Kontakt mit den 'Fremden' kommen konnte, jederzeit die für ihn, sie oder es notwendigen Informationen abrufen können.

Trotzdem dauerte es fast eine Stunde, bis Joy sich in dem exotischen Netzwerk so weit vorgearbeitet hatte, dass nur noch eine letzte Firewall vor ihr lag. An einem irdischen Computer hätte sie nur einen Bruchteil der Zeit gebraucht, um sich bis hierher vorzuarbeiten, doch Joy agierte so vorsichtig wie möglich. Es wäre mehr als peinlich, wenn man sie bei dem 'Einbruchsversuch' schnappen würde. Außerdem würde sie Mireille dann einiges zu erklären haben.

Nach weiteren fünf Minuten gab auch die letzte Sicherung nach und Joy erhielt vollen Zugriff auf die Daten sämtlicher Menschen an Bord der *Stolz von Trakon*. Neugierig griff sie zuerst auf ihren eigenen Datensatz zu, um zu sehen, was man in der Hegemonie über sie dachte. Wie Joy vermutet hatte, war tatsächlich über jeden Teilnehmer des Fluges ein Profil erstellt worden. Doch zu ihrer Enttäuschung war der recht umfangreiche Text in einer Sprache abgefasst, für die sie kein Übersetzungsprogramm auf ihrem HoloPad hatte.

Nicht so wichtig, dachte sie amüsiert. *Vielleicht ist es sogar besser, ich erfahre nicht, was Jarallor und seine Psychologen über mich denken.*

Joy startete eine Automatikroutine, die sie schnell zusammengeschrieben hatte. Über ihrem HoloPad schwebte das erste Gesicht und drehte sich langsam. Es war das von Mireille. Nach rund zwanzig Sekunden und einer vollen Umdrehung wurde es vom nächsten Gesicht abgelöst.

Es sollte höchstens zwanzig Minuten dauern, bis alle durch sind, dachte Joy. *Wenn ich mir jeden Einzelnen bis zum Schluss ansehen muss.*

Es dauerte nur fünf Minuten. Das zwölfte Gesicht, das über dem HoloPad auftauchte, ließ Joys Unterbewusstsein aufschreien. Ihr Magen zog sich unwillkürlich zusammen.

Es dauerte einen Moment, bis sich ihr bewusster Verstand daran erinnerte, wo sie es schon einmal gesehen hatte.

Oh Shit, dachte sie. *Ich weiß, wo der Kerl mir über den Weg gelaufen ist!*

Der sich langsam drehende Kopf gehörte zu einem ungefähr vierzigjährigen Mann. Er lächelte leicht in die Kamera, doch Joy erinnerte sich noch gut an den grausamen Ausdruck in seinen Augen, den sie bei ihrer ersten Begegnung wahrgenommen hatte.

Er hatte zu Präsident Butchers Begleitern gehört, als man Joy im September letzten Jahres während ihrer Gefangenschaft in den damaligen Christlichen Staaten von Amerika gezwungen hatte, ein Holovid für Mireille aufzunehmen. Er hatte sich zwar im

Hintergrund gehalten und selbst keine Hand an sie gelegt, doch sein Gesicht hatte sich unauslöschlich in Joys Gedächtnis eingebrannt.

Leider nur in mein Unterbewusstsein, dachte sie grimmig. *Sonst hätte ich den Arsch gleich erkannt, als er irgendwann während der Brückenbesichtigung in meinem Gesichtsfeld aufgetaucht sein muss.*

Es gab keinen Zweifel! Der Mann hatte sich zwar in der Zwischenzeit einen Dreitagebart zugelegt und trug seine Haare kürzer, doch Joy erkannte ihn trotzdem. Er nannte sich laut der Datenbank Dr. Trevor Harding und war angeblich der *Special Envoy for Alien Affairs* des neu gewählten amerikanischen Präsidenten. Da Joy nicht glauben konnte, dass der jetzige Präsident einen der Handlanger der theokratischen Diktatur in seinen Stab übernommen hätte, musste es diesem Harding – Joy bezweifelte, dass es sich dabei um seinen richtigen Namen handelte – irgendwie gelungen sein, der Säuberung nach dem Umsturz zu entgehen und sich in die neue Administration einzuschleichen.

Harding hatte nicht damit rechnen können, ausgerechnet an Bord der *Stolz von Trakon* der damaligen Gefangenen seines verbrecherischen Chefs zu begegnen, und es musste ein Schock für ihn gewesen sein, Joy hier zu sehen. Er konnte sich nicht sicher sein, ob sie ihn trotz seiner äußerlichen Veränderungen wiedererkennen würde, und hatte deshalb eine Begegnung mit ihr bisher vermieden. Als sich eine solche heute nicht länger vermeiden ließ, hatte er sich bewusst im Hintergrund gehalten.

Doch Joys Unterbewusstsein hatte sich nicht täuschen lassen und Alarm geschlagen.

Die große Frage lautete nur: Warum war der Kerl an Bord der *Stolz von Trakon*? Was hatte er vor?

Es kann bei seiner Vorgeschichte nichts Gutes sein, vermutete Joy.

Ihr erster Impuls war es, sofort Mireille zu wecken, Jarallor zu informieren und den Kerl festsetzen zu lassen.

Sie wollte schon aufspringen, als ihr etwas einfiel, das sie mitten in der Bewegung innehalten ließ.

Ich habe nicht den geringsten Beweis! Selbst wenn Mireille mir glauben würde, kann ich nichts von meinen Anschuldigungen belegen. Im Gegenteil! Der Typ hat mit Sicherheit eine hervorragende Legende aufgebaut und verfügt über saubere Papiere. Sonst hätte er es niemals bis ins Herz der neuen Regierung und an Bord dieses Schiffes geschafft. Er wird sich auf eine bedauerliche Ähnlichkeit, eine Verwechslung herausreden und niemand, selbst Mireille nicht, würde alleine aufgrund der unbewiesenen Anschuldigungen eines offensichtlich durchgeknallten Teenagers einen diplomatischen Zwischenfall riskieren.

Und somit ergab sich die nächste Frage: Was immer dieser Kerl vorhatte – wie konnte sie es verhindern?

21. Februar 2094: namenloser Raumsektor rund 300 Lichtjahre vom Sol-System entfernt

Die letzten Kampfschiffe trafen pünktlich ein. Galaxienträger zweiter Klasse Erak Workat nickte zufrieden, als das schwere Schlachtschiff *Grauenvolle Rache* seine Position in der Formation einnahm. Das einem riesigen Hammer ähnelnde Schiff, dessen 'Griff' fast eintausend Meter lang war, bei einem Durchmesser von bis zu einhundertfünfzig Metern, und dessen quer dazu sitzender, beidseitig schmal zulaufender 'Hammerkopf' sich auf einer Seite rund dreihundert Meter, auf der anderen nur etwa halb so weit ins All erstreckte, wirkte nicht zuletzt auch wegen seiner mattschwarzen Oberfläche furchteinflößend.

»Der Kommandant der *Grauenvolle Rache,* Sonnenträger erster Klasse Nauk Solfar meldet volle Einsatzbereitschaft seiner Schwadron, Galaxienträger!« Der vor Workat stehende Mondträger dritter Klasse salutierte, indem er beide Arme mit geballten Fäusten überkreuzt vor seinem Körper nach unten streckte.

»Sehr gut, Mondträger Hillak! Es wird Zeit für eine letzte Einsatzbesprechung. Der Marschbefehl kann jeden Moment eintreffen und ich will, dass jeder Kommandant, vom Kapitän einer leichten Schaluppe bis zum Befehlshaber eines schweren Zerstörers seine Aufgabe genau kennt. Rufen Sie alle Kommandanten ab dem Rang eines Planetenträgers zu einer virtuellen Konferenz zusammen.«

»Ihr Befehl, mein Gehorsam, Galaxienträger«, bestätigte Mondträger Hillak die Anordnung mit der uralten Formel militärischen Respekts und salutierte erneut.

Er diente dem Galaxienträger zweiter Klasse Workat bereits seit vielen Jahren als dessen persönlicher Adjutant und wusste genau, dass der zweithöchste Mann der imperialen Raumflotte – nach dem Galaxienträger erster Klasse und Mitglied des imperialen Konzils Kolak Potera – äußersten Wert auf Formalitäten legte. Es wäre Hillak nie eingefallen, sich aufgrund seiner jahrelangen Verbundenheit mit Galaxienträger Workat eine Abweichung vom militärischen Protokoll zu erlauben oder sich gar persönliche Freiheiten herauszunehmen und auf die korrekte Ehrenbezeugung zu verzichten. Dies hätte mit Sicherheit das sofortige Ende seiner vielversprechenden Karriere bedeutet.

Mondträger dritter Klasse Hillak gab den Befehl an die am Kommunikationsterminal Dienst habenden Unteroffiziere weiter. Es dauerte nicht lange und auf der freien Fläche vor dem Sitz des Befehlshabers der Angriffsflotte und Kommandanten ihres größten Schiffs, der *Glanzvoller Sieg*, Galaxienträger zweiter Klasse Erak Workat, bauten sich eine Reihe von Hologrammen im Halbkreis auf. Die acht wichtigsten Kommandanten der Flotte, die jeweils eine eigene Schwadron befehligten, kamen zu einer letzten gemeinsamen Besprechung zusammen, bevor der Feldzug beginnen sollte.

Jeder von ihnen salutierte vorschriftsmäßig. Galaxienträger zweiter Klasse Erak Workat gab die Ehrenbezeugung ebenso zackig zurück. Auch er leistete sich niemals Nachlässigkeiten bei den militärischen Gepflogenheiten.

»Ich rechne in wenigen Tagen mit dem Eintreffen einer schnellen Nachrichtendrohne von Zelka«, eröffnete Workat die Besprechung, ohne sich weiter mit einer Begrüßung aufzuhalten. So sehr er militärische Disziplin schätzte, so sehr verabscheute er es, sich mit Nebensächlichkeiten aufhalten zu müssen. »Wenn alles nach Plan verläuft, wovon ich selbstverständlich ausgehe, wird unsere Ablenkungsflotte in der Zwischenzeit große Teile der hegemonialen Raumflotte im Oowuulonga-System oder unweit davon entfernt gebunden haben. Wir müssen zuschlagen, solange der Feind auf diese Art abgelenkt ist. Da wir nicht wissen können, wie lange das Zeitfenster offen bleiben wird, ehe man in der Hegemonie unsere List erkennt, ist es von essenzieller Bedeutung, dass jeder von Ihnen seine Rolle und die seiner Schwadron genauestens kennt und mit maximaler Effizienz und Geschwindigkeit agiert. Ich denke, wir sind uns diesbezüglich alle einig! Nur maximale Effizienz bringt den maximalen Erfolg!«

Es war eine Feststellung und keine Frage, aber trotzdem bestätigte ausnahmslos jeder der virtuell anwesenden Kommandanten mit einem erneuten zackigen Salut, dass er die Worte von Galaxienträger zweiter Klasse Erak Workat nicht nur gehört, sondern auch verstanden hatte. Keiner von Ihnen würde es wagen, auch nur den geringsten Anschein von Nachlässigkeit zu erwecken. Sie alle kannten den Galaxienträger nur zu gut.

»Dann werden wir den Plan und die Missionsziele nochmals durchgehen, damit es nicht zu Missverständnissen und vermeidbaren Fehlern in der Umsetzung kommt. Und wir werden die Zeit nutzen, bis die Nachrichtedrohne eintrifft, um mehrere Manöver abzuhalten, um die Schwadronen zu einer schlagkräftigen Flotte zu vereinen.« Obwohl es sich keiner der Kommandanten anmerken ließ, stöhnten sie innerlich auf. Dies war bereits die vierte derartige Besprechung in ebenso vielen Tagen. Und keine der Besatzungen verspürte Lust auf weitere Manöver, wie die Kommandanten nur zu genau wussten. »Vorrangiges Ziel ist es, das Imperium in den Besitz des Schiffes der *Ersten* zu bringen, das sich in dem System befindet, welches die Einheimischen als Sol-System bezeichnen. Wir wissen, dass es das System kein zweites Mal aus eigener Kraft verlassen hat. Beim ersten Flug muss es sich um einen Testflug gehandelt haben, doch seitdem ist seine Energiesignatur nicht wieder angemessen worden. Wir wissen zwar, dass die Hegemonie von Krayt das System nun unter ihren Schutz gestellt hat, doch es ist nicht davon auszugehen, dass man das *Erstenschiff* an Bord eines Transportschiffes in das Hoheitsgebiet der Hegemonie verbracht hat. Dies wäre geradezu eine Einladung an die Zentrumsmächte, dort anzugreifen. Die Hegemonie wird sich einer solchen Gefahr nicht aussetzen. Wir können deshalb davon ausgehen, dass sich das Schiff nach wir vor im Zielsystem befindet. Die dort stationierte kleine Flotte sollte für unsere Übermacht kein Problem darstellen, wenn wir strategisch geschickt vorgehen. Ich wiederhole nachmals: Sämtliche Aktionen müssen dem übergeordneten Ziel dieser Mission dienen, das Schiff der Ersten in unseren Besitz zu bringen. Alles andere ist nachrangig!«

Workat sah, dass einer der Kommandanten, es handelte sich um den zuletzt am Sammelpunkt eingetroffenen Kommandanten der *Grauenvolle Rache,* Sonnenträger erster Klasse Nauk Solfar, unsicher wirkte. Workat schluckte seinen aufkeimenden Ärger hinunter. Solfar hatte an den vorangegangenen Besprechungen nicht teilgenommen, was seine Unsicherheit vielleicht erklärte.

»Sonnenträger Solfar, haben Sie eine Frage?«

»Danke, Galaxienträger. Ich bitte um Vergebung, aber ist es nach wie vor auch ein Missionsziel, den dritten Planeten des Systems unbewohnbar zu machen und die dort lebende Spezies auszulöschen?«

»Ein nachrangiges Ziel, Sonnenträger, ein nachrangiges Ziel! Natürlich können wir es nicht dulden, dass sich eine weitere, minderwertige Spezies in diesem Raumsektor breitmacht. Noch dazu vielleicht auf unsere Kosten. Außerdem wäre eine Stärkung der Hegemonie durch ein neues Mitgliedsvolk ebenfalls nicht im Interesse des Imperiums. Wir wissen zwar nicht definitiv, ob die Hegemonie dieser uns noch unbekannten Spezies eine Mitgliedschaft angetragen hat, aber der Bericht des Späherschiffes über die Größe und Zusammensetzung ihrer Flotte und besonders die Anwesenheit einer Protektoratsstation lassen kaum einen anderen Schluss zu. Deshalb ist die Vernichtung des dritten Planeten ebenfalls ein Ziel dieser Mission. Doch dies ist wie gesagt ein nachrangiges Ziel. Priorität hat die Eroberung des Schiffes der *Ersten*. Dem ist alles andere unterzuordnen!«

»Danke für die Klarstellung, Galaxienträger! Ihr Befehl, mein Gehorsam!« Sonnenträger Solfar salutierte vorschriftsmäßig, was Galaxienträger Workat wieder einigermaßen versöhnlich stimmte.

Während der nächsten Minuten gab es noch einige Informationen zur Versorgungslage der Flotte, zu noch zu behebenden kleineren technischen Problemen, die jedoch keine Verzögerung zur Folge haben würden, und über generelle Abstimmungen zwischen den Flottenteilen. Galaxienträger Workat hielt sich hierbei zurück und ließ die Kommandanten diese Lappalien untereinander klären. Als er genug gehört hatte und sich zu langweilen begann, löste er die Versammlung auf. Wenn es zwischen den einzelnen Schiffen und Flottenteilen noch etwas zu besprechen und zu koordinieren gab, konnten sich die jeweiligen Verantwortlichen darum kümmern. Er war für das große Ganze verantwortlich!

Nur wenige Tage später fiel eine schnelle Nachrichtendrohne nicht weit vom Sammelpunkt der Flotte entfernt aus dem Subraum und begann augenblicklich damit, ihre hochverschlüsselte Nachricht an die *Glanzvoller Sieg* zu übermitteln. Minuten später hielt Galaxienträger zweiter Klasse Erak Workat den entschlüsselten Text in der Hand.

Es war die erwartete Nachricht von Zelka. Die Hegemonie hatte auf den Scheinangriff auf das Oowuulonga-System reagiert und einen Großteil ihrer Flotte dorthin in Bewegung gesetzt. Der Fisch hatte den Köder geschluckt!

Kurz darauf erteilte Workat den Befehl zum Aufbruch der Flotte. Es dauerte nicht lange, und die imperiale Flotte war im Subraum verschwunden. In rund zwanzig Tagen würde sie am Rand des Sol-

Systems eintreffen und nukleares Feuer auf die dortigen Bewohner regnen lassen.

21. Februar 2094: im Subraum an Bord der *Stolz von Trakon*

Sie musste unbemerkt in seine Kabine eindringen! Was immer dieser angebliche Dr. Harding vorhatte – nur dort konnte sie einen Hinweis auf seine Absichten und vielleicht sogar einen Beweis dafür finden, dass er nicht derjenige war, der er vorgab zu sein.

Joy hatte stundenlang wach gelegen. Wenn sie den Typ öffentlich der feindlichen Spionage beschuldigen wollte, musste sie mehr vorzubringen haben als *'Ich glaube, ich habe ihn schon mal zusammen mit dem Arschloch Butcher gesehen'*.

Allmählich hatte sich ein Plan in ihrem Kopf geformt. Eines war klar: Sie musste Harding enttarnen, bevor sie Kraytar-Prime erreichten. Es war unwahrscheinlich, dass er irgendetwas an Bord der *Stolz von Trakon* unternehmen würde. Selbst wenn er ein Attentat plante und es ihm irgendwie gelingen sollte, das Schiff unterwegs zu zerstören, was höchst unwahrscheinlich war, würde dies nichts daran ändern, dass die Erde nun ein Mitglied der Hegemonie von Krayt war. Man würde die Besatzung, Protektor Jarallor und die irdische Delegation betrauern, einen neuen Protektor ernennen und einfach weitermachen. Es war außerdem schwer vorstellbar, dass ein einzelner Mann ein solch gewaltiges Schiff wie die *Stolz von Trakon* gefährden sollte. Zudem konnte ein rein symbolischer Akt kaum im Interesse des potenziellen Attentäters liegen. Niemand würde je erfahren, was dem Schiff unterwegs zugestoßen war, wenn es einfach verschwand, und dies entsprach nicht dem 'Modus Operandi' eines fanatischen Extremisten. Diese gierten stets nach Anerkennung für ihre barbarischen Taten und suchten den Schockeffekt. Nein, Harding musste etwas planen, das viel größer und aufsehenerregender war als nur die Vernichtung eines Schiffes samt seiner Besatzung. Etwas, das so schockierend war, dass es die Aufnahme der Erde in die Hegemonie infrage stellte.

Was immer es auch sein mochte, es würde auf Kraytar-Prime geschehen!

Joy blickte auf die Uhr. Nach irdischer *Coordinated Universal Time*, auf die sich die Delegation als Bezugsgröße während des mehrtägigen Fluges geeinigt hatte, war es fast fünf Uhr früh. Diese Zeitrechnung spielte für die hegemoniale Besatzung zwar keine Rolle, ermöglichte den Menschen an Bord jedoch einen geregelten Tagesablauf. So wurde zwischen 0700 und 0900 UTC ein auf menschliche Bedürfnisse ausgerichtetes Frühstücksbuffet in einer der Messen angeboten. Joy und Mireille hatten bisher immer zu den Letzten gehört, die dort erschienen waren; Harding waren sie dabei nie begegnet. Es war anzunehmen, dass er bestrebt war, Joy aus dem Weg zu gehen, und deshalb immer ganz zu Beginn sein Frühstück einnahm. Sicher würde es auch heute nicht anders sein.

Dies gab Joy ein Zeitfenster von mindestens einer halben Stunde, um in Hardings Kabine einzudringen und sich dort umzusehen, während er sich den Bauch vollschlug. Allerdings waren alle Kabinentüren auf die Fingerabdrücke ihrer Bewohner justiert und Hardings Kabine würde keine Ausnahme machen.

Joy hatte also knapp zwei Stunden Zeit, um sich seine Fingerabdrücke zu besorgen, was im Prinzip nicht besonders schwierig sein konnte. Diese jedoch dann irgendwie auf ein materielles Objekt aufzubringen, um das Türschloss damit zu überlisten, stellte eine Herausforderung dar.

Joy hatte sich bereits Zugang zu der Datenbank verschafft, in der sämtliche Informationen über die menschliche Delegation abgespeichert waren. Hier befand sich demzufolge nicht nur Hardings Foto, sondern natürlich auch der Datensatz des Fingerabdrucks seines rechten Zeigefingers, der ihm, ebenso wie allen anderen, beim Einschiffen abgenommen worden war, um seine Kabinentür entsprechend zu programmieren.

Drei Minuten später schwebte das Hologramm von Hardings rechtem Zeigefinger über dem HoloPad, der Fingerabdruck wurde in Form rötlich eingefärbter Linien deutlich hervorgehoben. Nun musste Joy diese Linien nur noch irgendwie *physisch* in ihren Besitz bringen.

In ihrer Kabine befand sich ein einfacher Materiedrucker, der dafür gedacht war, kleine persönliche Gegenstände des täglichen Bedarfs schnell und zeitsparend herzustellen. Ob es sich um eine Zahnbürste oder ein Trinkgefäß handelte, alles bis zu einer bestimmten Größe konnte innerhalb weniger Minuten bereitgestellt werden. Es gab sowohl voreingestellte Muster als auch die Möglichkeit, ein Objekt nach eigenem Entwurf drucken zu lassen.

Joy speicherte Hardings Fingerabdrücke in einer separaten Datei auf ihrem HoloPad ab und loggte sich aus der Datenbank aus, wobei sie bemüht war, sämtliche Spuren ihres Eindringens zu verwischen.

Nun blieb nur noch das Problem, ihr HoloPad mit dem Materiedrucker zu verbinden.

Natürlich gab es in der Hegemonie schon lange keine physischen Verbindungen zwischen den im Alltag genutzten Geräten mehr. Jegliche Kommunikation und der gesamte Datenaustausch liefen drahtlos ab.

Kabel und Stecker sind so zwanzigstes Jahrhundert, dachte Joy amüsiert.

Dies war sowohl ein Vor- als auch ein Nachteil für das, was sie vorhatte. Der Vorteil war, dass sie nicht lange nach einem geeigneten Verbindungskabel mit einem passenden Stecker suchen musste, was ziemlich aussichtslos gewesen wäre. Der Nachteil bestand darin, dass sie erst umständlich eine Kommunikationsroutine für den Datenaustausch zwischen dem Materiedrucker und ihrem HoloPad schreiben musste, was wertvolle Zeit kosten würde.

Da niemand daran gedacht hatte, den Menschen während ihres kurzen Aufenthaltes an Bord umfassenden Zugriff auf die Materiedrucker in ihren Kabinen zu gewähren, hatte man ihre Kommunikationsgeräte, ob HoloPads, Holophones oder Datenbrillen, nicht mit der passenden Software nachgerüstet.

Joy machte sich an die Arbeit.

Zum Glück hatte sie sich in den vergangenen Monaten aus offensichtlichem Interesse als Hackerin intensiv mit der Computertechnologie der Hegemonie auseinandergesetzt. Sie war von der fremden, aber überaus eleganten Softwarearchitektur ihrer Quantencomputer beeindruckt. Am meisten faszinierte sie jedoch, dass es anscheinend eine zwangsläufige Folge vergleichbarer technologischer Entwicklungen war, auch zu ähnlichen Softwarelösungen zu kommen. Die grundsätzlichen Strukturen unterschieden sich kaum von denen moderner irdischer Computersysteme, auch wenn sie wesentlich komplexer und fortgeschrittener waren.

Mathematik ist eben universell, dachte Joy nicht zum ersten Mal, während sie eine neue Befehlszeile eintippte.

Nach etwas mehr als einer Stunde war es geschafft. Ihr HoloPad würde nun in der Lage sein, als Eingabegerät für den Materiedrucker zu fungieren und Druckanweisungen zu übertragen.

Joy stellte eine Verbindung her und sendete ein Handshakesignal an den Drucker. Sofort kam die Bestätigung zurück.

So weit, so gut, dachte sie.

Aus den vorprogrammierten Festkörpermatrizen wählte Joy eine aus und übertrug mit einem Copy/Paste-Befehl das auf dem HoloPad abgespeicherte Muster von Hardings Fingerabdruck auf deren äußere Schicht. Als Material für die Oberfläche wählte sie einen der menschlichen Haut ähnlichen Überzug aus einer Art Silikon, in das sich der Abdruck gut würde einprägen lassen.

Mit einem leisen Summen begann der Materiedrucker mit seiner Arbeit. Es war kurz nach sechs.

Zwanzig Minuten später ertönte ein dezenter Gong und an der Stirnseite des Geräts öffnete sich eine Klappe. Joy griff hinein und nahm den noch warmen Gegenstand heraus.

Sie musste sich zusammennehmen, um nicht laut aufzulachen.

Da sie keine Zeit mehr gehabt hatte, erst noch eine neue Formmatrize zu programmieren, hatte Joy mit einem der vorhandenen Basismuster vorliebnehmen müssen. Es war letztlich jedoch völlig gleichgültig, welche Form das Objekt hatte, auf das Hardings Fingerabdruck aufgebracht werden sollte. Es musste lediglich eine leicht abgerundete Fläche aufweisen, deren Größe einer Fingerkuppe entsprach und die Joy vor den Scanner der Tür halten konnte. Sie hatte keine Ahnung, welche Funktion die vorgegebenen Gegenstände für die anderen elf Spezies der Hegemonie erfüllten, aber eines der Modelle schien für ihre Zwecke geeignet zu sein.

Das etwa handlange und doppelt daumendicke, stabförmige Teil mit der sich an einem Ende verbreiternden, abgerundeten Spitze, in deren Oberfläche deutlich erkennbar Hardings Fingerabdruck eingeprägt war, erinnerte Joy frappierend an einen Dildo. Nur das knallige Giftgrün – Joy hatte sich nicht die Mühe gemacht, die voreingestellte Farbgebung zu überprüfen und gegebenenfalls zu ändern – störte den ersten Eindruck. Sie kicherte vor sich hin.

Wenn man mich mit dem Ding erwischt, habe ich wenigstens eine glaubhafte Ausrede, was das ist.

Ein Blick auf die Uhr ließ Joy schnell wieder ernst werden. Es war inzwischen nach halb sieben Uhr morgens UTC. Wenn Harding als einer der Ersten beim Frühstück sein wollte, würde er demnächst seine Kabine verlassen müssen.

Sie hatte sich in Hardings Datensatz darüber informiert, wo genau er untergebracht worden war. Seine Kabine lag nur einen Quergang von ihrer entfernt. Nun musste sie nur darauf hoffen, bei ihrer Aktion nicht von einem zufällig vorbeikommenden Besatzungsmitglied oder einem Terraner überrascht zu werden, der ebenfalls zum Frühstücksraum unterwegs war.

Joy wartete noch zehn weitere Minuten ab, bis Harding ihrer Rechnung nach seine Kabine verlassen haben musste.

Hoffentlich hat er nicht ausgerechnet heute seine Routine geändert oder ist nicht hungrig, überlegte sie.

Joy öffnete ihre Kabinentür, die nach oben in der Decke verschwand, und verließ ihre Kabine. Hinter ihr fuhr die Tür mit einem leisen Zischen der Hydraulik zurück nach unten in ihre Verankerung.

Sie sah sich um. Der Gang erstreckte sich in einer leichten Biegung rechts und links von ihr und war, so weit sie ihn überblicken konnte, völlig leer.

Der nächste Quergang war nur ein paar Dutzend Schritte entfernt und zweigte nach links ab. Joy atmete einmal tief durch und machte sich auf den Weg. Sie bog in den Quergang ein und betete dabei, dass sich auch dort niemand befinden möge. Wieder hatte sie Glück. Nach einer weiteren Abzweigung gelangte sie in den Gang, in dem sich Hardings Kabine befand. Noch immer waren die Gänge menschenleer und nichts schien sich zu bewegen.

Nur noch ein paar Schritte, und sie würde vor Hardings Kabinentür stehen.

Noch einmal sah sich Joy um, doch nichts rührte sich. Vorsichtig legte sie ein Ohr an die Tür und lauschte. Nichts! In der Kabine schien es völlig ruhig zu sein, doch für einen Moment durchzuckte Joy der Gedanke, dass die Tür vielleicht schalldicht isoliert sein könnte und Harding in seiner Kabine lauthals singen konnte, ohne dass sie es hier draußen würde hören können.

Jetzt nicht zögern und zaudern, ermahnte Joy sich selbst.

Sie zog den giftgrünen 'Dildo' aus der Tasche ihrer Jacke, die sie eilig übergeworfen hatte, hielt das abgerundete Ende mit Hardings Fingerabdruck vor den Sensor in der Wand – und hielt die Luft an!

Es funktionierte. Mit einem kaum hörbaren Zischen fuhr die Kabinentür nach oben und verschwand in der Decke.

Joy blickte in eine stockfinstere Kabine.

Sie trat ein, gab dem Sensor mit einer Geste den Befehl, die Tür zu schließen, und sagte '*Licht!*'

Die indirekte Beleuchtung flammte auf und Joy stieß erleichtert die Luft aus. Vor ihr befand sich eine Kabine, die mit ihrer eigenen völlig identisch war – einschließlich des leeren, ungemachten Bettes an der rechten Seitenwand. Harding war ganz offensichtlich nicht hier und hatte seine tägliche Routine eingehalten.

Nun gab es nur noch ein Problem: Wonach sollte sie suchen? Es war nicht zu erwarten, dass Harding unvorsichtigerweise einen eindeutigen Hinweis auf seine falsche Identität offen herumliegen ließ. Wenn er überaus vorsichtig war, würde *nichts* unter seinen Sachen darauf hindeuten, dass er nicht der war, der zu sein er vorgab. Doch Joy war sich sicher, etwas finden zu können, das zumindest geeignet sein würde, ihre

Anschuldigungen nicht gleich als das Hirngespinst eines durchgeknallten Teenagers erscheinen zu lassen. Sie hatte jedoch keine Ahnung, was dies sein konnte oder wo es zu finden sein würde.

Wenn ich es sehe, werde ich es wissen, dachte sie und sah sich in der Kabine um.

Die Uhr tickte! Joy gab sich höchstens zwanzig Minuten, bis es Zeit war, wieder von hier zu verschwinden. Nicht viel, wenn sie eine ganze Kabine durchsuchen wollte, keine Vorstellung davon hatte, wonach sie eigentlich suchte, und auch noch alle Spuren ihres unbefugten Eindringens verwischen wollte.

Mit einem Seufzer machte sich Joy ans Werk. Nacheinander öffnete sie die Schubladen, die neben dem Bett in die Wand eingelassen waren. Doch entweder waren sie leer oder es befanden sich belanglose Dinge darin, wie man sie in jeder beliebigen Schublade eines gewöhnlichen Menschen finden würde. Ein Kamm, ein ausgeschaltetes HoloPad, mehrere Kreditchips, zwei Schreibstifte und ein Notizblock, der jedoch völlig leer war.

Joy hielt ihn schräg unter das Licht, um eventuelle Abdrücke vorheriger Eintragungen ausmachen zu können – ein Trick, den sie irgendwann einmal in einem Holokrimi gesehen hatte –, doch die jungfräulichen Blätter gaben nichts her.

Sie bückte sich und sah unter das Bett. Tatsächlich lag dort eine schwarze Aktentasche, wie sie seit mindestens zwei Jahrhunderten in Gebrauch waren. Joy zog sie hervor, legte sie auf das Bett und schickte ein Stoßgebet gen Himmel. Wenn die beiden Schnappschlösser abgeschlossen waren, würde sie weder über die Zeit noch über die notwendigen Werkzeuge verfügen, um sie aufzubrechen, ohne dabei Spuren zu hinterlassen.

Joy hatte Glück! Die beiden Schlösser leisteten nicht den geringsten Widerstand und schnappten gehorsam auf. Doch schon der erste Blick ins Innere der Aktentasche offenbarte eine weitere Enttäuschung. Das Hologramm einer bildhübschen Frau mit zwei ebenso bildhübschen Kindern an ihrer Seite, die alle glücklich lächelnd in die Kamera blickten, eine Ausweiskarte mit dem eindeutig falschen Namen 'Trevor Harding', die eine hervorragende Fälschung sein musste, und ein Aktenbündel, das sich beim schnellen Durchblättern als Ausdruck eines Datensatzes über die physiologischen Besonderheiten der Mitgliedsvölker der Hegemonie von Krayt erwies. Also nichts, was man nicht im Aktenkoffer eines *Special Envoy for Alien Affairs* erwarten konnte, der für mehrere Wochen von seiner geliebten Familie getrennt war.

Joy schloss den Aktenkoffer und wollte ihn gerade wieder unter das Bett schieben, als ihr etwas auffiel. Sie hob ihn wieder hoch und öffnete ihn erneut. Nachdem sie das Hologramm, den Ausweis und das Aktenbündel herausgenommen hatte, schüttelte sie den leeren Aktenkoffer vorsichtig. Irgendetwas bewegte sich leicht!

Joy brummte erstaunt und sah sich den Aktenkoffer genauer an. Sie dreht ihn hin und her und betrachtete ihn von allen Seiten. Schließlich fuhr sie mit einem Fingernagel an den Kanten des Innenbodens entlang. An einer Stelle spürte sie einen schwachen Widerstand und hörte ein leises Klicken. Der Innenboden ließ sich plötzlich anheben.

Ihre Augen hatten sie nicht getrogen! Der Aktenkoffer war außen höher, als es sein Innenraum vermuten ließ. Zwar betrug die Differenz maximal einen Zentimeter, doch wenn man wusste, worauf man zu achten hatte, war es kaum zu übersehen.

Joy klappte den falschen Innenboden hoch. In dem schmalen Raum darunter befand sich nur ein kleines, schwarzes Büchlein, auf dessen Vorderseite auf Englisch in Gold die Worte 'Heilige Schrift – Altes Testament' eingeprägt waren.

Joy musste grinsen. Der evangelikale Extremist hatte es nicht über sich gebracht, was immer er vorhaben mochte, ohne eingebildeten göttlichen Beistand in Angriff zu nehmen. Er musste anscheinend das Wort Gottes stets griffbereit in seiner Nähe haben, selbst wenn er sich dadurch verraten konnte.

Joy wusste zwar nicht, ob der Besitz einer Bibel zusammen mit ihrer Anschuldigung ausreichen würde, ihn als gefährlichen Extremisten und potenziellen Attentäter zu brandmarken – die meisten gläubigen Menschen und Besitzer einer Bibel waren vollkommen harmlose, gesetzestreue Bürger und wollten niemandem etwas zuleide tun –, doch zumindest würden ihre Aussage und die Tatsache, dass Harding das Buch versteckt hielt, ihren Worten mehr Gewicht verleihen.

Joy überlegte, ob es ratsam war, die Bibel gleich an sich zu nehmen, auch auf die Gefahr hin, dass Harding dann behaupten konnte, sie habe sich nie in seinem Besitz befunden und Joy wolle sie ihm unterschieben, oder ob es schlauer war, zuerst ihre

Anschuldigung öffentlich vorzubringen und dabei auf die versteckte Bibel hinzuweisen.

So oder so würde sie nicht umhinkommen, den Einbruch in Hardings Kabine zu beichten. Sie konnte nur hoffen, dass man ihr diesen unrechtmäßigen Akt angesichts der Enthüllung eines Agenten der untergegangenen theokratischen Regierung der USA verzeihen würde.

Während Joy noch darüber nachdachte, nahm sie gedankenverloren das kleine Büchlein heraus und schlug es auf. Was sie auf der ersten Seite sah, beseitigte jeden Zweifel, um wen es sich bei Harding in Wirklichkeit handelte. Wer diese Seite zu Gesicht bekam, wusste sofort, mit wem er es zu tun hatte.

Das Büchlein trug eine Widmung.

Um die Wege des Rechts zu bewahren,
behütet er die, die ihm treu sind.
(AT, Sprüche 2:8)
Einem treuen Helfer für seine langjährigen Dienste!
David Hezekiel Butcher
55. Präsident der USA
1. Präsident der CSA

Die kleine Taschenausgabe des Alten Testaments war ein Geschenk des Mannes gewesen, der die Erde in seinem religiösen Fanatismus an den Rand eines dritten Weltkriegs geführt hatte. Des Mannes, der Joy hatte entführen und foltern lassen, um die Herausgabe der *Goldenen Nova* zu erpressen. Harding musste Butcher näher gestanden haben, als Joy bisher angenommen hatte. Auf alle Fälle war dieser Fund der unwiderlegbare Beweis, nach dem sie gesucht hatte.

Joy zögerte nicht länger. Es war beinahe halb acht und sie musste jeden Moment damit rechnen, dass Harding zurückkehrte. Sie steckte die kleine Bibel in ihre Jackentasche, drückte den Innenboden zurück in seine Arretierung, warf die herausgenommenen Gegenstände wieder in den Aktenkoffer, verschloss ihn sorgfältig und schob ihn zurück unter das Bett.

Nun musste sie nur noch darauf hoffen, dass Harding nicht sofort nach der Rückkehr vom Frühstück nach seiner Bibel greifen würde, um ein paar erbauliche Worte zu lesen. Es war nicht auszudenken, was er vielleicht unternehmen würde, sollte er ihr Verschwinden vorzeitig bemerken.

Es galt, keine Zeit zu verlieren!

Zwei Minuten später war Joy zurück in ihrer Kabine. Es war genau halb acht. Nebenan würde Mireille in diesem Moment aufstehen und sich für das gemeinsame Frühstück fertig machen.

Joy befürchtete, ihr nun den Appetit verderben zu müssen. Sie aktivierte ihr HoloPad und schaltete eine Verbindung zur Nachbarkabine.

21. Februar 2094: im Sol-System an Bord der *Blitz von Gwalthir*

Alex hieb frustriert mit der Faust auf die Konsole vor sich. »In einer Stunde noch mal. Alle terranischen Kommandanten zu einer virtuellen Besprechung in fünfzehn Minuten!« Das Akustikfeld vor seinem Mund nahm seine Worte auf und übertrug sie in sämtliche Schiffe, die an dem Manöver teilnahmen.

Es war erst etwas mehr als eine Woche her, dass Alex den Job als Befehlshaber der zukünftigen *Terranischen Raumverbände* übernommen hatte, und er begann bereits, seine Entscheidung zu bereuen.

Die ersten rund eintausend der am höchsten qualifizierten Freiwilligen waren auf zehn Kampfschiffe verteilt worden, wo sie in den letzten acht Tagen auf der für jeden Einzelnen vorgesehenen Station von eilig eingesetzten Instruktoren aus den Reihen der hegemonialen Offiziere eingewiesen und trainiert worden waren. Sie waren als Rumpfbesatzungen für die zwanzig neuen Raumschiffe der terranischen Heimatflotte vorgesehen, die in etwas mehr als zwei Wochen im Sol-System eintreffen sollten. Es würde die Aufgabe der frisch ausgebildeten Frauen und Männer sein, die kleine Flotte so schnell wie möglich in zumindest bedingte Einsatzbereitschaft zu versetzen und die restlichen rund zweitausend Besatzungsmitglieder ihrerseits einzuweisen. Zwar würden auf den Schiffen der Terranischen Raumverbände auch Angehörige der anderen Mitgliedsvölker der Hegemonie Dienst tun – man legte prinzipiell Wert auf gemischte Besatzungen –, doch normalerweise stellte die jeweilige Spezies die

Schiffsführungen und die Mehrheit der Besatzungen ihrer Heimatflotten. Um diesen Auftrag ausführen zu können, war ein unerbittliches Training unerlässlich.

Es war eine schwierige Woche gewesen, mit wenig Schlaf, viel Stress und harter Arbeit, doch die eintausend Frauen und Männer waren allesamt erfahrene Raumfahrer und an herausfordernde Umstände gewöhnt. Jeder und jede von ihnen war schon mehrfach im All gewesen, hatte dort gearbeitet, sei es auf einer der Raumstationen, einer Mining-Station auf einem Asteroiden, in der Marskolonie, auf dem Mond oder auf einem der vielen kleinen und größeren Raumschiffe, die im vergangenen Jahrzehnt die Verbindung zwischen all diesen Orten hergestellt hatten. Fast alle wiesen zudem militärische Erfahrung auf, einige hatten sogar auf den kruden militärischen Raumschiffen der großen Machtblöcke ihren Dienst versehen, die man in Anbetracht der wachsenden Spannungen zwischen den Nationen und der Gefahr eines Krieges, auch im Weltraum, erbaut hatte.

Und es liegen noch mindestens zwei weitere, ebenso schwierige Wochen vor uns, überlegte Walker.

Nach der Grundeinweisung hatten die Schulungsschiffe zwei Tage lang unter der 'Führung' ihrer vorübergehenden terranischen Kommandanten die ersten Flüge quer durch das Sol-System angetreten. Natürlich waren die Terraner nur pro forma die Kommandanten der zehn Schiffe und wurden von den wirklichen Kommandanten, Angehörigen sämtlicher anderen Völker der Hegemonie, die gleichzeitig ihre Ausbilder waren, argwöhnisch beäugt und überwacht. Und natürlich war die ursprüngliche Besatzung ebenfalls nach wie vor an Bord und würde das Schiff sofort wieder übernehmen, sollten die Terraner zu viel Mist bauen.

Man konnte den neu in die Hegemonie aufgenommenen 'Barbaren' selbstverständlich kein hochkomplexes Schlachtschiff anvertrauen! Alex wusste nur zu genau, wie man in den Stammbesatzungen der Hegemonie dachte. Er wollte es den arroganten Burschen zeigen! Er würde ihnen beweisen, dass Terraner sehr wohl in der Lage waren, in kürzester Zeit auch eine Technologie beherrschen zu lernen, die weit über ihrem bisherigen Niveau und Kenntnisstand lag.

Doch der heutige Tag schien den skeptischen Stimmen recht zu geben. Die nun begonnenen Manöver waren für die von Terranern geführten Schiffe ein Desaster gewesen.

Alex sank erschöpft in seinen Sessel zurück und unterdrückte einen Fluch. *Dritter Speer* Laskaron, der neben ihm saß, bemerkte die Frustration seines Vorgesetzten.

»Es war für den ersten Versuch nicht einmal wirklich schlecht, Zweites Schild«, sagte der junge Offizier aus dem Volk der Barox, den Alex zu seinem persönlichen Adjutanten auserkoren hatte. Inzwischen wusste er, dass der Rang eines 'Dritten Speers' in etwa dem eines *First Lieutenant* entsprach. Laskaron war einer der wenigen Offiziere in der hegemonialen Flotte gewesen, die den neuen terranischen Besatzungen keine Vorurteile entgegenbrachten, was ihn in Alex´ Augen für den Job als sein XO und persönlicher Adjutant ausreichend qualifizierte.

Die Barox waren die menschenähnlichste Spezies unter den Mitgliedern der Hegemonie. Sie sahen einem Terraner so ähnlich, dass Laskaron auf der Straße einer irdischen Großstadt wahrscheinlich nicht besonders ausgefallen wäre. Körpergröße und -form sowie seine Extremitäten und die Statur entsprachen völlig denen eines Menschen. Zwar wies Laskarons Haut eine schwach rötliche Tönung auf, doch dies konnte ein Beobachter auch auf einen leichten Sonnenbrand zurückführen. Nur die vollständig fehlende Körperbehaarung unterschied einen Barox ansonsten äußerlich von einem Terraner. Da jedoch Form und Länge von Kopfhaaren und Bärten einem ständigen modischen Wandel unterworfen waren, hätte sich kein Mensch über einen völlig rasierten Mann gewundert, der sich anscheinend zu lange in der Sonne aufgehalten hatte.

»Es war nicht der erste Versuch, sondern bereits der dritte und die Hälfte meiner Schiffe wurde vernichtet, bevor sie auch nur den ersten Schuss abgeben konnten«, widersprach Walker, wobei er jedoch übertrieb. Bei der dritten Simulation hatten sich seine Schiffe letztlich zwar nicht erfolgreich zur Wehr setzen und das Angriffsziel schützen können, doch sie hatten erstmals erhebliche Verluste unter den Angreifern verursachen können. »Aber danke, dass Sie versuchen, mich aufzuheitern!«

In dem Szenario des Manövers wurde der Angriff auf einen Mond des Jupiter simuliert, den die unter terranischem Kommando stehenden zehn Schiffe abwehren sollten. Die 'Angreifer' bestanden ebenfalls aus zehn Einheiten, jedoch unter der Führung erfahrener hegemonialer Kommandanten, was den neuen Rekruten auf den ihnen auch nach etwas mehr als einer Woche immer noch im Grunde fremden Schiffen von vornherein wenige Chancen ließ.

Sämtliche Schusswechsel wurden ausschließlich virtuell durchgeführt. Die Feuerleitoffiziere lösten die jeweiligen Waffensysteme zwar aus, so als würde es sich um eine echte Schlacht im All handeln, doch anstatt Plasmapulse, Lasersalven, Raumtorpedos oder Protonenstrahlen tatsächlich abzufeuern, gingen die Feuerbefehle nur an die Bordcomputer, die deren Effekte berechneten. Gleichzeitig wurden die Schutzschirme diesen Berechnungen entsprechend 'geschwächt' und konnten sogar ganz abgeschaltet werden, was ihren Zusammenbruch simulierte. Ab diesem Moment war es bis zur virtuellen Vernichtung des betreffenden Schiffes nicht mehr weit.

Alex hatte all seine Schiffe innerhalb einer Stunde verloren. Das war sogar besser als bei der ersten Simulation, wo es nur halb so lange gedauert hatte. Und seine Schiffe hatten bei der letzten Simulation sogar drei der Angreifer vernichten können, bevor die Basis auf dem Jupitermond gefallen war.

Alex hatte die erstaunten Blicke der hegemonialen Manöverbeobachter auf der Brücke seines Kommandoschiffes, der *Blitz von Gwalthir,* bemerkt, die mit einer solch steilen Lernkurve der Terraner offensichtlich nicht gerechnet hatten.

Für einen Moment wünschte er sich, er könne über die *Goldene Nova* verfügen. Das kleine Schiff hätte dank seiner überlegenen Technik mit den Angreifern wahrscheinlich kurzen Prozess gemacht. Doch das war leider unmöglich. Entsprechend einer mit Protektor Jarallor getroffenen Vereinbarung stand die

Nova in einem Hangar auf dem privaten Raumhafen der *Société de Fusion Nucléaire* bei Bordeaux. Eine Gruppe von Ingenieuren und Technikern versuchte seit mehreren Wochen, dem Bordcomputer *Thoth* weitere Geheimnisse seiner Erbauer zu entlocken. Man wollte so viel wie möglich über die weit überlegene Technik der vor mehreren Hunderttausend Jahren spurlos verschwundenen Spezies der *Ersten* erfahren, bevor früher oder später die Zentrumsmächte hier auftauchen und die Herausgabe des Schiffes fordern würden. Bisher waren die Bemühungen nicht von Erfolg gekrönt. Thoth gab nach wie vor an, nicht über detaillierte Kenntnisse hinsichtlich der im Schiff installierten Technik zu verfügen. Seine Erbauer hätten fast alle seine Datenspeicher gelöscht, als sie das Schiff auf dem irdischen Mond zurückgelassen hatten. Inwieweit dies den Tatsachen entsprach, konnte niemand mit Sicherheit sagen. Thoth war zwar keine KI, aber ein extrem hoch entwickelter Quantencomputer, der nach wie vor viele Geheimnisse barg und dem man nur bedingt vertrauen konnte.

Zudem hatte der Bordcomputer davor gewarnt, die fremdartigen Aggregate einfach auseinanderzunehmen, um sie zu erforschen. Angeblich waren sie mit Selbstzerstörungsmechanismen ausgerüstet, die ein solches Vorgehen verhindern sollten. Auch ob diese Behauptung den Tatsachen entsprach, war ungewiss, doch natürlich wollte niemand das Risiko eingehen, irreparable Schäden an dem wertvollen Schiff anzurichten.

Auch Alex war sich noch nie sicher gewesen, wie viel von dem, was Thoth sagte, der Wahrheit entsprach und was gelogen war.

»Wenn ich mir eine Bemerkung erlauben darf …«, unterbrach Dritter Speer Laskaron Walkers Gedankengang und sah seinen Vorgesetzten fragend an.

»Nur zu, Will«, murmelte Walker, der sich inzwischen darüber informiert hatte, wer sich hinter den ihm bis dahin unbekannten Namen 'Picard' und 'Riker' verbarg. Er hatte zunächst angenommen, es habe sich um historische Persönlichkeiten der Militärgeschichte gehandelt, und war deshalb überrascht gewesen, als er festgestellt hatte, dass es sich mitnichten um reale Personen, sondern um Figuren aus einem völlig unrealistischen Weltraummärchen handelte, das vor ziemlich genau einhundert Jahren im damaligen 'Fernsehen' ausgestrahlt worden war. Doch seit er sich ein paar Folgen dieser uralten, nur zweidimensionalen Trivialserie angeschaut hatte, war er von den moralischen Prinzipien, die hier erkennbar propagiert wurden, durchaus angetan.

Und er hatte erkannt, dass es keinem 'Picard' schaden konnte, einen 'Will' zu haben.

Laskaron war zwar sichtlich irritiert, als 'Will' angesprochen zu werden, er ging jedoch nicht darauf ein.

»Sie sollten den jeweiligen Kommandanten mehr Freiraum in ihren Entscheidungen geben, Sir!« Laskaron hatte es sich seinerseits angewöhnt, Alex mit 'Sir' anzusprechen, wie es bei den Streitkräften der Menschen gegenüber einem höheren Rang anscheinend üblich war. »Die Schiffsführungen können viel schneller auf sich verändernde Bedrohungslagen und Gefechtssituationen reagieren, wenn sie nicht jedes Mal rückfragen und neue Befehle einholen müssen.«

Alex dachte kurz nach.

»Hm … Sie könnten recht haben, Laskaron. Vielleicht habe ich es mit meinen Bemühungen, strategisch und taktisch stets alles unter meiner Kontrolle zu halten, etwas übertrieben. Also gut! Beim nächsten Versuch werde ich Ihren Rat befolgen und den anderen Schiffen mehr taktische Autonomie einräumen!«

Tatsächlich! Einen 'Will' zu haben kann nichts schaden, dachte Alex und lächelte vor sich hin. *Während ich mich hier von einem Manöverdesaster zum nächsten hangele, genießen Mireille und Joy einen entspannten Flug nach Kraytar-Prime. Im Moment würde ich gerne mit ihnen tauschen!*

Walker atmete tief durch und schüttelte seinen Ärger und seine Frustration ab wie ein nasser Hund das Wasser.

Auf ein Neues!, dachte er.

»Alle Schiffe auf die Ausgangspositionen!«, befahl er laut. »Wo bleibt die Konferenzschaltung zu meinen Kommandanten? Laskaron, informieren Sie unseren Gegner, dass die nächste Simulation in einer Stunde beginnt. Es wird Zeit, dass wir endlich beweisen, was in uns Terranern steckt!«

21. Februar 2094: im Subraum an Bord der *Stolz von Trakon*

Jarallor blätterte nachdenklich in der Taschenausgabe des 'Alten Testaments'. Ihm sagten die goldene Prägung im Ledereinband und die in dem Buch enthaltenden Geschichten natürlich nichts, doch die Widmung konnte er sehr wohl richtig zuordnen. Der Name des ehemaligen Präsidenten der USA und seine englische Schreibweise waren dem Protektor selbstverständlich vertraut. *David Hezekiel Butcher* war nicht nur ein entschiedener Gegner der Hegemonie gewesen, die er als Dämon und Abgesandten Satans verteufelt hatte, er hatte ihre Flotte sogar mit sechs eilig fertiggestellten Miniatur-Nachbauten der *Goldenen Nova* angegriffen.

Fünf der Schiffe waren vernichtet worden und von dem Sechsten hatte man nie wieder etwas gehört.

»Ihre Entdeckung lässt wohl keinen anderen Schluss zu, Miss Joycelyn. Dieser angebliche Dr. Trevor Harding ist in Wahrheit ein Agent des ehemals theokratischen Amerika, der sich an Bord eingeschlichen hat. Ich frage mich nur, was er noch glaubt, erreichen zu können. Diejenigen, denen er gedient hat, existieren nicht mehr und die USA sind wieder eine demokratische Republik.« Der Protektor schloss das kleine Taschenbuch und steckte es ein. Dann richtete er seine beiden Stielaugen auf Joy und sah sie durchdringend an. »Sie verfügen tatsächlich über eine bemerkenswerte Eigeninitiative, Miss Joycelyn, die sich allerdings in … hm … sagen wir … unkonventionellen Aktionen manifestiert. Nicht wahr?«

Nachdem Joy Mireille von ihrer Entdeckung berichtet und ihr das kleine Büchlein gezeigt hatte, hatte die Französin umgehend den Protektor informiert. Nun standen alle drei in dessen Suite und Joy fühlte sich nicht wie jemand, der eine wichtige Entdeckung gemacht hatte, sondern eher wie eine Angeklagte, der man ein schweres Fehlverhalten vorwarf.

Der Transparentschirm an der Seitenwand von Jarallors Kabine, der Joy bei ihrem Besuch in der luxuriösen Suite des Protektors auf der Orbitalstation einen kleinen Schock versetzt hatte, war hier während des Fluges durch den Subraum abgeschaltet und durch eine ausfahrbare Trennwand ersetzt worden, auf die nun wechselnde Hologramme von planetaren Szenen der Mitgliedsvölker projiziert wurden.

Im Subraum gab es außer dem eintönigen Grau der das Schiff umhüllenden *Kelvin-Blase* nichts zu sehen. Niemand wusste, wie es außerhalb dieser Blase aussah – falls es dort überhaupt so etwas wie visuelle Eindrücke gab.

Joy riss den Blick von einer Unterwasserszene des Planeten Schuron, des Heimatplaneten der Schurak, los. »Ohne einen Beweis hätte mir niemand geglaubt«, versuchte sie, ihren Einbruch in Hardings Kabine zu rechtfertigen.

»Junge Dame, nicht immer heiligt der Zweck die Mittel, wie man auf der Erde so treffend sagt.« Der Tadel in Jarallors Stimme war unüberhörbar. »Außerdem sollten Sie nicht unsere … *meine* Bereitschaft unterschätzen, Ihnen zuzuhören. Wenn Sie mir Ihren Verdacht vertraulich mitgeteilt hätten, wäre ich dem natürlich nachgegangen. Was, wenn dieser

Harding frühzeitig zurückgekehrt wäre und Sie in seiner Kabine erwischt hätte?«

Das Gespräch lief nicht im Geringsten so, wie Joy es sich vorgestellt hatte.

»Aber er hat mich nicht erwischt und außerdem hätte ich mich durchaus wehren können«, antwortete Joy beinahe trotzig, was ihr einen missbilligenden Blick von Mireille eintrug, die neben dem Protektor stand.

Es sieht fast so aus, als hätten sich die beiden gegen mich verbündet, dachte Joy verärgert. Sie wollte nicht recht einsehen, dass sie etwas falsch gemacht hatte.

»Versteh´ den Protektor nicht falsch, Joy, er … *wir* sind dir durchaus dankbar, dass du den Kerl enttarnt hast, aber auch ich bekomme noch nachträglich eine Gänsehaut bei dem Gedanken, was dir hätte zustoßen können.« Mireille versuchte offensichtlich, zu vermitteln. »Und auch ich frage mich, warum du mir nicht genug vertraust, um mit einem solch schwerwiegenden Verdacht zu mir zu kommen. Denkst du wirklich, ich hätte dir nicht geglaubt?«

»Verstehen Sie uns nicht falsch, liebe Joycelyn«, sagte Jarallor. »Es geht nicht um Ihr Eindringen in die Datenbank. Das ist eine Lappalie und besorgt mich nicht. Nebenbei bemerkt: In die gesicherten Bereiche der Schiffsysteme hätten Sie natürlich niemals vordringen können.«

Hast du eine Ahnung, dachte Joy, hielt jedoch vorsichtshalber den Mund. Es war momentan sicherlich nicht ratsam, den Protektor und ihre Adoptivmutter mit vorwitzigen Bemerkungen zu provozieren.

»Es geht einzig und allein darum, dass Sie sofort Madame Bernard hätten benachrichtigen müssen, nachdem Sie die fingierte Identität des Mannes anhand der Bilddatei festgestellt hatten«, fuhr der Protektor fort. »Ihre Eigeninitiative, die ich bei unserem letzten Gespräch vor ein paar Tagen noch gelobt habe, geht hier ein Stück zu weit! Eigeninitiative ohne Selbstkontrolle und Risikoabwägung ist keine Tugend, sie kann zur Gefahr werden. Übrigens nicht nur für Sie, sondern auch für andere!«

Joy musste zugeben, dass Jarallor vielleicht nicht ganz unrecht hatte. Sie hatte überhaupt nicht darüber nachgedacht, was dieser Harding unternehmen würde und wer dabei eventuell zu Schaden kommen könnte, sollte er feststellen, dass ihm jemand auf die Schliche gekommen war. Selbst jetzt bestand diese Gefahr noch! Wie würde er reagieren, wenn er bemerkte, dass seine kleine Bibel verschwunden war?

»Okay, Mireille, ich hätte dir vertrauen sollen«, gab Joy schließlich widerstrebend zu.

Sie hatte nie gelernt, anderen zu vertrauen! Im Waisenhaus und erst recht später auf der Straße hatte es nur eine Person gegeben, auf die sie sich hatte verlassen können: sie selbst! Joy wusste, dass es noch einige Zeit dauern würde, ihre alten Gewohnheiten abzulegen.

Spontan machte sie einen Schritt nach vorn und umarmte ihre Adoptivmutter. »Es tut mir leid!«, sagte sie leise und diesmal meinte sie es wirklich ehrlich.

Mireille strich Joy über die kurzen, weißblonden Haare. »Ich verstehe, warum du so gehandelt hast. Und ich weiß aus eigener Erfahrung, wie schwer es sein kann, anderen Menschen zu vertrauen –

besonders wenn die Vergangenheit dafür keinen Grund geliefert hat.«

Wieder einmal staunte Joy, wie leicht es Mireille fiel, sich in sie hineinzuversetzen.

Auch aus diesem Grund liebe ich sie wie eine richtige Mutter, dachte Joy. Sie lächelte ihre Adoptivmutter und beste Freundin an und löste sich langsam aus der Umarmung.

Jarallor hatte die Interaktion zwischen den beiden Frauen mit offensichtlichem Interesse verfolgt. Augenscheinlich war er von menschlichen Verhaltensweisen fasziniert und es kümmerte ihn nicht, ob seine beinahe aufdringliche Neugier als unangenehm empfunden wurde. Doch Joy wusste, dass dies kein verwerflicher Charakterzug des Trakon war, sondern ehrliches Interesse an den Menschen.

Er ist halt ein Alien und tickt anders, dachte sie.

»Okay, ich werde in Zukunft vorsichtiger sein. Versprochen! Aber wie geht es jetzt weiter?«, sagte sie.

»Wir müssen schnell handeln, bevor Harding das Fehlen des Büchleins bemerkt«, erklärte der Protektor und nickte einem seiner Mitarbeiter zu, der sich während des Gesprächs ein wenig abseits gehalten hatte.

»Kommen Sie mit, Miss Joycelyn«, sagte Jarallor. »Ich möchte seine Reaktion sehen, wenn Sie ihm gegenüberstehen. Wenn wir ihn auf diese Weise konfrontieren, verrät Harding vielleicht etwas, das uns seinen Motiven und Plänen näherbringt.«

»Darf ich …?«, fragte Mireille vorsichtig.

»Selbstverständlich dürfen Sie mitkommen, Madame Bernard. Miss Jocelyn ist schließlich Ihr Schützling!«

Über den Bordcomputer war es nicht schwierig, den momentanen Aufenthaltsort Hardings ausfindig zu machen. Natürlich wurden alle Terraner – so wie jedes andere Besatzungsmitglied auch – ständig von den automatischen Sicherheitssystemen des Schiffes überwacht. Die *Stolz von Trakon* war ein militärisches Schiff, auch wenn sie einem Diplomaten zur Verfügung gestellt worden war, und kein Vergnügungskreuzer, auf dem Rücksicht auf die Privatsphäre der Fluggäste genommen wurde.

Harding war nicht in seiner Kabine, sondern befand sich derzeit in Begleitung einiger anderer Mitglieder der irdischen Delegation auf einer von mehreren Veranstaltungen, die den Terranern die Möglichkeit bieten sollten, sich einen ersten Überblick über die Geschichte und Kultur der Hegemonie und ihrer Mitgliedsvölker zu verschaffen. Zum einen sollte es die Gäste auf den anstehenden Besuch auf Kraytar-Prime vorbereiten, zum anderen schlicht der Bekämpfung der Langeweile während des Fluges dienen.

Außerdem erhielten die Mitglieder der Delegation im Zuge dieser Veranstaltungen die Gelegenheit, sich untereinander besser kennenzulernen. Deshalb hatte man mehrere kleinere Gruppentermine angesetzt, in denen es leichter war, miteinander ins Gespräch zu kommen.

Harding hatte offensichtlich sehr darauf geachtet, Joy auch hier nicht über den Weg zu laufen, denn sie hatte bereits an mehreren dieser Seminare teilgenommen und konnte anhand der Computerlogs sehen, dass auch er schon einige besucht hatte. Dass sie sich dabei nie begegnet waren, konnte kein Zufall sein!

Zusammen mit vier furchteinflößenden und schwer bewaffneten Chrish gingen Jarallor, Mireille und Joy zu dem Konferenzraum, in dem die Veranstaltung stattfand. Er lag drei Decks tiefer und befand sich im Heckbereich der *Stolz von Trakon*.

Sie trafen ein, als sich die Veranstaltung gerade dem Ende zuneigte.

Noch bevor Joy etwas sagen konnte, ging auch schon alles schief!

Anstatt im Gang zu warten, bis Harding den Raum verlassen würde, um ihn dann von den anderen Teilnehmern des Seminars isoliert festnehmen zu können, gab Jarallor den vier Soldaten ein Zeichen, den Konferenzraum zu betreten. Joy hatte bereits den Mund geöffnet, um den Protektor noch zurückzuhalten, doch es war bereits zu spät. Harding blickte auf und sah die vier Soldaten zielstrebig auf sich zukommen.

Er begriff sofort, was dies zu bedeuten hatte.

Die insgesamt sieben Veranstaltungsteilnehmer hatten sich an der rechten Seitenwand versammelt, wo ein kleines Buffet aufgebaut war und Getränke gereicht wurden. Sie diskutierten miteinander und mit dem vortragenden Wissenschaftsoffizier, einem Friem, über das gerade Gehörte. Harding griff blitzschnell nach einem der Messer, die auf dem Buffet lagen, riss eine neben sich stehende Frau an sich, umklammerte sie mit einem Arm von hinten und drückte ihr mit der Hand des anderen Arms das Messer an die Kehle.

Die neben ihm Stehenden schrien entsetzt auf und wichen einige Schritte zurück.

Harding und seine Geisel standen plötzlich vollkommen alleine vor dem Buffet.

»Keinen Schritt weiter, oder ich schlitze der gottlosen Dämonenhure die Kehle auf!«, schrie er.

Die vier Soldaten blieben unschlüssig stehen und einer von ihnen, der Ranghöchste und ihr Anführer, sah fragend zur Tür, durch die in diesem Moment Jarallor den Raum betrat.

»Trevor Harding, oder wie auch immer Ihr Name sein mag, es dürfte Ihnen klar sein, dass Sie nicht von hier entkommen können«, sagte der Protektor beinahe im Plauderton. »Lassen Sie die Frau los und legen Sie das Messer weg. Ich verspreche Ihnen, dass Ihnen nichts geschehen wird!«

»Nichts geschehen?« Harding lachte schrill auf, was zeigte, dass es um seinen geistigen Zustand nicht zum Besten stehen konnte. »Nichts geschehen? Ihr Dämonen und Diener Satans könnt mir so oder so nichts mehr anhaben. Ihr habt Gottes Reich auf Erden bereits vernichtet und den Propheten Butcher getötet. Und ich habe es nicht verhindern können, obwohl es meine Pflicht gewesen wäre, ihn zu beschützen! Die Verdammnis ist mir sicher. Was könnt ihr mir dagegen schon antun?«

Als Joy Hardings Worte hörte, fiel ihr siedend heiß ein, dass sie ihn nicht nur im Gefängnis zusammen mit Butcher gesehen hatte. Dieses Bild hatte sich zwar am stärksten in ihr Gedächtnis eingebrannt, doch er war ihr danach noch einmal über den Weg gelaufen! Auf der *Andrews Air Base* in der Nähe von Washington, als Alex und Marcel, der Sicherheitschef der SFN, sie aus Butchers Fängen befreit hatten. Der Secret Service Agent, dem Butcher die Waffe entrissen hatte, um sie damit zu erschießen, war kein anderer als dieser Harding gewesen. Allerdings hatte er damals im Freien die obligatorische dunkle Sonnenbrille getragen, weshalb Joy ihn nicht sofort erkannt hatte. Seine Worte machten deutlich, dass er nicht nur zur persönlichen Leibwache des verrückten amerikanischen Diktators gehört haben musste, sondern auch ein glühender Anhänger der Theokratie gewesen war.

Und immer noch ist, dachte Joy entsetzt.

»Was wollen Sie, Harding?«, fragte Jarallor.

»Was ich will? Ich will …« Er unterbrach sich und blickte zur Tür, wo Joy inzwischen eingetreten war und das Geschehen beobachtete. »Die Dämonenbraut! Sie … sie hat mich erkannt. Sie hat mich verraten, nicht wahr?« Wieder lachte Harding sein irres Lachen. »Du Hure bist schuld am Tod des letzten Propheten! Als ich bemerkte, dass du an Bord bist, war mein erster Gedanke, dir aufzulauern und dich zu töten. Doch du bist nur eine kleine, schäbige Dienerin Satans. Um den Tod eines Giganten zu rächen, muss ein anderer Gigant sterben.«

Joy war sich nach Hardings letzten Worten sicher, dass er vorgehabt hatte, den Hegemon auf Kraytar-Prime zu ermorden.

Der Typ ist völlig durchgeknallt, dachte sie. *Er wäre niemals nahe genug an ihn herangekommen. Schon gar nicht mit einer Waffe.* Trotzdem hatte sie ein ungutes Gefühl bei dem Gedanken. *Wie hätte die Hegemonie wohl reagiert, wenn es ihm doch irgendwie gelungen wäre? Sicher hätte man nach einer solchen Tat kein Interesse mehr daran gehabt, die*

Erde als vollwertiges Mitglied aufzunehmen. Vielleicht hätte bereits der Versuch ausgereicht, sie zu unseren unerbittlichen Feinden zu machen. Wer weiß? Jedenfalls hätte es unser Verhältnis zur Hegemonie schwer beschädigt.

Die junge Frau, die sich nach wie vor stockstarr in Hardings eisernem Griff befand, wimmerte leise.

»Halt´s Maul, Schlampe!«, zischte der ehemalige Leibwächter, dessen Namen Joy nie erfahren hatte. Dann schien Harding plötzlich eine Idee zu haben. Er deutete mit dem Messer für einen kurzen Augenblick auf Joy, bevor er es wieder seiner Geisel an den Hals drückte.

»Du, komm her!«

»Nein!«, ertönte Mireilles Stimme hinter Joy. »Du wirst sie nicht bekommen!« Sie legte schützend eine Hand auf Joys Schulter.

Harding drückte das Messer fester an die Kehle seines Opfers. Obwohl es keine besonders scharfe Klinge hatte, genügte der Druck, um die Haut anzuritzen und einen Blutstropfen hervortreten zu lassen. Die junge Frau schrie auf und begann, leise zu weinen.

»Komm her oder sie stirbt!«, schrie Harding.

Joy ergriff vorsichtig Mireilles Hand, zog sie beinahe zärtlich von ihrer Schulter und ließ sie los. Dann machte sie einen Schritt nach vorn.

»Joy!«, schrie Mireille auf. »Nicht!«

Joy drehte sich zu ihrer Adoptivmutter um.

»Jetzt ist es an dir, *mir* zu vertrauen«, sagte sie so leise, dass nur Mireille sie hören konnte.

Die Französin zögerte einen Moment, dann glitt ein leichtes Lächeln über ihr Gesicht, während gleichzeitig Tränen in ihren Augen schimmerten. Sie nickte Joy kaum merklich zu.

Auch Joy verspürte einen Kloß im Hals, doch sie durfte sich jetzt nicht den geringsten Zweifel anmerken lassen. Sie erwiderte das Lächeln und zwinkerte Mireille zu. Dann drehte sie sich wieder zu Harding um und machte einen weiteren Schritt nach vorn.

»Was willst du von mir?«, fragte sie, obwohl sie die Antwort kannte.

»Komm her! Du wirst freiwillig den Platz dieser Schlampe hier einnehmen, sonst steche ich sie ab. Wenn du mitspielst und alles tust, was ich sage, werde ich dir kein Haar krümmen.«

Joy wusste, dass er log.

Sie hob demonstrativ in einer defensiven Geste die Hände, als sie auf Harding zutrat.

»Dreh dich um!«

Joy drehte sich mit dem Rücken zu Harding. Sie sah Jarallor und Mireille nur wenige Schritte entfernt stehen. Der Protektor rang ganz offensichtlich mit sich, ob er den vier Soldaten, die ihn fragend ansahen, den Befehl geben sollte, sich auf den Terraner zu stürzen. Das würde die junge Frau in Hardings Gewalt jedoch mit Sicherheit das Leben kosten. Andererseits war ihm anzusehen, dass Joys gewagte Aktion ihn verblüffte. Er blickte mehrmals zwischen ihr und Mireille hin und her, als würde er befürchten, einen Blick oder eine Geste zu verpassen, die ihm Aufschluss darüber geben könnte, was zu tun sei. Mireille hingegen trug nach wie vor ein kaum merkliches Lächeln auf dem Gesicht, was Jarallor nur noch mehr irritieren musste. Joy vermutete, dass er sich in diesem Moment wahrscheinlich fragte, ob er die Terraner überhaupt jemals verstehen würde.

»Einen Schritt zurück!« Joy konnte Hardings Atem zwar beinahe im Nacken spüren, doch sie trat mit einem kleinen Schritt rückwärts noch näher an ihn heran.

Harding ließ die junge Frau los, stieß sie brutal von sich weg und legte den frei gewordenen Arm blitzschnell von hinten um Joys Hüfte. Dann konnte sie das kalte Metall des Messers an ihrer Kehle spüren, das er in der anderen Hand hielt.

Der Austausch hatte keine Sekunde gedauert.

Die bisherige Geisel taumelte zwei Meter weg, stieß gegen einen Tisch und sank laut aufschluchzend zu Boden. Einer der anderen Terraner, die dem ganzen Schauspiel bislang mit schweigendem Entsetzen gefolgt waren, half ihr auf die Beine und zog sie weiter von Joy und Harding weg.

»Du bist dümmer, als ich dachte«, zischte Harding Joy ins Ohr. Sie konnte spüren, wie sich der Druck des Messers an ihrem Hals verstärkte. »Und jetzt fahr zur Hölle und sti…«

Er hatte das letzte Wort noch nicht ausgesprochen, als Joy auch schon handelte.

Harding konnte nicht wissen, dass Joy Trägerin gleich zweier schwarzer Gürtel war – wenn auch nicht offiziell und nach abgelegten Prüfungen, sondern nach mehrjährigem Training in Karate und Taekwondo und nach Auskunft von Herrn Ito, ihrem *Sensei*, der Joys Fähigkeiten in beiden Kampfsportarten als diejenigen eines Kämpfers des Shodan-Grades eingestuft hatte.

Drei Dinge geschahen gleichzeitig. Joy riss ihre rechte Hand eng am Körper entlang nach oben, brachte sie zwischen den Arm, mit dem Harding das Messer führte, und ihren Hals und drückte ihn kräftig nach außen weg. Im selben Moment winkelte sie ihren linken Arm an und führte während einer leichten Körperdrehung nach links einen Ellbogenstoß nach hinten aus. Das Timing war perfekt! Ihr Ellbogen schlug mit voller Kraft in Hardings Solarplexus ein, was zu einer sofortigen Zwerchfelllähmung führte. Harding konnte schlagartig nicht mehr atmen. Diese Atemlähmung führte ihrerseits wieder dazu, dass er keinen Schmerzensschrei ausstoßen konnte, als Joys linker Fuß, den sie bei der leichten Körperdrehung angehoben hatte, mit voller Wucht auf dem Spann von Hardings linkem Fuß einschlug. Das Knacken der brechenden Mittelfußknochen war bis zu Jarallor und Mireille zu hören.

Harding entfuhr nur ein Ächzen, während Joy weiter herumwirbelte.

Sie beendete die Aktion mit einem Handkantenschlag gegen Hardings Hals. Er saß perfekt! Der Schlag auf den Sinus caroticus, in dessen Gefäßwand sich Barorezeptoren befanden, ließ Hardings Blutdruck augenblicklich weit absacken, was ihn wie einen nassen Sack bewusstlos zu Boden gehen ließ.

Joy schloss für einen Moment die Augen und atmete einmal tief durch.

Geschwindigkeit ist der Schlüssel zum Sieg, dachte sie. *Danke, Herr Ito!*

Die vier Soldaten ergriffen Harding, zogen ihn auf die Beine und fesselten seine Hände auf den Rücken. Er kam bereits wieder zu sich und wusste nicht so recht, was gerade geschehen war. Beim Versuch, einen Schritt zu machen, schrie er auf. Der gebrochene Mittelfußknochen musste höllisch schmerzen.

Mireille eilte auf Joy zu und nahm sie wortlos in die Arme.

Jarallor gab den Soldaten noch eine Anweisung, wie mit Harding zu verfahren sei, und näherte sich langsam den beiden Frauen. Seine beiden Stielaugen hefteten sich die ganze Zeit hindurch starr auf Joy.

»Erstaunlich«, sagte er und machte die Geste der grenzenlosen Verblüffung. »Wirklich erstaunlich!«

01. März 2094: im Sol-System an Bord der *Blitz von Gwalthir*

Zum ersten Mal während der vergangenen zwei Wochen war *Zweites Schild* Alexander Walker rundum zufrieden. Er saß an seinem Schreibtisch in der 'on-duty'-Kabine des Kommandanten der *Blitz von Gwalthir* direkt neben der Brücke und bereitete den nächsten Abschnitt des Trainingsmonats vor.

Die Hälfte ist geschafft und die Frauen und Männer machen sich besser, als ich zu hoffen gewagt hätte, dachte er und musste unwillkürlich grinsen. *Auch unsere neuen Freunde haben wir sichtlich beeindruckt.*

Während der letzten beiden Wochen hatte er nicht nur die terranischen Ausbildungsbesatzungen an den Rand der Erschöpfung getrieben, er hatte auch den regulären Besatzungen seines Manövergegners alles abverlangt. Und vorgestern war es den zehn Schiffen unter seinem Kommando zum ersten Mal gelungen, den simulierten Angriff abzuwehren und die virtuelle Basis auf dem Jupitermond zu verteidigen.

Daraufhin hatte sich sogar Hakir Alt´kranor, *Erstes Schild* und Oberbefehlshaber der im Sol-System stationierten hegemonialen Flotte, gemeldet, um den Terranern zu gratulieren. In seiner Stimme hatte nicht nur eine gehörige Portion Überraschung, sondern auch echte Anerkennung mitgeschwungen. Alex hatte zudem den Eindruck, dass man seine Besatzungen und auch ihn selbst seitdem mit deutlich mehr Respekt behandelte.

Zumindest war das Getuschel hinter dem Rücken der Trainees weniger geworden und einige hatten ihren Vorgesetzten berichtet, dass die Mitglieder der anderen Völker sie jetzt auch zu geselligen Zusammenkünften während der Freiwachen einluden.

Alles in allem waren die vergangenen beiden Wochen zwar extrem anstrengend und hart für alle Beteiligten gewesen, doch sie hatten die terranischen Besatzungen nicht nur zusammengeschweißt, sondern ihnen auch zunehmend das Gefühl vermittelt, *dazuzugehören*!

Heute ging der 48-stündige Heimaturlaub zu Ende, den alle neuen Rekruten bewilligt bekommen hatten, und Shuttle um Shuttle brachte die terranischen Besatzungen zurück auf ihre Schiffe. Auch Alex war erst vor einer Stunde von der Erde an Bord der *Blitz von Gwalthir* zurückgekehrt, die wie die anderen neun Schiffe unter terranischer Führung derzeit in einem Orbit über der Erde kreiste.

Er hatte die beiden freien Tage dazu genutzt, sich in Bordeaux über die Fortschritte bei der Erkundung der Geheimnisse der *Ersten* schlauzumachen. Doch auch ihm gegenüber verhielt sich Thoth weiterhin störrisch und gab nicht viel mehr preis als zuvor. Alex war zunehmend davon überzeugt, dass der Bordcomputer über mehr technische Informationen verfügte, als er zugeben wollte.

Aber das hat derzeit keine Priorität. Unsere neuen Schiffe sollten in etwa zwei Wochen hier ankommen und die Kernbesatzungen müssen dann bereit sein.

Nun galt es, den nächsten Abschnitt der Ausbildungsphase vorzubereiten – einen Subraum-Formationsflug mit anschließender Gefechtssimulation in dem unbewohnten System *Luyten 726-8*, nicht ganz neun Lichtjahre vom Sol-System entfernt. Die Flugzeit dorthin würde mit einem gedrosselten

Überlichtfaktor von etwa 3000 ziemlich exakt einen Tag betragen. Wieder würden sie von zehn Schiffen unter dem Kommando hegemonialer Kapitäne begleitet werden, die im Zielsystem erneut den Gegner spielen würden. Diesmal würde es bei dem Manöver nicht um die Eroberung einer Mondbasis gehen, sondern um das Aufspüren und Vernichten feindlicher Schiffe im Systeminnern. Die besonderen gravitativen Bedingungen des Doppelstern-Systems, in dem sich zwei rote Zwerge auf stark elliptischen Bahnen gegenseitig umkreisten, stellte eine zusätzliche Herausforderung dar. Das System wies drei Planeten auf, von denen jedoch keiner innerhalb der habitablen Zone lag, die es in diesem System aufgrund der exzentrischen Umlaufbahnen der beiden Sonnen gar nicht geben konnte.

Jedoch verfügte *Luyten 726-8* über einen ausgedehnten Asteroidengürtel – wahrscheinlich die Überreste eines vierten Planeten, der durch die starken und wechselhaften Gezeitenkräfte der beiden Sonnen zerrissen worden war. Er bot unzählige Versteckmöglichkeiten, was die Jagd auf die zehn Schiffe zusätzlich erschweren würde.

Und sie interessanter machen wird, dachte Alex.

Er freute sich besonders auf den abschließenden Teil des Manövers: den echten und nicht nur simulierten Einsatz der Bordwaffen und die Schießübungen mit den unterschiedlichen Waffensystemen auf einige der dicksten Brocken im Asteroidengürtel von *Luyten 726-8*.

Das Bordkom summte und vor Alex flammte eine holografische Projektion auf.

'Dritter Speer Laskaron'

»Annehmen!«, sagte Alex und auf der Fläche seines Schreibtisch-Terminals flammte das verkleinerte Hologramm von Laskaron, seiner rechten Hand, auf.

Der 'Dritte Speer' hatte derzeit Dienst auf der Brücke der *Blitz von Gwalthir* und trug seine wie immer makellose dunkelrote Uniform. Er salutierte nach irdischem Brauch, sobald die Verbindung stand.

»Alle Schiffe melden volle Einsatzbereitschaft, Sir. Die Besatzungen sind ohne Ausnahme auf ihre Posten zurückgekehrt«, teilte er seinem Kommandanten mit. »Willkommen zurück an Bord, Sir!«, fügte er hinzu.

»Danke, XO«, antwortete Walker. Er hatte es sich zur Gewohnheit gemacht, seinen Ersten Offizier nicht mehr als 'Dritten Speer' anzureden, sondern die traditionelle Anrede zu gebrauchen, wie sie seit Jahrhunderten an Bord von Schiffen für den Ersten Offizier üblich war. Laskaron war sofort damit einverstanden gewesen. Überhaupt schien der Barox ein großer Fan irdischer Militärgeschichte zu sein, wie Alex schon lange vermutete. Er hatte vor, auf den Schiffen der Terranischen Raumverbände die irdischen Dienstgrade einzuführen und nicht die sperrigen, fremden Bezeichnungen zu verwenden. Nur die höherrangigen terranischen Offiziere, die direkten Kontakt mit hegemonialen Stellen oder Vorgesetzten hatten, würden zusätzlich die dort üblichen Ränge tragen müssen.

»Wir werden den Erdorbit in einer Stunde verlassen und im Unterlichtflug mit maximaler Beschleunigung bis zum inneren Rand des Kuipergürtels vorstoßen«, ordnete Walker an. »Während der rund siebzehn Stunden mit konstanter Geschwindigkeit im Unterlichtflug werden wir wiederholt Übungen für den Subraum-Formationsflug durchführen. Ich will, dass alles perfekt sitzt, wenn wir in *Luyten 726-8* ankommen. Wir wollen uns schließlich nicht damit blamieren, dass wir unsere Schiffe erst mühsam wieder einsammeln müssen.«

Die Marschgeschwindigkeit einer Flotte im Normalraum betrug normalerweise ungefähr 0,3 c – knapp ein Drittel der Lichtgeschwindigkeit. Höhere Geschwindigkeiten wurden nicht angestrebt. Erstens wären sie nur mit unverhältnismäßig hohem Energieverbrauch zu realisieren gewesen und zweitens hätte sich dann sehr schnell der Effekt der Zeitdilatation stark bemerkbar gemacht.

Nur Raumtorpedos konnten innerhalb von kürzester Zeit bis auf ungefähr 0,8 c beschleunigen.

Walkers kleine Flotte würde bei maximaler Beschleunigung ungefähr zwei Stunden benötigen, um diese Geschwindigkeit zu erreichen. Der anschließende Flug bis zum im Mittel 40 AE — **A**stronomische **E**inheiten – entfernten Kuipergürtel würde bei der angestrebten Marschgeschwindigkeit nochmals etwas mehr als siebzehn Stunden in Anspruch nehmen, auch wenn für die Besatzungen der zehn Schiffe subjektiv etwa eine halbe Stunde weniger verstreichen würde. Es blieb während des langen Fluges jedenfalls genügend Zeit, um den Formationsflug mehrfach zu üben.

Was so einfach klang, war in Wahrheit ein hochkomplexes Manöver. Wenn die Schiffe nicht absolut synchron operierten, würde es bei diesen enormen Geschwindigkeiten schnell zu erheblichen Abweichungen zwischen ihnen und damit zum

Auseinanderdriften und zur Auflösung der Formation kommen. Wenn dies im Subraum geschah, würden sich die Fehler noch potenzieren und die Schiffe wären beim Rücksturz in den Normalraum teilweise *Lichtstunden* voneinander entfernt. Es war deshalb für eine Flotte von erheblicher Bedeutung, in einer möglichst perfekten Formation beim Angriffsziel anzukommen, wollte man nicht wertvolle Zeit damit verlieren, die weit verstreuten Schiffe erst wieder zu sammeln. Außerdem würde dies dem Verteidiger sehr viel mehr Zeit geben, sich seinerseits auf den Angriff vorzubereiten.

Das wiederholte Üben von Formationsflügen war deshalb keine Schikane, sondern eine grundsätzliche Notwendigkeit, wollte man eine schlagkräftige Raumflotte ins Feld führen, und Alex gedachte, seine kleine Flotte den im Zielsystem bereits wartenden Schiffen unter hegemonialem Kommando als Beispiel für eine perfekt koordinierte Schiffsführung zu präsentieren.

»Ihre Befehle werden umgehend an die Kommandanten der anderen Schiffe weitergegeben, Sir«, bestätigte Laskaron.

»Ich werde Sie in einer halben Stunde ablösen und das Kommando wieder persönlich übernehmen. Sie haben sich eine Ruhepause verdient, XO. Ich erwarte Sie dann am Ende der Beschleunigungsphase wieder auf der Brücke.«

»Vielen Dank, Sir!« Laskaron salutierte erneut.

Alex nickte und beendete das Gespräch. Er hatte mit dem Barox einen guten Griff getan. Vielleicht würde er ihn an seiner Seite behalten können, wenn sich die *Terranischen Raumverbände* erst einmal endgültig etabliert haben würden.

Eine Stunde später saß *Zweites Schild* Alexander Walker in seinem Sessel auf der Brücke der *Blitz von Gwalthir*, während sich die zehn Schiffe unter seinem Kommando aus dem Erdorbit lösten. Sie beschleunigten mit Maximalwerten, passierten die Mondbahn und schossen in Richtung des Systemrands davon.

02. März 2094: auf Kraytar-Prime im *Palast der Völker*

Auch einen Tag später fühlte sich noch immer alles wie ein absonderlicher Traum an. Kein Albtraum, aber auch keiner, in dem man sich in bekannter Umgebung wohlig geborgen fühlt. Irgendetwas dazwischen. Bizarr, aufregend, faszinierend, abenteuerlich, skurril, atemberaubend! Ganz und gar nicht schrecklich, aber absolut fremdartig.

Einfach Irre! Ich stehe auf einem anderen Planeten!

Joy konnte sich an den ungewöhnlichen Formen und surrealistischen Farbkompositionen nicht sattsehen.

Die *Stolz von Trakon* war gestern auf Kraytar-Prime gelandet. Es war bereits gegen Abend gewesen, und man hatte die terranische Delegation kurz vor Einbruch der Dämmerung mit mehreren bequemen Schwebefahrzeugen in ein weitläufiges Areal unweit des Raumhafens gebracht, das wohl so etwas wie die hiesige Form oder einer Feriensiedlung darstellte. Oder eines Komplexes für Gäste der Regierung. Man hatte ihnen die genaue Bezeichnung der einzeln stehenden, eingeschossigen und kreisrunden, für jeweils zwei Personen ausgelegten Gebäude nicht näher erläutert. Vielleicht war es auch eine ganz normale Wohnsiedlung, die man extra für sie freigeräumt hatte.

Joy wunderte sich nur darüber, dass die Anzahl der runden Bungalows exakt der Mitgliederzahl der Delegation entsprach. Auch waren die beiden Zimmer in ihrem Bungalow mit Möbeln ausgestattet, wie man sie in jedem irdischen Geschäft vorfinden konnte, und das Badezimmer entsprach völlig irdischem Standard.

Zwei der Bungalows waren allerdings leer geblieben. Joy und Mireille hatten beschlossen, sich eine Unterkunft zu teilen, und der für Harding vorgesehene Bungalow musste leer bleiben, da man den Extremisten gleich nach der Landung gesondert abtransportiert hatte.

Joy wusste nicht, wie man weiter mit ihm verfahren würde, und es interessierte sie auch nicht sonderlich.

Sie hätte jedoch gerne gewusst, wo genau sie hier gelandet waren, doch als sie ihren 'Robi' danach gefragt hatte, war seine Antwort knapp und rätselhaft ausgefallen. Sie und Mireille hatten die kleine, kastenförmige Maschine, die beinahe wie ein hochkant stehender Koffer aussah, 'Robi' getauft. Er folgte ihnen wie ein Hund, allerdings wie ein Hund, der sprechen und fliegen konnte, denn Robi sprach nicht nur akzentfreies Englisch, er schwebte auch knapp zehn Zentimeter über dem Boden, und wohin auch immer sie gingen – er ließ sich nicht abschütteln.

Auf die Frage, ob dies ein Hotel sei, hatte er nur geantwortet, es handele sich um eine Unterkunft für die terranischen Gäste des Hegemons. Was alles und gleichzeitig nichts bedeuten konnte und ihre Frage nicht im Geringsten beantwortete.

Jedenfalls lag die Anlage wunderschön, von einem Wald umgeben, am Sandstrand einer Bucht. Zumindest hätte Joy es so beschrieben, wenn sie sich auf der Erde befunden hätte. Hier sahen die Dinge anders aus. Der Sandstrand war pechschwarz, was auf vulkanischen Ursprung hindeutete, das Wasser schimmerte in einem beinahe unnatürlich klaren

Türkis – Umweltverschmutzung schien auf Kraytar-Prime ein Fremdwort zu sein – und der Wald bestand aus etwa zehn Meter hohen Pflanzen, die nicht nur wie überdimensionale Farne aussahen, sondern auch noch in einem knalligen Violett leuchteten, das Joy in den Augen schmerzte.

Dass der 'Rasen' zwischen den Bungalows aus dicken, zehn Zentimeter hohen, blauen Stängeln bestand, die so hart und hohl wie irdischer Bambus waren, komplettierte das seltsame Bild. Joy mochte sich nicht vorstellen, wie es sich anfühlen musste, barfuß darüberzulaufen wie über irdischen Rasen. Wahrscheinlich würde ihr das Zeug nach wenigen Schritten die Füße aufschneiden. Wenigstens die Wege zwischen den Gebäuden schienen aus so etwas wie normalem, grauem Beton zu bestehen.

Heute Morgen war wie von Geisterhand ein für Menschen geeignetes Frühstück in ihrem Bungalow aufgetaucht. Nicht nur, dass es bereits auf dem Tisch im Wohnzimmer auf sie gewartet hatte, als sie aus dem Schlafzimmer gekommen waren, es bestand sogar aus genau den Speisen, die sie an Bord der *Stolz von Trakon* beim Frühstück üblicherweise zu sich genommen hatten. Die Überwachung der Passagiere schien noch umfassender gewesen zu sein, als Joy bisher angenommen hatte.

Kaum hatten sie den letzten Bissen der Eier mit Bacon mit einem erstaunlich guten Kaffee heruntergespült – die molekularen Synthesizer und 'Foodprinter' der Hegemonie leisteten wirklich hervorragende Arbeit –, informierte Robi sie auch schon darüber, dass ein großer Schwebegleiter bereitstand, um sie in den Palast der Völker zu bringen, wo der Hegemon sie empfangen würde.

Und nun stand Joy zusammen mit den anderen Mitgliedern der irdischen Delegation auf dem weitläufigen Platz vor einem beeindruckenden Kuppelbau. Sie hatte während des Fluges mehrere Holos gesehen, in denen Kraytar-Prime und die Hauptstadt *Krayton* vorgestellt worden waren, doch die Bilder konnten mit der Wirklichkeit nicht mithalten.

Unter einer orangefarbenen Sonne funkelten die teilweise mehrere tausend Meter in den blau-violetten Himmel aufragenden, fragilen Wolkenkratzer wie Edelsteine. Joy fragte sich, aus welchem Material die Fassaden wohl bestehen mochten. Auch die Formen schienen jeder Gesetzmäßigkeit statischer Berechnungen zu trotzen. Viele der sich grazil in den Himmel windenden Gebäude sahen aus, als könnten sie jederzeit unter ihrem eigenen Gewicht zusammenbrechen. Joy konnte nur vermuten, dass hier Schwerkraftneutralisatoren im Spiel waren. Anders war das offensichtliche Außerkraftsetzen sämtlicher architektonischer Regeln und statischer Grundsätze nicht zu erklären.

Der gewaltige Kuppelbau, vor dem Joy und die anderen nun standen, wirkte zwischen all den weit in den Himmel ragenden Gebäuden fast klein und gedrungen, doch die obere Rundung der sicherlich eintausend Meter durchmessenden Kuppel war nach Joys Schätzung immer noch wenigstens fünfhundert Meter hoch. Sie war sich sicher, dass es ziemlich unmöglich sein musste, eine freitragende Kuppel mit diesem Durchmesser zu errichten. Jedenfalls mit den Materialien, die auf der Erde vorkamen.

Auch die Oberfläche der Kuppel funkelte, als sei sie mit unzähligen Brillanten überzogen.

»Bitte folgen! Bitte folgen!« Mehrere 'Robis' waren plötzlich aufgetaucht und schwebten aufgeregt zwischen den wartenden Menschen umher. Dann setzten sie sich in Richtung der Kuppel in Bewegung. Joy konnte erkennen, dass sich nicht weit von ihnen entfernt eine ebenerdige Öffnung in der Außenwand befand, die ihr zuvor nicht aufgefallen war. Sie hätte nicht sagen können, ob sich dieser Eingang gerade erst gebildet oder ob sie ihn einfach bislang übersehen hatte.

An der Seite von Mireille und inmitten der anderen Terraner betrat Joy die Kuppel. Direkt hinter dem Eingang führte ein an der äußeren Wandung entlanglaufender Korridor nach rechts und links. Die voranschwebenden Robis bogen nach links ab und die Gruppe folgte ihnen gehorsam. In regelmäßigen Abständen zweigten Quergänge von dem Korridor ins Innere des Gebäudes ab. Die Terraner folgten den Robis, als diese schließlich in einen dieser Gänge einbogen. Rechts und Links befanden sich Schotten und Türen in den Wänden, die jedoch ausnahmslos verschlossen waren. Es gab keinen Hinweis darauf, was sich dahinter verbergen mochte.

Nur wenig später erreichten sie das Ende des Quergangs und traten durch eine große, offen stehende Tür.

Joy stockte der Atem.

Die Gänge mit den angrenzenden Räumlichkeiten bildeten einen vielleicht zweihundert Meter breiten

Ring entlang der Innenseite der Kuppel. Der innen liegende Rest des Gebäudes war völlig leer!

Nein, nicht leer, korrigiert sich Joy. *Dies muss eine riesige Versammlungshalle sein.*

Joy schätzte den Innenraum immer noch auf etwa sechshundert Meter im Durchmesser bei einer lichten Höhe von fünfhundert Metern.

Beinahe eine perfekte Halbkugel, dachte sie.

In der Mitte befand sich ein Podest, auf dem etliche Personen versammelt waren, und an der Kuppelinnenwand schwebten *Hunderte* von kleinen Plattformen hin und her, auf denen jeweils zwei Personen in ihrer Körperform angepassten Sitzgelegenheiten Platz nehmen konnten. Joy bemerkte, dass nicht alle Plattformen besetzt waren, doch auf gut zwei Dritteln davon befanden sich Vertreter der elf Völker, die man ihnen als Mitglieder der Hegemonie von Krayt vorgestellt hatte. Sogar etliche Schurak waren auf mehreren Schwebeplattformen zu erkennen. Die Wasserbewohner, die nur für kurze Zeit in einer Sauerstoffatmosphäre überleben konnten, waren durch eine transparente, wassergefüllte Energieblase vor der für sie lebensfeindlichen Umgebung geschützt.

Eine der Gestalten auf dem Podium löste sich von der dortigen Gruppe und eilte in schnellem Watschelgang auf die Terraner zu. Als er näher kam, erkannte Joy den Protektor Jarallor.

»Ah, liebe Freunde«, begrüßte der Protektor die irdische Delegation. »Willkommen im Palast der Völker! Der Hegemon wartet bereits auf euch.« Er deutete auf das Podium.

Joy sah Mireille erstaunt an. Sie hatte erwartet, dass eine Audienz beim Führer eines mächtigen Sternenreiches mit mehr Prunk und nach einer ausgefeilten diplomatischen Etikette ablaufen würde. Nicht wie ein spontanes Treffen an einem solchen Ort. Mireille erwiderte Joys fragenden Blick und zuckte nur mit den Schultern.

»Andere Länder, andere Sitten«, sagte sie leise.

Es entging Joy nicht, dass die gesamte Gruppe zwischen vier 'Robis' hindurchgehen musste, als sie sich dem Podest näherte. Sie war sich sicher, dass die kleinen Maschinen nicht nur als Diener und Reiseführer fungierten, sondern auch als Aufpasser und als Teil der Sicherungsmaßnahmen. Sie vermutete, dass jeder von ihnen in diesem Moment auf Waffen gescannt wurde – sicher nicht zum ersten Mal. Alles andere wäre eine Fahrlässigkeit gewesen, die sie den für die Sicherheit des Hegemons zuständigen Stellen nicht zutraute. Schon gar nicht, nachdem bereits einer aus der irdischen Gruppe als potenzieller Attentäter identifiziert worden war. Joy schloss auch nicht aus, dass die Robis mit Waffensystemen ausgerüstet waren und in Sekundenbruchteilen von putzigen Maschinen zu tödlichen Kampfrobotern mutieren konnten.

In der Mitte des Podests schwebte eine transparente Energieblase, in der auf einer Art Thron ein Krayt saß. Der Hegemon! Man erkannte den kugelförmigen Energieschirm nur daran, dass die Luft dort, wo sie mit dem Schirm in Berührung kam, kaum merklich zu wabern schien. In einem Kreis rings um diese zentrale Energieblase hingen elf weitere, jedoch kleinere dieser Kugeln in der Luft. In jeder Einzelnen war das Innere auf die körperlichen Bedürfnisse des jeweiligen Mitgliedsvolkes ausgerichtet. Sie waren alle mit einem Alien besetzt.

Joy begriff, dass sich die ranghöchsten Vertreter aller elf Mitgliedsvölker der Hegemonie gemeinsam mit dem Hegemon hier auf dem zentralen Podest versammelt hatten, um die Abgesandten des neuen, des zwölften Mitgliedsvolks zu begrüßen.

Joy musterte nacheinander die elf Vertreter in ihren Energieblasen. Sie hätten unterschiedlicher kaum sein können.

Ein auf mehreren vielgelenkigen Armbeinen gehender, dackelköpfiger Krayt.

Ein grünbepelzter Trakon, der sie mit seinen Stielaugen musterte.

Ein seelöwenartiger Friem auf seinen sechs Beinen.

Ein Chrish, der seinen Kakerlakenkörper auf eine Art Diwan gebettet hatte.

Ein putziger My´lasch, der nicht nur einem einen Meter großen Erdmännchen glich, sondern sich auch genauso aufgerichtet hatte, um die Besucher besser sehen zu können.

Eine weibliche Barox, die bis auf die leicht rötliche Haut und den völlig haarlosen Kopf von einer Terranerin kaum zu unterscheiden war.

Ein reptiloider Kerak, dessen braun-grün geschuppter Echsenkörper dem einer auf zwei Beinen laufenden, zwei Meter großen Eidechse glich.

Ein Holv, der Joy mit seinem rosafarbenen Gefieder und dem langschnäbeligen Kopf an einen Flamingo erinnerte, auch wenn seine Beine dafür etwas zu kurz geraten waren.

Ein Goo´Maht, dessen blauer, sechsbeiniger Krabbenkörper darüber hinwegtäuschen konnte, dass er nicht auf einer Wasser-, sondern auf einer Wüstenwelt zuhause war.

Daneben schwebte der Cyborgkörper eines Paschtarur in seiner Blase. Er sah aus wie der Motorblock eines urtümlichen Verbrennerfahrzeugs, doch Joy wusste, dass keiner von ihnen wie der andere aussah.

Sogar ein Schurak war vertreten. Die Energieblase des einem irdischen Hummer ähnelnden Alien war mit Wasser gefüllt.

Hinzu kamen Jarallor und ein Dutzend bewaffneter Chrish in voller Kampfmontur, die für die Sicherheit des Hegemons und der Vertreter der elf Spezies sorgten.

Wie man es ihnen schon während des Fluges eingetrichtert hatte, stellten sich die Terraner vor dem Podest auf und verneigten sich knapp.

»Ich bin Hegemon Lanti Gok´zern und ich begrüße die Abordnung des neuen Volkes in der Hegemonie.« Die Stimme schien von überall zugleich zu kommen und war in der ganzen Kuppel zu hören. Der Hegemon erhob sich von seinem thronähnlichen Sitz und Joy konnte sehen, dass die ihn umgebende Energieblase in sich zusammenfiel. Er ging auf die Terraner zu.

Joy hatte noch nicht viele Krayt kennengelernt. Auf der *Stolz von Trakon* war ihr einige über den Weg gelaufen und natürlich hatte sie Hakir Alt´kranor, Erstes Schild der Achten Staffel der Raumflotte der Hegemonie, mehrfach im Holo-TV gesehen. Sie konnte deshalb nicht sagen, ob Lanti Gok´zern ein besonderes Exemplar seiner Spezies war. Ebenso wie der derzeitige Oberbefehlshaber der hegemonialen

Raumflotte im Sol-System war auch der Hegemon rund zwei Meter groß und verfügte über sechs Extremitäten am unteren Ende seines dürren Körpers, die er wie ein Oktopus je nach Notwendigkeit wahlweise als Arme oder als Beine einsetzen konnte. Am oberen Ende saß der mit einem dichten, braunen Fell bedeckte Kopf mit der Dackelschnauze und den beiden Schlappohren. Allerdings hatte ein Krayt vier Augen, was den Eindruck eines Dackels wiederum empfindlich störte.

»Ich bedaure, dass wir uns unter ungewöhnlichen Umständen kennenlernen«, fuhr der Hegemon in perfektem Englisch fort. Seine Worte wurden offensichtlich von einer Translatorsoftware übersetzt. »Normalerweise hätte ich Sie in meiner Residenz empfangen, doch ausgerechnet heute muss eine unaufschiebbare Sitzung des Hegemonialrats stattfinden. Ein Außenposten der Paschtarur wurde vor kurzem vom Zelkanischen Imperium angegriffen. Wir haben bereits eine Entsatzflotte entsandt, die gestern dort eingetroffen sein sollte. Übermorgen erwarten wir die erste Nachrichtendrohne aus dem Kampfgebiet und nun müssen wir beraten, wie wir weiter vorgehen wollen, je nachdem was wir dann erfahren. Ein Krieg gegen das Zelkanische Imperium wegen eines doch recht unwichtigen Systems liegt jedenfalls nicht in unserem Interesse.«

Joy horchte auf. Ein Krieg gegen das dem Zelkanische Imperium? War von dort nicht vor etwas mehr als zwei Monaten ein Spähschiff ins Sol-System eingedrungen? Damals hatten Erstes Schild Hakir Alt´kranor und Protektor Jarallor befürchtet, die Zelkaner könnten demnächst ins Sol-System einfallen, um sich der *Goldenen Nova* zu bemächtigen. Anscheinend war man inzwischen anderer Ansicht, und wie es aussah, hatte das Imperium die Hegemonie tatsächlich an anderer Stelle angegriffen.

Trotzdem fand Joy es seltsam, in so kurzer Zeit zweimal mit dem Zelkanischen Imperium konfrontiert zu werden. Die historischen Aufzeichnungen der Hegemonie, die man ihnen zur Vorbereitung ihrer Mission während des Fluges nach Kraytar-Prime gezeigt hatte, berichteten davon, dass die letzten kriegerischen Auseinandersetzungen zwischen den beiden Sternenreichen über dreißig irdische Jahre zurücklagen. Derzeit unterhielt jede der beiden Mächte sogar diplomatische Vertretungen auf dem Zentralplaneten des Widersachers.

Man erwartet erst einen Angriff auf das Sol-System, und dann greifen die Kerle von diesem Imperium stattdessen ein – wie der Hegemon sagt – unwichtiges System an? Seltsam! Joy glaubte nicht an Zufälle. *Aber was weiß ich schon? Wenn die Analysten der Hegemonie keine Gefahr für das Sol-System sehen, werden sie schon wissen, wovon sie reden.*

Ein ungutes Gefühl blieb trotzdem.

»Aber ein Gutes hat unser hiesiges Treffen dann doch«, führte der Hegemon weiter aus. »So lernen Sie gleich das politische Herz unseres Reiches kennen. Hier finden die Beratungen der Abgesandten aller Völker und aller besiedelten Planeten statt. Jeder Planet entsendet zwei Vertreter in den Hegemonialrat«, sagte er und deutete mit einem seiner Arme in das weite Rund, »und jedes Mitgliedsvolk stellt einen hegemonialen Berater, der meinem engsten Zirkel angehört.« Lanti Gok´zern zeigte auf die ihn umgebenden Energieblasen. »Der Hegemonialrat debattiert und sendet anschließend eine Empfehlung an meine Berater. Diese legen mir dann mehrere aus dieser Empfehlung entwickelten Optionen vor und ich entscheide, welche davon umgesetzt wird.«

Kein wirklich demokratisches System, dachte Joy, *aber auch keine tyrannische Diktatur. Der Hegemon hat zwar das letzte Wort, aber wenn ich es richtig verstanden habe, wählt er normalerweise unter den Alternativen eine aus, die der Hegemonialrat im Vorfeld erarbeitet hat. Solange er sich nicht ständig über diese Empfehlungen hinwegsetzt, bestimmt im Grunde der Hegemonialrat zusammen mit dem Beratergremium die Politik. Nicht sehr viel anders als ein Parlament, das seine Gesetze einer Regierung oder einem Ministerrat vorlegt, ehe der Regierungschef dann entscheidet, wie sie letztlich umgesetzt werden sollen. Nur dass hier der Regierungschef gleichzeitig der absolute Obermacker ist und nicht abgewählt werden kann.*

»Ich darf Ihnen versichern, dass die Menschheit nicht nur vom ersten Tag an ein vollwertiges Mitglied der Hegemonie von Krayt sein wird, sondern auch von Beginn an über die Geschicke unseres Reiches mitbestimmen soll. Ich habe Sie nicht nur eingeladen, um Ihnen unseren wundervollen Planeten und die großartige Hauptstadt der Hegemonie zu zeigen.« Der Hegemon machte eine Pause und deutete erneut in das Rund der Kuppel, wo auf Hunderten von Schwebeplattformen Vertreter aller Spezies seinen Worten lauschten. »Sehen Sie sich all das an. Reden Sie mit den Mitgliedern des Hegemonialrates. Und dann fliegen Sie zurück nach Terra und berichten Sie, was Sie hier vorgefunden haben! Wir erwarten so bald wie möglich zwei Vertreter der Erde hier im Rat. Und zwei weitere für jedes System, das die Menschheit zukünftig besiedeln wird. Wie Sie diese Vertreter bestimmen, obliegt alleine Ihnen. Und schon bald wird mein Beratergremium um ein Mitglied erweitert werden. Ich freue mich darauf, demnächst einen Terraner als meinen Berater begrüßen zu können. Auch wie dieser ausgewählt wird, bestimmen Sie allein.« Der Hegemon trat einen weiteren Schritt nach vorn. Er machte eine kurze Pause und seine vier Augen musterten jeden Terraner prüfend. Als er fortfuhr, war die Ernsthaftigkeit seiner Worte trotz der Computerübersetzung unüberhörbar. »Nur eines behalte ich mir vor: Die Ernennung eines Gouverneurs auf Lebenszeit, der die Hegemonie von Krayt auf Terra vertreten und an meiner statt über den Planeten und die gesamte Menschheit herrschen wird. Er ist mein persönlicher Vertreter, daher ist dieser Punkt nicht verhandelbar! Der Gouverneur wird den Protektor ablösen und ersetzen. Erst ab dann ist Terra ein vollwertiges Mitglied der Hegemonie von Krayt. Meine Wahl ist bereits getroffen. Sie beruht auf allen Informationen, die mir über die Ereignisse der letzten Wochen und Monate zugänglich gemacht wurden. Ich bin davon überzeugt, dass es für mich, für die Hegemonie und für die Menschheit die beste Wahl ist. Natürlich kann die betreffende Person die Ehre ablehnen, woraus ihr keinerlei Nachteile entstehen werden.«

Wieder machte der Hegemon eine Pause und sah die Terraner eindringlich an. Joy fragte sich, wen der Hegemon wohl ausgesucht haben mochte. Unter den Anwesenden befanden sich mehrere ehemalige Regierungsmitglieder und Staatschefs großer Nationen, die nun, auf einer vereinigten Erde, ihre hochrangigen

Positionen eingebüßt hatten. Einige dienten noch in den Regionalregierungen, andere hatten sich ganz aus der Politik zurückgezogen, waren aber trotzdem nach Kraytar-Prime eingeladen worden. Auch der UN-Vorsitzende war mitgeflogen und wäre sicher ein geeigneter Kandidat. Joy hatte keine Ahnung, wen es wohl treffen würde. Sie wusste nur, dass sie dieses schwere Amt nicht würde haben wollen. Viele Menschen würden den Gouverneur als Verräter ansehen, als Unterdrücker, als nicht demokratisch legitimiert. Wer auch immer Gouverneur werden würde, er wäre der größte Außenseiter in der menschlichen Geschichte, von vielen als Erfüllungsgehilfe Außerirdischer gehasst und sicher nicht zu beneiden. Wen auch immer der Hegemon ausgewählt hatte, er tat Joy schon jetzt leid.

»Es ist ein verantwortungsvolles und schweres Amt und nicht nur ein Ehrentitel. Ich erwarte von meinen Gouverneuren, dass sie gegebenenfalls meine Interessen und die der Hegemonie von Krayt über die ihres eigenen Volkes stellen. Wer dazu nicht bereit ist, sollte lieber ablehnen! Und so frage ich: Wollen Sie in meinem Namen Gouverneurin der Hegemonie von Krayt für den Planeten Terra, das Sol-System und all seine derzeitigen und zukünftigen Besitztümer werden, Madame Mireille Bernard?«

03. März 2094: Luyten 726-8
an Bord der *Blitz von Gwalthir*

Die zehn Schiffe unter terranischem Kommando fielen in fast perfekter Formation zurück in den Normalraum. Zweites Schild Alexander Walker war stolz auf die Besatzungen – und auch ein bisschen auf sich selbst.

Die Mannschaften haben zwar geflucht und mich verdammt, als ich den Formationsflug wieder und wieder habe üben lassen, doch nun können sie mit Recht stolz auf sich sein, dachte er zufrieden.

»Dritter Speer Laskaron, rufen Sie die Kommandanten in einer Viertelstunde zu einer Besprechung zusammen«, befahl Alex seinem XO.

Es war wichtig, sich jetzt nicht auf den gerade errungenen Lorbeeren auszuruhen. Die irgendwo im System versteckten zehn Schiffe unter hegemonialem Kommando würden ihnen dieses Manöver, eine typische '*Search & Destroy*'-Mission, nicht deshalb leichter machen, weil sie in geordneter Formation am Rand von *Luyten 726-8* angekommen waren. Eher im Gegenteil! Die offensichtliche Tüchtigkeit und Kompetenz der Terraner würde die aus den anderen elf Spezies der Hegemonie zusammengesetzten Besatzungen des Manövergegners nur noch weiter anspornen, es den 'Neulingen' zu zeigen.

»Gute Arbeit Ihrer Besatzungen, Zweites Schild Walker, wenn ich mir diese Bemerkung erlauben darf.«

Alex drehte sich in dem etwas erhöht stehenden Kommandosessel um. Hinter ihm hatte Zweites Schild Raskon da Raskonar die Brücke betreten. Der

Kerak war der eigentliche Kommandant der *Blitz von Gwalthir* und hatte sein Kommando nur widerwillig und auf Befehl von Hakir Alt´kranor, dem Ersten Schild der Achten Staffel der Raumflotte der Hegemonie von Krayt, vorübergehend auf Alex übertragen.

»Danke, Zweites Schild da Raskonar«, antwortete Alex. »Ihr Lob bedeutet mir und meinen Besatzungen wirklich viel!«

Er meinte es ehrlich. Es war wichtig, nicht nur politisch in die Hegemonie von Krayt aufgenommen zu werden, sondern von den anderen Völkern auch gesellschaftlich und militärisch als ebenbürtiges Mitglied akzeptiert zu werden. Eine andauernde Außenseiterstellung der Terraner würde eventuell bestehende Ressentiments auf beiden Seiten nur zusätzlich verstärken. Je schneller man sich den Respekt der anderen elf Spezies verdiente, umso eher würde eine vollständige Integration gelingen.

»Ich freue mich, dass mein Schiff in guten Händen ist«, sagte der Kerak. Der zwei Meter große Echsenabkömmling erinnerte Alex immer noch an eine auf zwei Beinen laufende Eidechse. Auch der Kopf mit der lang gezogenen Schnauze und den immer wieder für Sekundenbruchteile von einer Nickhaut überzogenen Augen verstärkte diesen Eindruck. Über dem braun-grünen, schuppigen Körper trug der eigentliche Kommandant der *Blitz von Gwalthir* die dunkelrote Uniform eines hohen Offiziers der hegemonialen Flotte, die auch den nach hinten weit ausladenden Schwanz vollständig umhüllte. Die zischend-pfeifende Sprache der Kerak wurde von dem üblichen, nur würfelgroßen Translatorkästchen am Kragenspiegel der Uniform ins Englische übersetzt.

»Ich will Sie nicht länger stören, Kommandant Walker.« Alleine die Tatsache, dass da Raskonar sein terranisches Gegenüber als 'Kommandant' bezeichnete, war vielsagend, wie Alex wusste. Damit gab er zu erkennen, dass er den Terraner tatsächlich als gleichgestellt betrachtete.

Kerak wollte gerade die Brücke verlassen, als er sich noch einmal umdrehte. »Wenn ich mir noch eine Bemerkung erlauben dürfte: Bei vielen unserer Schiffe lässt es sich nicht immer vermeiden, dass die Energiemeiler nach etlichen Monaten ohne Wartung in einer Werft eine schwache Leckage einer genau definierten Mischung bestimmter Isotope aufweisen. Es handelt sich nur um wenige Atome pro Kubikmeter Raumvolumen und man kann es leicht übersehen, wenn man nicht weiß, wonach man zu suchen hat. Während des Fluges und von den Schutzschirmen umhüllt ist diese Leckage viel zu gering, um von feindlichen Schiffen aufgespürt zu werden, doch wenn ein Schiff im Stealth-Modus und ohne seine Schutzschirme irgendwo verborgen liegt, können empfindliche Taster und Sensoren eine leichte lokale Erhöhung der Konzentration dieser Isotope feststellen. Wenn man weiß, wonach man zu suchen hat, wohlgemerkt«, wiederholte er. »Sie finden genauere Informationen über diese Schwachstelle im technischen Datenblatt der Energiemeiler unter dem Eintrag über 'Isotopenleckage'. Viel Glück!«

Zweites Schild Raskon da Raskonar drehte sich wieder um und verließ die Brücke.

Hat er mir gerade verraten, wie ich unsere Manövergegner aufspüren und austricksen kann? Alex war verblüfft. Der Kerak hatte ihm soeben eine Information gegeben, die den Terranern einen unschätzbaren Vorteil beim anstehenden Manöver verschaffen konnte. Raskon da Raskonar hatte sich offensichtlich in diesem Manöver auf ihre Seite geschlagen und war bereit, seinen langjährigen Kameraden in der hegemonialen Flotte in den Rücken zu fallen.

Alex musste grinsen. *Er identifiziert sich mit uns und seinem Schiff und will, dass wir gut aussehen. Der erste Schritt zur Akzeptanz und Integration dürfte damit geschafft sein.*

»Sir, die Holoverbindung zu den anderen Schiffen steht«, unterbrach Dritter Speer Laskaron Walkers Gedanken.

Vor dem Kommandopult der *Blitz von Gwalthir* flackerten in kurzen Abständen die holografischen Projektionen der anderen neun Schiffsführer von Walkers Flotte auf. Jeder von ihnen trug einen zufriedenen Ausdruck im Gesicht.

»Meine Damen und Herren, es freut mich, zu sehen, dass Sie offensichtlich zufrieden mit dem bisherigen Verlauf des Manövers sind, doch bisher ist noch nicht das Geringste gewonnen. Wischen Sie also das selbstgefällige Grinsen aus Ihren Gesichtern und bleiben Sie konzentriert und wachsam.« Innerlich tat es Alex leid, die Besprechung mit einem Rüffel beginnen zu müssen, doch er durfte unter seinen Kommandanten und den Besatzungen seiner kleinen Flotte keine Nachlässigkeit und Selbstzufriedenheit einreißen lassen. Eine Ermahnung zur rechten Zeit konnte dabei Wunder wirken.

Besser, Sie halten mich für einen unausstehlichen Sklaventreiber und machen einen guten Job, als dass sie mich mögen und im Einsatz versagen, dachte er. *Damit kann ich vorerst leben.*

Alex wusste aus Erfahrung, dass sich mit der Zeit auch Anerkennung und Loyalität einstellen würden. Sobald die Besatzungen erkennen konnten, dass er sie zwar hart antrieb, ihnen damit aber auch Erfolge bescherte, würden sie ihre Einstellung ihm gegenüber ändern.

Nur fair muss ich dabei bleiben!

»Sie und Ihre Besatzungen haben bisher hervorragende Arbeit geleistet, und unsere neuen Freunde werden das nicht übersehen können«, nahm Alex seinen vorherigen Worten die Schärfe. »Doch es ist jetzt nicht an der Zeit, nachlässig zu werden und sich auf den errungenen Lorbeeren auszuruhen. Man lauert nur darauf, dass wir uns blamieren. Aber das wird nicht geschehen, meine Damen und Herren!« Alex konnte sehen, dass seine Worte bei den fünf Männern und vier Frauen den erhofften Effekt hatten. Sie nickten und ihre Gesichter strahlten nun Entschlossenheit aus. »Und damit wir unseren Freunden und Waffenbrüdern von der Hegemonie eine unliebsame Überraschung bereiten können, habe ich hier eine neue Information für Sie. Besser gesagt für Ihre Ortungsoffiziere!«

Alex gab die Information über die Isotopenleckage an seine Kommandanten weiter. Die Ortungsoffiziere auf den zehn Schiffen würden sofort damit beginnen, den Asteroidengürtel von *Luyten 726-8* nach einer lokalen Häufung dieser seltenen Isotopenmischung abzusuchen. Er wusste zwar nicht, wie viele der gegnerischen Schiffe von dieser Verschleißerscheinung ihrer Energiemeiler betroffen waren, doch da die hegemoniale Flotte zum größten Teil bereits seit Monaten im Sol-System stationiert war und in dieser Zeit keine Wartung auf einer Werft hatte durchgeführt werden können, würden vermutlich einige darunter sein, die man anhand dieser Leckage aufspüren konnte.

Eine Stunde später wusste Alex es genau. Die Ortung hatte die exakte Position von sieben Schiffe des Manövergegners im Asteroidengürtel ermitteln können. Da der Vektor, aus dem die zehn terranischen Schiffe in das *Luyten-726-8-System* einfliegen würden, bekannt war, hatten sich sämtliche Einheiten des Manövergegners auf dieser Seite des Asteroidengürtels versteckt. Es würde für das Manöver keinen Sinn ergeben, Schiffe auf der gegenüberliegenden Seite des Systems und mehrere Flugstunden entfernt zu positionieren. Somit hatte man auch nur einen Teil des Asteroidengürtels auf die verräterischen Isotopenanhäufungen scannen müssen. Und war dabei fündig geworden!

Danke, Zweites Schild Raskon da Raskonar. Das sollte unsere Chancen gewaltig erhöhen, dachte Alex zufrieden.

Die zehn Schiffe waren inzwischen weit in das System eingedrungen und befanden sich nur noch eine weitere Flugstunde vom Asteroidengürtel entfernt. Das Manöver war als Katz-und-Maus-Spiel konzipiert worden, wobei nicht klar festgelegt worden war, wer die Katze und wer die Maus sein sollte. Während die von den Terranern befehligten und bemannten Schiffe die Aufgabe hatten, die im Asteroidengürtel versteckt liegenden Schiffe aufzuspüren und zu 'vernichten', hatten diese eine Rolle übernommen, in der sie sich urplötzlich aus ihren Verstecken auf nichtsahnende, dicht vorüberfliegende Schiffe stürzen, sie überrumpeln und ihrerseits 'vernichten' sollten. Die Katze war in beiden Fällen derjenige, der als Erster angreifen würde – und Alex beabsichtigte, eher Katze als Maus zu sein.

Nach einer weiteren Beratung mit den Kommandanten seiner Flotte stand das weitere Vorgehen fest. Zunächst musste man die Manövergegner in Sicherheit wiegen, um ihr zu frühzeitiges Hervorpreschen aus ihren Verstecken zu vermeiden. Solange sich die Schiffe des Gegners unentdeckt glaubten, besaßen die Terraner einen taktischen Vorteil.

Die zehn Schiffe teilten sich in fünf Zweiergruppen auf. Die Kommandanten auf der anderen Seite würden annehmen, die Terraner hätten sich hierfür entschieden, damit sich jeweils zwei Schiffe in einem Gefecht gegenseitig Rückendeckung geben konnten. Scheinbar ziel- und planlos nahmen sie Kurs auf den immer näher kommenden Asteroidengürtel, wobei keiner der Vektoren der fünf Zweiergruppen auf eines der versteckt lauernden Hegemonie-Schiffe zielte. Scheinbar würden die terranischen Schiffe in wenigen Lichtsekunden bis Lichtminuten an fünf der Verstecke vorbeifliegen.

Alex konnte sich vorstellen, wie sich die Verantwortlichen an Bord der anderen Schiffe die Hände, Flossen oder Flügel reiben würden – je nachdem, welcher Spezies man angehörte. Wie er seine Gegner einschätzte, würden sie warten, bis die Terraner ihre Verstecke im Ortungsschatten eines der größeren Fels- oder Eisbrocken passiert hatten, um sich dann aus ihrer Deckung heraus auf sie zu stürzen, davon ausgehend, dass sich die Aufmerksamkeit der terranischen Besatzungen eher in Flugrichtung erstrecken würde. Dies konnte ihnen einen entscheidenden Zeitvorteil verschaffen. Man hoffte auf der anderen Seite sicher darauf, die unerfahrenen Terraner überrumpeln und den Sieg in diesem Manöver davontragen zu können, noch bevor die 'Frischlinge' überhaupt begriffen haben würden, wie ihnen geschah.

Doch Alex hatte andere Pläne!

Wären die Kommandanten des hegemonialen Verbands nicht so selbstgefällig und siegesgewiss gewesen, wäre ihnen vielleicht aufgefallen, dass sämtliche Flugbewegungen und Vektoren der Terraner zeitlich so aufeinander abgestimmt und ausgerichtet waren, dass die fünf Zweiergruppen fast zeitgleich fünf der entdeckten Verstecke passieren würden.

Sämtliche Kurse waren so gewählt worden, dass die beiden anderen Verstecke, die man hatte ausfindig machen können, möglichst weit von den eigenen Schiffen entfernt lagen. Natürlich gab es immer noch den unbekannten Faktor der drei nicht aufgespürten Schiffe, doch Alex ging davon aus, dass die Kommandanten der Hegemonie ihre Schiffe möglichst gleichmäßig verteilt hatten und die drei nicht entdeckten Einheiten somit zu weit von den sich bald bildenden Brennpunkten entfernt sein würden, um noch entscheidend eingreifen zu können.

»Noch dreißig Sekunden«, sagte Alex über den verschlüsselten Flottenfunk. »Kursänderung auf mein Kommando.«

Auf allen Brücken zählte eine synchronisierte holografische Projektion die Sekunden herunter.

»Achtung, Kursänderung in fünf … vier … drei … zwei … eins … *jetzt!*«

In perfektem Gleichklang änderten die fünf Zweiergruppen, kurz bevor sie die Verstecke passieren konnten, ihre Flugrichtung und beschleunigten mit Maximalwerten auf die ermittelten Positionen der Verstecke zu. Alex konnte sich die Überraschung und das Entsetzen an Bord der gegnerischen Einheiten nur zu gut vorstellen. Anstatt als Katze auf der Lauer zu liegen und sich von hinten auf die nichtsahnende Maus stürzen zu können, war man plötzlich selbst zur Maus geworden, die sich mit einer angreifenden Katze konfrontiert sah, mit der man nicht gerechnet hatte. Und auf die man nicht vorbereitet war!

Ehe die Maschinen und die Schutzschirme hochgefahren waren, die man bis zum letzten Moment im Stand-by-Modus hatte belassen wollen, um nicht vorzeitig entdeckt zu werden, fielen die terranischen Schiffe bereits über sie her wie Greifvögel über verschreckte 'Feldmäuse'. Wie *zwei* Greifvögel über jeweils *eine* Maus!

Alex gefiel der Vergleich mit Greifvögeln besser als der mit Katzen, denn er beschrieb sehr viel besser das, was nun geschah.

Zwar konnten die Scanner und Taster feststellen, dass an fünf weiteren Stellen im Asteroidengürtel in einigen Lichtminuten Entfernung plötzlich Aggregate aktiviert und Schutzschirme hochgefahren wurden, doch bis die beiden anderen noch in ihren Verstecken ausharrenden und die drei bisher unentdeckt gebliebenen Schiffe in den Kampfzonen eintreffen würden, würde die Entscheidung dort längst gefallen sein.

Es war ein erbarmungsloses Abschlachten!

Natürlich nur ein *virtuelles* Abschlachten, da auch jetzt wieder sämtliche Waffensysteme und deren Wirkungen lediglich berechnet wurden und es keine wirklichen Schäden oder gar Todesopfer gab. Dies machte die Niederlage für die hegemonialen Kommandanten und Besatzungen jedoch psychologisch umso schmerzlicher, da sie schon nach wenigen Sekunden in völlig intakten Schiffen saßen und trotzdem als 'zerstört und tot' geführt wurden. Es gab keine Bewusstlosigkeit oder gar einen gnädigen Tod, in den man sich vor Scham hätte flüchten können.

Innerhalb weniger Minuten hatte die Hegemonie fünf Schiffe verloren, ohne dass die terranischen Einheiten auch nur einen Kratzer abbekommen hatten. Als sich die restlichen Schiffe des Gegners mit Todesverachtung auf die Terraner stürzten, hatten sie längst keine Chance mehr auf einen Erfolg. Alex und seine Einheiten waren ihnen 2:1 überlegen, und obwohl sie selbst noch zwei Schiffe verloren, stand der Ausgang des Manövers nach einer weiteren halben Stunde fest. Das letzte verbliebene Schiff des Manövergegners unter dem Oberbefehl eines *Dritten Schilds* aus dem Volk der Holv, dessen Name im Jubelsturm auf der Brücke der *Blitz von Gwalthir* unterging, kapitulierte angesichts des unausweichlichen Endes.

Aus den Augenwinkeln konnte Alex sehen, dass Zweites Schild Raskon da Raskonar die Brücke betreten hatte. Der Kerak kam auf seinen terranischen Kollegen zu.

»Ein beeindruckender Sieg«, sagte er und die Lippen des Echsenkopfes verzogen sich zu einem durchaus menschlich wirkenden Lächeln.

Bis auf die rasiermesserscharfen Zähne dahinter, dachte Alex.

»Vielen Dank, zweites Schild da Raskonar. Ohne Ihren … äh … wertvollen Hinweis …«

»Ich habe keine Ahnung, wovon Sie reden, mein Freund«, unterbrach ihn der Kerak. Sein noch breiter werdendes Grinsen war eindeutig. »Ich konnte doch nicht zulassen, dass mein schönes Schiff in einer Schlacht, auch wenn es sich nur um ein Manöver handelt, den Kürzeren zieht«, sagte er leiser und gab ein zischendes Geräusch von sich, das wohl einem Lachen entsprach.

»Ich denke, das ist der Beginn einer wunderbaren Freundschaft«, sagte Alex und lachte seinerseits laut auf.

Nachdem auf der einen Seite ein paar Stunden gefeiert worden war – offiziell ohne Alkohol, obwohl Alex vermutete, dass irgendjemand mit Sicherheit die eine oder andere Flasche an Bord geschmuggelt hatte – und auf der anderen Seite die Wunden geleckt worden waren, begann der zweite Teil des Manövers. Der Teil, auf den sich alle menschlichen Besatzungen schon seit Tagen gefreut hatten: Schießübungen mit scharfer Munition!

Jeder wollte die Waffensysteme der Hegemonie im Einsatz sehen. Auch dieser Abschnitt des Manövers war ein voller Erfolg für die terranischen Besatzungen. Die Frauen und Männer an den Geschützstellungen und in den Feuerleitstellen zeigten schnell, dass sie innerhalb kürzester Zeit in der Lage waren, die ihnen fremden Waffensysteme effizient zu bedienen. Ihre Trefferquoten standen denen der hegemonialen Besatzungen der zehn anderen Schiffe in nichts nach.

Nachdem der Asteroidengürtel von *Luyten 726-8* um eine erkleckliche Zahl an Eis- und Felsbrocken kleiner geworden war – oder größer, wenn man die Trümmer als neue Asteroiden zählte –, machten sich die zwanzig Schiffe auf den Weg zurück ins Sol-System.

Alex freute sich auf ein oder zwei freie Tage, bevor es mit der Ausbildung seiner Besatzungen weitergehen würde.

Der größte Stress schien vorbei zu sein.

03. März 2094: auf Kraytar-Prime
Krayton – Residenz des Hegemon

»Alex wird nicht begeistert sein.« Joy nahm einen weiteren Schluck ihres Orangensaft-Imitats und wunderte sich erneut, wie exakt die Materiedesigner auf Kraytar-Prime die geschmacklichen Eigenschaften einer irdischen Frucht imitieren konnten.

»Er hat seine Berufung zum Oberbefehlshaber der Terranischen Raumverbände akzeptiert.« Mireille zuckte mit den Schultern, als wolle sie Joys Einwand nicht nur verbal, sondern auch körperlich abschütteln. »Dann dürfte er ja kaum etwas daran auszusetzen haben, wenn ich das mir angebotene Amt ebenfalls annehme.«

»Komm schon, Mireille, das ist nicht das Gleiche!« Joy konnte nicht glauben, wie leicht Mireille das Ganze nahm. Sie würde die meistgehasste Frau im Sol-System sein. Man würde sie als Diktatorin beschimpfen, als 'Quisling', als Verräterin an der Menschheit – und nicht wenige würden ihr nach dem Leben trachten.

»Es ist exakt das Gleiche«, beharrte die Französin. »Die Menschen haben sich mehrheitlich für eine Mitgliedschaft in der Hegemonie von Krayt ausgesprochen, und sie wussten dabei genau, was dies bedeuten würde. Sie kannten die Spielregeln, als sie abgestimmt haben, und sie haben jetzt keinen Grund, sich darüber zu beschweren. Es war jedem klar, dass der Hegemon einen Gouverneur einsetzen und nicht wählen lassen würde.«

»Aber warum musst ausgerechnet du das sein?«

»Abgesehen von dem Umstand, dass der Hegemon mich haben will? Schatz, ich neige ansonsten nicht dazu, mich mit meinen Fähigkeiten hervorzutun, aber in diesem Fall glaube ich wirklich, eine gute Wahl zu sein. Wenn ich nicht glauben würde, damit der Menschheit dienen zu können, würde ich nicht annehmen.«

»Was?« Joy hatte bisher nicht den Eindruck gehabt, dass ihre Adoptivmutter zum Größenwahn neigte.

»Sieh es doch einmal aus völlig logischer Sicht. Ich war nie eine Politikerin und fühle mich deshalb auch keinem Land, das ein Politiker repräsentiert haben würde, besonders verbunden. Wenn der Hegemon einen ehemaligen Staatschef oder hochrangigen Diplomaten ausgewählt hätte, würde man diesem neben all den anderen Dingen immer eine gewisse Voreingenommenheit vorwerfen, sobald es um die Interessen der entsprechenden Region oder ehemaligen Nation geht. Der Großteil der Menschheit würde ihn nicht akzeptieren. Ein Russe würde keinen ehemaligen amerikanischen Politiker akzeptieren, ein Chinese keinen ehemals europäischen, ein Europäer keinen ehemals afrikanischen und so weiter. Dieser Einwand fällt bei mir weg. Außerdem gehöre ich zu den reichsten Menschen der Welt und bin deshalb absolut unbestechlich. Es gibt nichts, was man mir bieten könnte, um eine Seite zu bevorzugen. Jeder weiß das! Im Übrigen weiß jeder, dass ich in den Verhandlungen mit der Hegemonie eine der härtesten Vertreterinnen irdischer Interessen war. Sie wurden weltweit live übertragen und ich kenne meine Popularitätswerte in der Bevölkerung – die auch der

Hegemon kennen dürfte. Er hat mich sicher nicht wegen meiner blauen Augen ausgesucht.«

»Sie sind grün«, sagte Joy und grinste ihre beste Freundin an. Sie wusste genau, dass Mireille im Prinzip mit ihrer Argumentation recht hatte, doch der Gedanke, was dieser Schritt für sie als Familie bedeuten würde, machte ihr Angst. »Glaubst du denn dieser Verantwortung gerecht werden zu können? Wie du selbst sagst: Du bist keine Politikerin.«

»Ich bin intelligent genug, um mir all das schnell aneignen zu können, was dieses Amt von mir verlangen wird. Ich habe eine der größten Firmen der Welt geleitet und mit den härtesten und unangenehmsten Typen verhandeln müssen. Und dabei in der Regel besser abgeschnitten. Ja, ich denke schon, dass ich diesen Job ganz gut erledigen kann.« Mireille nahm den letzten Schluck Kaffee aus ihrer Tasse. »Aber vor allen Dingen kann sich bei mir jeder darauf verlassen, dass ich die Interessen der Menschheit nie aus den Augen verlieren werde und keine eigene Agenda verfolge!«

»Der Hegemon hat doch gesagt, ein Gouverneur müsse stets *seine* Interessen und die der Hegemonie voranstellen.«

Mireille zwinkerte ihrer Adoptivtochter zu. »Die Kunst wird wohl darin bestehen, beides unter einen Hut zu bekommen.«

Joy musste lachen. »Aus dir wird vielleicht doch noch eine Politikerin.«

Mireille sah auf die Uhr. »Es wird Zeit!«

Als hätte er auf sein Stichwort gewartet, schwebte in diesem Moment ihr 'Robi' ins Zimmer.

»Bitte folgen Sie mir. Ihr Gleiter wartet.«

Der Hegemon erwartete heute Mireilles Antwort und hatte darum gebeten, dass auch Joy mitkommen solle. Die junge Frau konnte sich nicht erklären, was er von ihr wollen mochte.

Vielleicht hat es etwas mit diesem Trevor Harding zu tun, den ich unterwegs enttarnt habe, überlegte sie. *Aber ich werde es ja gleich erfahren.*

Sie musste sich eingestehen, dass sie nervös war.

Die beiden Frauen verließen ihren Rundbungalow, in den man sie wie alle anderen Mitglieder der irdischen Delegation nach dem Besuch des *Palasts der Völker* zurückgebracht hatte. Zuvor hatten sie etwa eine Stunde damit zugebracht, mit einigen der Abgesandten des Hegemonialrats zu sprechen, und sich einen noch besseren Eindruck vom politischen Geschäft und dessen Strukturen in der Hegemonie zu verschaffen.

Die Fahrt zurück zu der Anlage am Meer hatte über Umwege durch Krayton geführt, um den Terranern die Hauptstadt der Hegemonie von Krayt ausgiebig vorzustellen. Joy hatte sich wie auf einer Urlaubsreise mit inkludierter Stadtrundfahrt gefühlt, nur dass diese Stadt fremdartiger war als alles, was es auf der Erde zu sehen gegeben hätte. Krayton war wunderschön und Joy hatte sich gefragt, wie es wohl sein mochte, in solch einer futuristischen Stadt zu leben. Vielleicht würde es eines Tages auch einer Normalsterblichen wie ihr möglich sein, für einige Zeit hierherzuziehen. Der Gedanke übte einen besonderen Reiz auf Joy aus und ließ sie nicht mehr los, seit sie die Stadt zum ersten Mal gesehen hatte.

Diesmal führte der Kurs des Gleiters nicht durch die Hauptstadt. Die Residenz des Hegemon lag einige

Kilometer außerhalb an einem großen See und stellte alles in den Schatten, was Joy bisher auf Kraytar-Prime zu sehen bekommen hatte.

Auch hier bestand der 'Rasen' des weitläufigen Areals aus den kurzen, blauen Halmen, die wie Miniaturbambus aussahen, doch er war durchsetzt von Blumenbeeten in den schillerndsten Formen und Farben. Ein expressionistisches Gemälde hätte nicht farbenfroher und skurriler wirken können. Die exotische Parkanlage erstreckte sich über mehrere Quadratkilometer!

Der Gleiter folgte gewundenen Bahnen durch den Park, in dem auch Tiere unterwegs waren, die Joy nicht einmal hätte beschreiben können. Von seltsamen Geschöpfen auf unzähligen Beinen, deren Körper aus einem feinen Gespinst zu bestehen schien und bei denen Joy nicht einmal ausmachen konnte, wo vorne und hinten war, bis hin zu solchen, die ständig Form und Farbe änderten und in einem Moment wie ein bunter Ball auf vier Füßen, im nächsten wieder wie eine tiefschwarze Schlange aussahen. Dazwischen flatterten Vögel – falls man sie so nennen wollte –, die mit zwei, vier oder gar sechs Flügeln schlugen und zum Teil über mehr als einen Kopf verfügten.

All dies zwischen den bunten Blumenrabatten und den vielen Springbrunnen, deren Wasserstrahlen Figuren in die Luft zeichneten, die nicht auf natürliche Art und Weise entstehen konnten. Auch hier mussten – ähnlich wie bei den statisch unmöglichen Gebäuden in Krayton – irgendwo Aggregate zur Manipulation der Schwerkraft versteckt worden sein, um diese Effekte hervorrufen zu können.

Es war fantastisch!

Schließlich näherte sich der Gleiter einem Gebäude, das Joy an *Cinderella's Castle* im *Magic Kingdom* von Disney World erinnerte. Nur dass es sehr viel größer und verwinkelter war. Die vielen Türme und Zinnen schimmerten in allen möglichen Farben und auch sie trotzten den Gesetzen der Schwerkraft. Die Residenz des Hegemon war wie ein märchenhaftes Fantasyland, das Joy ausnehmend gut gefiel.

Der Gleiter stoppte und die Flügeltüren schwangen nach oben auf. Vor ihnen stand ein 'Robi'.

»Bitte folgen Sie mir. Der Hegemon erwartet Sie bereits!«

Bis zum Eingang der eigentlichen Residenz waren es nur ein paar Schritte. Joy und Mireille folgten dem Robi durch die Tür in einen Gang, dessen weiße Wände und Decken nach der Farbenpracht im Park beinahe steril wirkten. Nach wenigen Metern erreichten sie eine leere Röhre am Ende des Ganges, die nach oben und nach unten führte. Es waren weder Treppenstufen noch eine Leiter zu sehen.

»Bitte folgen!«, sagte der Robi, was wohl seine Lieblingsvokabeln waren, und betrat die Röhre, in der er sofort langsam nach oben schwebte.

»Oh!«, sagte Mireille. »Ein Schacht, in dem die Schwerkraft nach oben gerichtet ist. Eine interessante Art, einen Lift zu konstruieren.«

Ohne weiter zu zögern, betrat sie die leere Röhre. Joy folgte ihr mit einem mulmigen Gefühl, obwohl es offensichtlich völlig sicher war. Sie vermied es, nach unten zu sehen, wo es weit in die Tiefe ging. So weit, dass man den Boden des Liftschachts nicht ausmachen konnte.

Über ihnen schwebte der Robi durch eine Öffnung seitlich aus dem Schacht. Während Joy sich noch fragte, wie sie den Ausstieg bewältigen sollte, sah sie, wie Mireille ihre rechte Hand nach einem Griff an der Seite der Ausstiegsöffnung ausstreckte. Sie zog sich an dem Griff nach draußen und landete dort mehr oder weniger elegant auf den Füßen.

Joy folgte Mireilles Beispiel und auch ihr glückte es, den seltsamen Lift zu verlassen, ohne der Länge nach hinzuschlagen – was peinlich gewesen wäre, denn vor ihnen stand Lanti Gok´zern, der Hegemon.

Er lachte ein durchaus menschlich klingendes Lachen.

»Sie werden sich schnell an die Benutzung eines Antigravlifts gewöhnen. Diese Standardtechnik wird auch bald auf der Erde Einzug halten.« Er sagte ein paar Worte in einer gurgelnden Sprache zu dem Robi, der sich daraufhin entfernte. »Es ist nicht weit zu meinem Arbeitszimmer. So würden sie es wohl auf der Erde nennen.«

Der Hegemon ging auf vier seiner sechs Oktopusbeinen voran und die beiden Frauen folgten ihm.

Den Anblick eines Krayt fand Joy nach wie vor erheiternd. Die sechs schlangengleichen Extremitäten am unteren Ende des dünnen Körpers, die sowohl als Arme als auch als Beine dienen konnten und der von einem braunen Fell überzogene Kopf, der – bis auf die vier ringsum angeordneten Augen – mit seinen drolligen Schlappohren so sehr dem eines Dackels ähnelte, gaben einem Krayt in Joys Augen etwas Slapstickhaftes.

Ein aufrecht gehender Oktopus mit Dackelkopf. Fast wie eine Comicfigur oder eine Karikatur, dachte sie. Doch sie rief sich sofort zur Ordnung. *Ich muss aufpassen, dass meine Belustigung nicht zu rassistischem Denken führt*, ermahnte Joy sich selbst. *Das Aussehen darf bei dem Urteil über intelligente, empfindungsfähige Lebewesen keine Rolle spielen.*

Aber trotzdem …

Nur wenige Schritte entfernt öffnete sich automatisch eine Tür und dahinter lag das seltsamste Arbeitszimmer, das Joy je gesehen hatte.

Eigentlich sah es nicht aus wie ein Arbeitszimmer, sondern eher wie das Labor eines wahnsinnigen Wissenschaftlers. An drei Wänden befanden sich in mehreren Reihen übereinander etliche Holoschirme, holografische Projektoren für die freie Darstellung mitten im Raum, einfache 3D-Bildschirme und sogar einige altertümliche zweidimensionale Monitore, wie sie selbst auf der Erde kaum noch in Gebrauch waren. Auch auf der Konsole darunter standen noch etliche Holokuben, in deren Innerem verkleinerte holografische Darstellungen zu sehen waren. In der Mitte des 'Arbeitszimmers' stand ein futuristisches Gerät, dessen Funktion sich Joy nicht erschloss. Davor befand sich eine Art Sitzmöbel, das auf die anatomischen Erfordernisse des Hegemon abgestimmt war und einem Pilz ähnelte.

Diesem gegenüber hatte jemand zwei einfache irdische Stühle in den Raum gestellt.

»Bitte nehmen Sie Platz«, sagte Lanti Gok´zern und 'stülpte' sich selbst über sein pilzförmiges Möbelstück.

»Was ist das?« Nachdem alle Platz genommen hatten, konnte Joy es sich nicht verkneifen, nach der seltsamen Apparatur zu fragen, was ihr einen sanften Tritt gegen das Schienbein von Mireille eintrug.

»Das?« Wieder lachte der Hegemon sein menschliches Lachen und deutete auf das Gerät, das mit seiner verwirrenden Anordnung von unterschiedlich dicken Metallröhren, bunten Kabeln, gläsernen Kugeln und einem erstaunlich simplen Bildschirm mit einer Art Tastatur an einer Seite eher einer Skulptur als einer technischen Einrichtung glich. »Das ist das Terminal einer Quantenfunkstation, das man mir hier eingerichtet hat. Ich verstehe zwar selbst nicht in allen Details, wie es funktioniert, aber es ermöglicht mir, mit den wichtigsten Planeten und meinen Gouverneuren in der gesamten Hegemonie zeitverlustfreien Kontakt zu halten. Wenn auch nur mittels simpler Textnachrichten.« Er sah jetzt mit zwei seiner Augen Mireille, mit den beiden anderen Joy an, was diese irritierend fand. »Sollten Sie, Madame Bernard, meinem Wunsch nachkommen, wird auch in Ihrem Arbeitszimmer auf der Erde demnächst ein solches Terminal stehen.« Er deutete mit einer seiner sechs Extremitäten auf die vielen ringsum angebrachten Bildgeber. »Der Rest dient dazu, mich jederzeit mit allen Informationen zu versorgen, die für die vielen Entscheidungen von Bedeutung sein könnten, die ich täglich treffen muss. Seien es Holovid-Aufzeichnungen von Ereignissen irgendwo in der Hegemonie, Konferenzschaltungen mit Beratern, Wissenschaftlern und sonstigen Gelehrten hier auf Kraytar-Prime, schlichte militärische Lageberichte oder wirtschaftliche Statistiken, die für unsere Sicherheit und unser Wohlergehen von Belang sind.«

Joy begann zu ahnen, dass der Hegemon kein absolutistischer Herrscher war, der die meiste Zeit auf der faulen Haut lag und sich bedienen ließ, sondern dass er tatsächlich hart arbeitete. Die Fülle an Informationen, die ständig auf ihn einprasselten, und die schiere Zahl an großen und kleinen, wichtigen und weniger wichtigen Entscheidungen, die er tagtäglich treffen musste, waren sicherlich überwältigend.

Vielleicht muss ich meine Einstellung zu ihm noch mal überdenken, überlegte sie.

»Doch nun zu dem Grund, warum Sie hier sind, Madame Bernard und Mademoiselle Joycelyn.« Joy fiel auf, dass der Translator des Hegemons zwischen den englischen und französischen Anredeformen hin und her wechselte. Ganz perfekt schien die Übersetzungssoftware doch nicht zu sein. »Werden Sie auf meinen Vorschlag eingehen?« Nun sah er Mireille mit allen vier Augen an.

»Ja«, antwortete diese schlicht, um sofort eine Einschränkung hinzuzufügen. »Sollte ich jedoch irgendwann feststellen, dass die Menschheit nicht mit dem gebotenen Respekt und Anstand behandelt wird, dass man versucht, sie zu unterdrücken oder gar Schlimmeres, dann gilt meine Loyalität nicht Ihnen oder der Hegemonie, sondern meinem Volk.«

Lanti Gok´zern machte eine Geste der Zustimmung. »Ich habe nichts anderes von Ihnen erwartet, Gouverneurin Bernard. Und ich darf Ihnen gleichzeitig versichern, dass es zu diesem Gewissenskonflikt nie kommen wird. Ich freue mich auf unsere Zusammenarbeit und gemeinsame Zukunft! Eine schnelle Drohne mit der erfreulichen Nachricht wird umgehend ins Sol-System geschickt werden. Bei Ihrer Rückkehr wird alles für Ihre Amtseinführung vorbereitet sein. Ich darf Ihnen mitteilen, dass Jarallor ab sofort nicht mehr als Protektor fungiert und die

Orbitalstation vollständig Ihnen und Ihrem Stab zur Verfügung stehen wird, sollten Sie dort Ihren Amtssitz einrichten wollen. Es steht Ihnen übrigens völlig frei, wen Sie in Ihre Administration aufnehmen und wie Sie diese organisieren wollen.«

»Dann würde ich mich freuen, wenn Jarallor mir auch weiterhin als Berater zur Seite stehen könnte.«

»Ein sehr weiser Wunsch, Gouverneurin. Ich werde ihn entsprechend instruieren und bin davon überzeugt, dass er Ihnen mit Freude und Integrität dienen wird.«

»Es gibt sicher viel, was ich wissen und lernen muss.« Mireille seufzte. »Was die Hegemonie angeht, verfüge ich bislang nur über rudimentäre Kenntnisse und ich bin nicht sehr bewandert in politischen und protokollarischen Dingen.«

»Sie sind zu bescheiden, Gouverneurin. Ich bin sicher, Sie verfügen über erhebliche Fähigkeiten auf dem politischen und diplomatischen Parkett. Aber seien Sie unbesorgt! In diesem Moment wird ein umfangreicher Datensatz vorbereitet, der alle grundlegenden Information enthält, über die Sie verfügen müssen. Er wird Ihnen schon während des Rückfluges zur Verfügung stehen. Ich darf nebenbei darauf hinweisen, dass die *Stolz von Trakon* ab sofort Ihnen ganz persönlich als Ihr Flaggschiff dauerhaft zur Verfügung steht. Natürlich können Sie dem Schiff auch bereits vor dem Rückflug übermorgen einen neuen Namen geben, falls Sie dies wünschen. Und selbstverständlich werden die zwanzig Kampfschiffe, die den Grundstock der Terranischen Raumverbände bilden werden, sich unter einer Rumpfbesatzung zusammen mit Ihnen auf den Weg ins Sol-System machen. Haben Sie bereits einen Namen für Ihr neues Schiff, Gouverneurin?«

»Ich werde darüber nachdenken, vielen Dank … Majestät? Ich muss gestehen, ich habe mir bisher noch überhaupt keine Gedanken darüber gemacht, wie ich Sie anreden soll. Ich bitte um Verzeihung.«

Wieder lachte der Hegemon sein absolut menschliches Lachen. »Ich lege keinen besonderen Wert auf solche Ehrenbezeichnungen. Wenn man mich einfach als 'Hegemon' anredet, genügt das völlig. Ich bin, was ich bin. Nicht mehr, aber auch nicht weniger!«

»Dann bitte ich darum, in mein Quartier zurückkehren zu dürfen. Ich möchte gerne einige der Mitglieder der Delegation fragen, ob sie in meiner Administration mitarbeiten möchten. Es sind etliche honorige Frauen und Männer darunter, deren Hilfe und Rat ich gut gebrauchen kann.«

»Wir sind hier noch nicht ganz fertig«, sagte der Hegemon zu Mireilles und Joys Überraschung. »Es hat einen Grund, warum ich darum gebeten hatte, dass auch Miss Joycelyn anwesend sein würde.«

Seine Stimme klang überaus ernst, wenn man dem Übersetzungsgerät trauen durfte.

Joy bekam ein flaues Gefühl im Magen. Obwohl sie Autoritäten gegenüber, seit sie denken konnte, eine gewisse Gleichgültigkeit, ja oftmals sogar eine unverhohlene Impertinenz an den Tag gelegt hatte, war es etwas anderes, von einer Heimleiterin angebrüllt oder von einem Bullen schief angesehen zu werden, als plötzlich von dem Herrscher über elf … nein, nun *zwölf* Spezies und Dutzende von besiedelten Welten in einem riesigen Sternenreich mit *vier* Augen streng gemustert zu werden.

Auch Mireille sah Joy an, als hätte diese irgendetwas ausgefressen.

»Wie gefällt es Ihnen auf Kraytar-Prime, Miss Joycelyn?«

Joy war von der Frage völlig überrascht.

»Ich … äh … gut, eure Majes… äh … Sir … Hegemon!« Sie hätte sich selbst dafür ohrfeigen mögen, derart hilflos herumzustammeln.

»Das freut mich. Mir ist einiges zu Ohren gekommen, was Ihre Aktivitäten in letzter Zeit betrifft. Angefangen von den Ereignissen in der Stadt, die man London nennt, über Ihre Kontaktaufnahme mit der Gouverneurin, Ihre Entführung und die daraus resultierende Niederschlagung einer extremistischen Gruppierung bis hin zu der kürzlichen Enttarnung eines feindlichen Agenten unter den Delegierten, die Ihnen zu verdanken ist. Sie sind eine … außergewöhnliche junge Terranerin, wenn ich das so sagen darf.«

»Ich … äh … ja … danke?« Joy war nun völlig verwirrt.

War das gerade ein Kompliment oder wird das eine Anklage?, fragte sie sich.

»Persönlichkeiten wie Sie, mit Eigeninitiative, Mut und Intelligenz werden in der Hegemonie dringend gebraucht. Sie können es weit bringen, Miss Joycelyn, wenn Sie nur wollen. Ich möchte Ihnen ein Angebot unterbreiten: Ich habe einen Platz an der hiesigen *Spaceforce Academy* für Sie reservieren lassen. Allerdings wurde mir gesagt, Sie seien nach terranischen Gesetzen noch nicht volljährig und es bedürfe der Zustimmung Ihrer Adoptivmutter, falls das Angebot Sie interessiert.«

Joy war nun vollends verwirrt. *Ich kann hierbleiben und hier … was? … studieren? An der Spaceforce Academy?*

Sie hatte auf dem Flug nach Kraytar-Prime in den Vorbereitungsunterlagen gelesen, dass die Spaceforce Academy *das* Eliteinstitut in der Hegemonie war, in dem sämtliche Führungspersönlichkeiten der hegemonialen Flotte ausgebildet wurden. Jedes Jahr bewarben sich Tausende Anwärter von allen elf Spezies um eine Aufnahme, doch nur wenige Dutzend wurden nach extrem schwierigen Aufnahmeprüfungen tatsächlich aufgenommen. Wer die Akademie absolvierte, gehörte anschließend zur absoluten Elite der Hegemonie von Krayt und hatte eine steile Karriere in der hegemonialen Flotte vor sich. Und nun bot ihr der Hegemon ohne jede Vorbedingung oder Prüfung einen Platz an? Joy konnte es kaum fassen.

Aber war es das, was sie wollte?

»Darf ich darüber nachdenken? Eine Nacht?«, fragte Joy zaghaft.

Habe ich es bereits vergeigt? Bin ich durchgefallen? Ist mein Zögern ein Ausschlusskriterium?

»Selbstverständlich! Auch gerne zwei Nächte«, antwortete der Hegemon zu Joys Erleichterung. »Eine solche Entscheidung sollte nicht leichtfertig getroffen werden. Denken Sie darüber nach und besprechen Sie es mit der Gouverneurin. Deren Zustimmung ist die einzige Bedingung, die ich stellen muss.«

Joy sah zu Mireille, doch diese trug ihr Pokerface. Es war ihr nicht anzusehen, was sie über das Angebot dachte.

»Und nun muss ich Sie beide bitten, mich zu entschuldigen«, sagte der Hegemon und erhob sich von seinem 'Pilz'. »Sagen Sie einfach Jarallor Bescheid, wenn Sie eine Entscheidung getroffen haben, Miss Joycelyn. Er wird sich um alles kümmern.«

Die Audienz war beendet, aber Joy war nun noch nervöser als zuvor.

04. März 2094: im Sol-System mitten im Kuipergürtel

Der Tag im Subraum war für Alex wie ein Urlaubstag gewesen. Keine Manövervorbereitungen, keine Konferenzen, keine Planungen, keine Sorgen. Er konnte beobachten, dass auch auf den Gesichtern der Besatzungsmitglieder ein Lächeln zu liegen schien, dass sie insgesamt dynamischer wirkten und einen noch nicht dagewesenen Grad an Selbstsicherheit ausstrahlten.

Oder er bildete sich das alles ein, weil er selbst hochzufrieden mit dem Verlauf der letzten Wochen war.

Auch ihn hatte die Geschwindigkeit überrascht, mit der sich die terranischen Besatzungen an die fremde Technik gewöhnt und den Umgang mit ihr erlernt hatten. Natürlich waren die eintausend Ausgewählten die Besten der Besten unter den Freiwilligen gewesen, doch niemand hatte solch schnelle Erfolge für möglich gehalten – am wenigsten die militärischen Berater der Hegemonie. Seit dem überzeugenden Sieg beim Manöver in *Luyten 726-8* war jedoch auch die letzte kritische Stimme verstummt.

»Rückkehr in den Normalraum in einer Minute«, sagte Dritter Speer Laskaron neben Alex.

»Danke, XO. Alarmstufe 'Charlie' und alle Mann auf ihre Positionen.«

»Charlie und allgemeine Gefechtsbereitschaft. Aye, Sir!«

Es war Standard, bei der Rückkehr in den Normalraum am Rand eines Sonnensystems mindestens Alarmstufe Charlie auszulösen. 'Bravo' wäre Einflug in potenzielles Feindgebiet und 'Alpha' Einflug mit sicherem Feindkontakt gewesen.

Es war ein Zeichen von Vertrauen und Anerkennung, dass Zweites Schild Raskon da Raskonar darauf verzichtet hatte, bei dem Einflug ins Sol-System anwesend zu sein. Der Kerak wollte damit zum Ausdruck bringen, dass er sein Schiff in guten Händen wusste.

Alle Stationen meldeten umgehend Bereitschaft.

»Rücksturz in … drei … zwei … eins … *jetzt*!«, meldete Laskaron.

»Außendarstellung ins Hauptholo, Position bestätigen und Kontakt zum Rest der Flotte herstellen«, befahl Walker. »Wo sind die anderen herausgekommen?«

Im zentralen Brückenholo erschien die Darstellung des Raumes in Flugrichtung. Voraus leuchtete ein kleiner Stern, der aus dieser Entfernung nicht viel größer erschien als die meisten anderen Sonnen, aber Alex erkannte ihn trotzdem sofort. Sol!

»Position bestätigt minus nullkommafünf Lichtsekunden. Die anderen Schiffe melden ebenfalls nur geringe Abweichungen von unter einer Lichtsekunde median, Sir. Die Formation steht!«, meldete der Navigationsoffizier.

Alex war mehr als zufrieden. Sein Schiff war nur rund 150.000 Kilometer vor den angepeilten Koordinaten aus dem Subraum gefallen. Auch die neun anderen Schiffe seines Verbands hatten keine wesentlichen Kursabweichungen zu vermelden. Im Mittel waren sie nicht ganz 300.000 Kilometer von den berechneten Rücksturzpunkten entfernt aus dem Subraum gekommen.

Nicht schlecht für eine Strecke von fast neun Lichtjahren, überlegte Alex.

»Die anderen kommen soeben an, Sir!« Die Stimme des Ortungsoffiziers riss Alex aus seinen Gedanken. »Entfernung eine halbe Lichtminute, mediane Abweichung knapp zwei Lichtsekunden.«

Die *anderen* waren die zehn Schiffe unter hegemonialem Kommando.

Alex konnte sich ein Grinsen nicht verkneifen, und auch über das eine oder andere Gesicht der Brückenbesatzung huschte ein leichtes Lächeln. Die zehn mit Alien-Besatzungen bemannten Schiffe waren einen Tick weniger exakt aus dem Subraum gekommen. Nicht viel, aber doch genug, um auf beiden Seiten registriert zu werden.

Alex beschloss, großzügig zu sein und es gegenüber den Kommandanten dieser Schiffe nicht zu erwähnen. Auch wenn es schwerfiel!

»Senden Sie eine Grußbotschaft an den anderen Verband und bedanken Sie sich in meinem Namen für die kameradschaftliche Unterstützung während der letzten Tage«, befahl Alex dem diensthabenden Offizier an der Funkkonsole. »Navigation! Nehmen Sie Kontakt mit unseren Schiffen auf und verständigen Sie sich über einen gemeinsamen Kursvektor. Ich will, dass wir in Formation vor Terra ankommen und …«

»Sir!«, wurde Alex aufgeregt von einer jungen Kadettin unterbrochen, die an einer der passiven Scanner- und Tasterstationen saß. »Ich empfange ganz in der Nähe ein seltsames Signal!«

»Können Sie sich etwas klarer ausdrücken, Miss … Silvano?« Ein schneller Blick auf den Dienstplan verriet Alex den Namen der jungen Frau. »Welche Art von Signal und was genau bedeutet 'in der Nähe'?«

»Verzeihung, Sir!« Die junge Frau holte einige Daten der automatischen Objektortung auf ihren Schirm. »In nicht ganz drei Lichtminuten Entfernung in Richtung Nord-230-Strich-17 befindet sich ein größeres KBO. Wahrscheinlich ein Typ M von unregelmäßiger Form. Länge der Hauptachse 47 Kilometer und maximaler Durchmesser 32 Kilometer. Von dort kommt ein schwaches energetisches Signal. Es hat große Ähnlichkeit mit der Abstrahlung eines Energiemeilers. Allerdings ist es stark gedämpft, Sir! Fast so, als würde jemand versuchen, es abzuschirmen.«

Ein metallreiches 'Kuiper Belt Object' in drei Lichtminuten Entfernung. Das sind rund vierundfünfzig Millionen Kilometer, überlegte Alex. *Nicht direkt neben uns, aber in kosmischem Maßstab betrachtet quasi direkt vor unserer Nase.*

Er überlegte einen Moment, ob die Hegemonie während ihres Aufenthaltes in *Luyten 726-8* vielleicht eine Außenstation auf einem der Asteroiden im Kuipergürtel eingerichtet haben konnte, aber davon wäre er sofort nach seiner Ankunft unterrichtet worden. Die Station hätte sich gemeldet, sobald man dort die Ankunft der Schiffe bemerkt hätte, und würde nicht versuchen, ihre Energieabstrahlung auch noch abzuschirmen.

So verhält sich kein Verbündeter, so verhält sich nur jemand, der nicht bemerkt werden will!

Dann fiel Alex etwas ein.

»XO, suchen Sie die genauen Koordinaten heraus, an denen vor etwas mehr als zwei Monaten das Spähschiff des Zelkanischen Imperiums aufgespürt worden ist, und vergleichen sie diese mit denen des Energiesignals, das Ensign Silvano entdeckt hat.«

»Aye, Sir!« Laskaron tippte mit zwei Fingern auf seiner nur für ihn sichtbaren virtuellen Tastatur etwas ein. Alex fand es immer noch befremdlich, wenn jemand scheinbar sinnlos mit den Fingern in der Luft herumstocherte.

Es dauerte nur eine Minute, bis Laskaron das Gesuchte gefunden hatte. »Unter Berücksichtigung des inzwischen stattgefundenen Drifts des Asteroiden sind die Koordinaten fast identisch, Sir!«

»Alarmstufe 'Bravo' und verbinden Sie mich mit dem Kommandanten unserer Manövergegner«, sagte Alex zu dem Offizier an der Funkkonsole. »Gute Arbeit, Ensign Silvano.« Er nickte der jungen Kadettin zu, die daraufhin leicht errötete.

Nun rächte es sich, dass er den Namen des Holv nicht mitbekommen hatte, der den hegemonialen Verband befehligte. Doch Laskaron bügelte diesen Lapsus aus, wie es sich für einen guten XO gehört.

»Sir, Drittes Schild Feinsar vom Nest der Schilfspinner auf Holokanal zwei.«

Alex nickte Laskaron dankend zu. »Auf mein Terminal.«

Vor Alex bildete sich ein kleines Hologramm aus, in welchem der Vogelabkömmling aus dem Volk der Holv zu sehen war. Obwohl Alex nominell einen höheren Rang innehatte, vergleichbar dem eines Generals, behandelte er den Kommandanten des anderen Verbands, dessen Rang dem eines Colonels entsprach, als Gleichgestellten. Beide waren die Kommandanten ihres jeweiligen Schiffs. Mit

Bescheidenheit machte man sich mehr Freunde als mit Arroganz.

»Kommandant, meine Ortung hat ein potenziell feindliches Energiesignal aufgefangen. Es ist zwar schwach, gehört aber so gut wie sicher zu einem Zelkanischen Schiff. Ich schlage vor, wir versuchen gemeinsam, dieses Schiff zu stellen und falls möglich aufzubringen.«

Feinsar verzichtete darauf, Alex zu fragen, ob sich dieser seiner Sache sicher war. Der Holv hatte in den beiden vergangenen Wochen gelernt, dem Wort des Terraners zu vertrauen.

»Was genau schlagen Sie vor, Zweites Schild Walker?« Umgekehrt wagte es Feinsar nicht, Alex ohne den korrekten, höheren Rang anzusprechen.

»Meine Schiffe sind näher dran. Vielleicht können Sie mit Ihren Schiffen die möglichen Fluchtvektoren blockieren, während ich den Gegner einkessele und zur Kapitulation auffordere. Ich muss mir noch einen detaillierten Plan ausdenken. Wahrscheinlich hat er bisher nicht bemerkt, dass wir ihn entdeckt haben. Sollte er versuchen, zu fliehen, steht es Ihnen frei, ihn abzuschießen, wenn er sich nicht ergibt. Ich sende Ihnen die Koordinaten des Verstecks.«

»Ich werde vorgehen, wie Sie befehlen, Zweites Schild Walker.«

»Ich befehle Ihnen nichts, Kommandant. Ich mag auf dem Papier den höheren Rang aufweisen, doch mir ist sehr wohl bewusst, dass Sie über ungleich mehr Erfahrung im Kampf gegen das Zelkanische Imperium verfügen als meine Besatzungen und ich. Ihr Rat ist mir deshalb sehr willkommen. In diesem Fall als Gleichgestellter«, fügte Alex hinzu.

Der Holv verbeugte sich. »Das ist sehr großmütig und Sie werden es nicht bereuen. Mein Verband steht Ihnen zu Diensten und ich werde vorgehen, wie Sie es wünschen. Ihr Plan ist meiner Einschätzung nach vernünftig und angemessen und ich sehe nichts, was ihm entgegensteht.«

»Ich danke Ihnen! Walker Ende!«

Das kleine Hologramm erlosch.

»Sie sind nicht nur ein geschickter Stratege und Taktiker in der Schlacht, sondern auch sehr begabt im Umgang mit Untergebenen.«

Alex fuhr herum. »Zweites Schild da Raskonar«, rief er aus. »Sie haben es sich zur Gewohnheit gemacht, sich an mich anzuschleichen!«

Die Echse stieß ein zischendes Lachen aus. »Wir Kerak sind besonders gut im Anschleichen. Aber im Ernst – natürlich interessierte es mich, warum Sie Bravo-Alarm ausgelöst haben, und ich bin deshalb sofort auf die Brücke geeilt. Vergeben Sie mir meine Neugier!«

»Die *Blitz von Gwalthir* ist immer noch Ihr Schiff, Zweites Schild da Raskonar, und natürlich haben Sie jedes Recht, jederzeit auf der Brücke zu sein. Schauen Sie sich das an!«

Da Raskonar studierte die Ergebnisse der passiven Ortung. »Eindeutig Abstrahlungen einer kleinen Zelkanischen Einheit. Wahrscheinlich ein Beiboot«, sagte er anschließend. »Das Spähschiff muss es hier zurückgelassen haben. Wahrscheinlich liegt es seit Wochen in seinem Versteck auf dem Asteroiden und sammelt Informationen.«

»Ihnen ist klar, was das bedeutet?«

Der Kerak nickte. Eine Geste, die auch in seinem Volk Zustimmung und Bejahung ausdrückte. »Ein Schiff dieser Größe ist nicht in der Lage, ins Imperium zurückzufliegen. Man wird es abholen müssen.«

»Die Zelkaner planen, demnächst zurückzukehren«, stellte Alex fest.

»Und sicher nicht nur, um ihr Beiboot aufzulesen. Man hat es nicht ohne Grund hier zurückgelassen.«

»Es soll Informationen sammeln. Informationen für einen Angriff.«

Wieder nickte da Raskonar. »Das steht zu befürchten. Unsere Analysten hatten unrecht. Wahrscheinlich ist bereits eine Angriffsflotte hierher unterwegs.«

»Wir müssen die Besatzung dieses Beiboots lebend in die Hände bekommen. Ihr Wissen kann für uns von unschätzbarem Wert sein.«

»Unter meiner eigenen Besatzung befinden sich ausgebildete Landungstruppen. Ich stelle sie unter Ihr Kommando.«

»Wollen Sie nicht persönlich wieder das Kommando über die *Blitz von Gwalthir* und den Verband übernehmen?«

Da Raskonar legte Alex eine Hand leicht auf den Arm. »Wie würde das aussehen? Kaum geht es gegen echte Gegner und nicht nur um ein Manöver, schon setze ich den 'unfähigen Terraner' ab? Erstens würde ich mir damit keine Freunde machen und zweitens bin ich davon überzeugt, dass Sie sehr genau wissen, was zu tun ist. Sie brauchen mich nicht.«

»Auch Sie wissen, wie man sich Freunde macht, Zweites Schild da Raskonar!«, sagte Alex und lächelte sein Gegenüber an.

»Gehört das nicht zu unserem Job, Zweites Schild Walker?«

Alex hätte schwören mögen, dass der Kerak unverschämt grinste, doch noch waren ihm die Gesichtszüge der Außerirdischen nicht vertraut genug, um sich wirklich sicher sein zu können.

»Dann seien Sie bitte so freundlich und erteilen Sie den Landetruppen den Befehl, sich bereitzuhalten. Und danke für Ihre Unterstützung!«

»Das ist doch selbstverständlich, Kommandant. Wir gehören beide zur Hegemonie von Krayt.«

Zum ersten Mal war Alexander Walker völlig davon überzeugt, dass die Menschheit mit ihrer Aufnahme in die Hegemonie von Krayt tatsächlich einen richtig guten Deal gemacht hatte.

In seinem Kopf formte sich ein Plan.

»Ensign Silvano, können Sie feststellen, auf welcher Seite des Asteroiden sich das Schiff versteckt hält?«

Die junge Frau nahm einige Schaltungen vor und las einige Daten von den Anzeigen auf ihrem Terminal ab.

»Mit großer Wahrscheinlichkeit hier, Sir!« Sie legte eine visuelle Darstellung des unregelmäßig geformten, einer gestauchten Erdnuss gleichenden Asteroiden auf das Kommandoterminal.

In der leichten, den Asteroiden ungefähr in der Mitte umlaufenden Einschnürung blinkte ein kleiner roter Punkt.

»Ortung, welche Rotationsgeschwindigkeit hat das Ding?«

»Es rotiert kaum Sir«, kam umgehend die Antwort. »Unser Freund hat sich eine Stelle ausgesucht, von der aus er fast immer einen direkten Blick ins Systeminnere hat.«

Alex überlegte kurz. Sein Verband befand sich ungefähr auf gleicher Höhe mit dem Asteroiden. Wären seine Schiffe weiter außerhalb des Sol-Systems aus dem Subraum gekommen, hätte Ensign Silvano die Energieabstrahlung des Beiboots nicht entdecken können, da sie von dem metallreichen Asteroiden verdeckt worden wäre. Andererseits konnte man sie von dem Beiboot aus nun ebenfalls sehen!

Wie konnten sie sich nähern, ohne dass die Zelkaner es zu früh bemerkten und vielleicht eine Selbstzerstörung initiierten. Alex wollte die Besatzung des Beiboots unbedingt lebend in die Hände bekommen. Sie konnten über entscheidende Informationen bezüglich eines unmittelbar bevorstehenden Angriffs auf das Sol-System verfügen.

Der Plan in Alex´ Kopf nahm allmählich konkrete Formen an.

»Geben Sie mir noch mal Kommandant Feinsar«, wies er den Funkoffizier an.

Nur zwei Minuten später begannen die Schiffe unter dem Kommando des Holv auf den Verband der Terraner zu schießen. Es war deutlich zu sehen, dass die Laserstrahler und Plasmapulsatoren nicht mit voller Kraft feuerten, doch die Schutzschirme der angegriffenen Schiffe leuchteten gleichwohl grell flammend auf. Von dem Asteroiden aus beobachtet musste es ein beeindruckendes Schauspiel sein.

Die Schiffe unter terranischem Kommando erwiderten das Feuer, waren jedoch von dem plötzlichen Angriff scheinbar völlig überrascht und traten den Rückzug an.

Für die Zelkaner auf dem Asteroiden musste es wie eine Fortsetzung des Manövers aussehen, das sie Tage zuvor bereits im Innern des Systems beobachtet hatten, diesmal mit echten, wenn auch in ihrer Wirkung abgeschwächten Waffensystemen. Ein realistischeres Szenario und nicht ungewöhnlich. Und wie schon beim ersten Mal taten sich die Terraner schwer.

Unter dem heftigen Beschuss zogen sie sich immer weiter in Richtung Systemrand zurück – wobei sie allmählich die Masse des Asteroiden zwischen sich und das Versteck des Beiboots brachten. Nur wenige Minuten nach Beginn der 'Kampfhandlungen' waren die terranischen Schiffe von dem Beiboot aus nicht mehr zu sehen oder zu orten.

Die Zelkaner konnten jedoch immer noch die zehn Angreifer sehen, die nach wie vor in ihrem Blickwinkel lagen und weiterhin aus allen Rohren feuerten, was das Zeug hielt. Aus deren Schussbahnen konnten sie die Position der Terraner in ihrem toten Winkel hochrechnen. Von diesem berechneten Punkt im Raum drang auch immer wieder verzweifeltes Abwehrfeuer ins Blickfeld der Zelkaner.

Doch dummerweise für die Beobachter befanden sich dort nur noch *acht* terranische Schiffe, die weiterhin das Feuer erwiderten.

Sobald das letzte Schiff unter Walkers Kommando aus dem Ortungsbereich der Zelkaner gedriftet war, hatte er für die *Blitz von Gwalthir* und ein weiteres Schiff das Kommando für einen erneuten Kurswechsel gegeben. Während der Verband unter dem Befehl von Kommandant Feinsar weiterhin die verbliebenen acht Schiffe der Terraner beschoss, beschleunigten die *Blitz von Gwalthir* und ihr Schwesterschiff im Ortungsschatten des Asteroiden und jagten mit voller Kraft auf ihn zu.

Sie überbrückten die rund fünfzig Millionen Kilometer mit Maximalbeschleunigung in weniger als fünfzehn Minuten und bremsten dann scharf ab, um ihre Geschwindigkeit der des Felsbrockens anzugleichen.

Erst als sie in einer gegenläufigen Zangenbewegung den Asteroiden umkurvten und nur wenige Hundert Meter über dem kleinen Beiboot einen undurchdringlichen Blockaderiegel bildeten, wussten die Zelkaner, was die Stunde geschlagen hatte.

Alex verzichtete darauf, die Zelkaner zur Kapitulation aufzufordern. Nach allem, was er von ihnen wusste, würden sie eher ihr Schiff zerstören, als sich zu ergeben.

Nun war Geschwindigkeit Trumpf! Das Beiboot musste eingenommen werden, bevor dessen Besatzung auf dumme Ideen kommen konnte.

Alex schleuste eine Einheit hochtrainierter Landungstruppen aus, die innerhalb einer halben Minute das in einer Felsmulde verborgene Beiboot erreichten. Sie benötigten wiederum nur wenige Sekunden, um die Außenschleuse aufzusprengen und das Schiff zu stürmen.

Zwei Minuten später meldete sich der Truppenführer, ein Chrish.

»Das Schiff ist gesichert. Keine eigenen Verluste. Sechs gefangene Zelkaner … und ein schwer verletzter Terraner! Die MedBay soll sich bereithalten, wir bringen ihn unverzüglich an Bord.«

05. März 2094: auf Kraytar-Prime
Krayton – Residenz des Hegemon

Die *Terrania* schwebte von starken Scheinwerfern beleuchtet langsam in den Abendhimmel und verschwand schon bald in einer Wolkenbank über dem Raumhafen von Krayton. Das leise Grollen des noch fast im Leerlauf arbeitenden Impulsantriebs des mächtigen Schiffes klang wie ferner Donner. Ein heller Feuerschein zuckte plötzlich auf, als das neue Flaggschiff der *Gouverneurin von Terra* in großer Höhe mehr Schub gab. Gleißende Flammenspeere brachten die Wolken scheinbar von innen zum Leuchten.

Das Grollen verklang zu einem Murmeln und der Lichteffekt am Himmel wurde schwächer, bis er schließlich vollständig verblasst war.

Die *Terrania* würde sich im Orbit mit den zwanzig neu erworbenen Kampfschiffen treffen, um anschließend gemeinsam mit ihnen den langen Flug zur Erde anzutreten.

Joy wischte sich verstohlen eine Träne aus dem Augenwinkel. »Lass uns gehen«, sagte sie zu Ihrem Begleiter, dem 'Robi', der schon beinahe zu einem treuen Freund geworden war.

Der kleine Roboter drehte sich wortlos um und schwebte zu dem wartenden Gleiter, der Mireille und Joy zum Raumhafen gebracht hatte.

Joy hatte damit gerechnet, dass Mireille nicht von dem Angebot des Hegemon begeistert sein würde, doch zu ihrer Überraschung hatte sie ihr sogar dazu geraten, es anzunehmen.

»Es ist eine einmalige Chance«, hatte Mireille gesagt. »Was würdest du auf der Erde mit deinem

Leben anfangen wollen? Welche Karriere schwebt dir vor? Du kannst nicht für den Rest deiner Tage davon leben, illegal in Netzwerke einzudringen. Das muss auch dir klar sein. Du hast keinen formalen Schulabschluss und außerdem habe ich nicht den Eindruck, dass es dir gefallen würde, für jemanden zu arbeiten. Aber du bist hochintelligent, abenteuerlustig und gehst mit Vorliebe unkonventionelle Wege. Ich habe dir vom ersten Moment an angesehen, wie sehr dich Kraytar-Prime und Krayton fasziniert haben. Und nicht zu vergessen: Ich kann mir keine geeignetere Repräsentantin der Erde auf der Spaceforce Academy vorstellen als dich!«

Was den letzten Satz betraf, hatte Joy zwar ihre Zweifel, doch grundsätzlich hatte Mireille natürlich – wie immer – recht! Irgendeine stinknormale Arbeit anzunehmen kam für sie nicht infrage. Außerdem: Wer würde schon die Tochter der Gouverneurin anstellen wollen – außer, um bei Mireille Bonuspunkte zu sammeln. Doch Joy war sich zu schade dafür, als Pfand für Gegenleistungen zu dienen, und auch Mireille würde sich niemals auf einen solchen Handel einlassen. Was also hatte die Erde ihr zu bieten? Sich als Tochter der Herrscherin über die Menschheit und das gesamte Sol-System auf die faule Haut zu legen und für den Rest ihres Lebens die verwöhnte 'Prinzessin' zu geben war für Joy jedenfalls undenkbar.

Das Angebot einer Karriere bei der hegemonialen Spaceforce hatte von Minute zu Minute besser ausgesehen!

Mireille hatte sie gar nicht groß überzeugen müssen. Joy wusste tief in ihrem Innern, dass ihre

Entscheidung längst gefallen war. Sie hatte sie nur noch vor sich selbst rechtfertigen müssen.

Am nächsten Morgen hatte Joy dem ehemaligen Protektor ihre Entscheidung mitgeteilt. Den Rest des Tages hatte Mireille damit verbracht, Gespräche mit einigen Delegierten zu führen, die sie für einen Posten in ihrer Administration im Auge hatte, während Joy auf die ehemalige *Stolz von Trakon* zurückgekehrt war, um über den provisorischen Netzanschluss an Bord des Schiffes so viel wie möglich über die Spaceforce Academy in Erfahrung zu bringen.

Auch dieser Tag war viel zu schnell vorübergegangen und der Moment des Abschieds war unerbittlich näher gerückt.

Nachdem Mireille noch vor dem Abflug die Taufe ihres neuen Flaggschiffs hinter sich gebracht hatte, waren beide bemüht gewesen, den Abschied nicht zu emotional werden zu lassen. Es war nur halb gelungen und beide hatten Tränen in den Augen gehabt.

»Sobald die Quantenfunkstation in Betrieb ist, können wir wenigstens Textnachrichten austauschen«, hatte Mireille gesagt.

»Erstens dauert das sicher noch ein paar Monate und zweitens dürften meine Briefe an euch keine Priorität vor all dem diplomatischen, wirtschaftlichen und militärischen Kram genießen.«

»Wozu bin ich die Gouverneurin?« Mireille hatte Joy zugezwinkert. »*Ich* bestimme, was meine Prioritäten sind, und da stehst du ganz oben!«

Nach einer letzten Umarmung war Mireille in ihrem Schiff verschwunden und Joy hatte sich zusammen mit Robi auf den Weg zum Gleiter gemacht. Schon morgen sollte sie an der Spaceforce Academy immatrikuliert werden. Joy hatte keine Ahnung, was sie dort erwarten würde!

Sie stieg in den Gleiter, der sie für eine letzte Nacht zurück in die Bungalowanlage am Meer bringen würde.

Was würde Alex zu all dem sagen? Nicht nur, dass er plötzlich mit der mächtigsten Frau im Sol-System liiert war, er würde auch noch seine gerade erst adoptierte Tochter wieder verlieren.

Na ja, 'verlieren' ist nicht das richtige Wort, dachte Joy. *Ich bin ja nicht tot. Aber es ist ungewiss, wann wir uns wiedersehen.*

Der Gleiter bog in die kleine Bungalowsiedlung ein – doch die Bungalows waren spurlos verschwunden – bis auf einen. Joy sah sich verwundert um.

Das gesamte Areal war taghell erleuchtet, doch nur ihr Bungalow war zu sehen. Es schien fast so, als hätte es die anderen nie gegeben.

Sind wir hier richtig?, wunderte sich Joy.

»Wo sind die ganzen Unterkünfte hin?«, fragte sie laut.

»Sie wurden wieder aufgelöst«, antwortete Robi. »Die Energieform-Materie wurde nur für die Dauer des Aufenthaltes der terranischen Delegation benötigt. Auch Ihre Unterkunft wird morgen gelöscht. Lediglich die Einrichtungsgegenstände bestehen zum größten Teil aus realer Materie. Sie wurden abtransportiert und werden recycelt.«

»Das hier ist gar keine dauerhafte Anlage?«

»Nein, Miss Joycelyn. Dieses Areal dient dem Hegemon zur Unterbringung seiner Gäste. Es wird bei einem Besuch den Bedürfnissen der jeweiligen

Spezies angepasst. In diesem Fall haben sich die Materiedesigner verschiedener leicht zugänglicher terranischer Quellen bedient. Sogar primitiver Printmedien.«

Joy musste bei der Vorstellung, dass man Architektur- und Lifestylemagazine sowie Einrichtungskataloge durchstöbert hatte, um ihnen einen angenehmen Aufenthalt zu ermöglichen, laut lachen. Aber natürlich war die dahintersteckende Technologie imponierend.

Ohne Mireille wirkte der Bungalow zu groß und zu leer. Dass er ganz alleine inmitten des geräumten Geländes stand, verstärkte Joys Gefühl von Einsamkeit noch.

Sie ließ sich vom Foodprinter ein leichtes Abendessen drucken und trank dazu die Imitation eines deutschen Biers, die recht gut gelungen war. Dann ging sie zu Bett.

Den nächsten Morgen erlebte Joy wie in Trance. Nach einer Dusche und einem lustlos heruntergewürgten Frühstück zog sie die einfache, dunkelblaue Uniform an, die ihr Robi gestern Abend noch bereitgelegt hatte. Sie passte wie angegossen. Der dünne, goldfarbene Streifen an den Ärmeln, Schulterklappen und am Kragenspiegel wies Joys neuen Rang aus: *Kadett dritten Grades*, der niedrigste Rang in der hegemonialen Flotte, den alle Erstsemester an der Akademie bekleideten.

Wenn alles perfekt lief, würde Joy die Spaceforce Academy in drei Jahren als *Kadett ersten Grades* abschließen und ihren ersten dauerhaften Posten an Bord eines Schiffes der Flotte zugeteilt bekommen.

Zukunftsmusik, dachte sie.

»Der Gleiter steht bereit.« Joy zuckte zusammen. Robi hatte sich unbemerkt genähert.

Joy warf noch einen letzten Blick auf die leere Unterkunft, zuckte mit den Schultern und verließ den Bungalow. Sie hatte kein einziges Gepäckstück dabei.

Die Spaceforce Academy lag unweit der Hauptstadt am Rand des riesigen Militär-Raumhafens. Im Gegensatz zu den filigranen, eleganten, beinahe spielerisch anmutenden Gebäuden von Krayton waren die Gebäude der Akademie graue, nüchtern-sachliche Betonbauten ohne jeden Charme. Zumindest nahm Joy an, dass es sich um Beton handelte oder um das, was auf Kraytar-Prime als Beton durchging.

Ihr Gleiter hielt vor einem dieser Betonklötze.

»Unsere Wege trennen sich hier«, sagte Robi. »Der Hegemon hat mich beauftragt, Ihnen viel Glück zu wünschen.«

»Äh … danke … Robi. Bitte richte auch dem Hegemon meinen Dank aus.«

»Selbstverständlich, Miss Joycelyn. Leben Sie wohl!«

Joy stieg aus. Niemand erwartete sie oder gab einen Hinweis, wohin sie sich wenden sollte. Sie wollte sich gerade umdrehen, um Robi nach dem Weg zu fragen, als der Gleiter auch schon laut aufheulend davonschoss.

Blöder Empfang, dachte Joy.

Vor ihr führte eine breite Rampe ein paar Meter hinauf bis zu einer Gebäudefront mit mehreren Doppelflügeltüren. Die Mittlere stand offen.

Soll das der erste Test sein?, fragte sich Joy amüsiert. *Wer das Rekrutierungsbüro nicht alleine findet, fliegt gleich wieder raus, oder wie?*

Wieder einmal blieb ihr nichts anderes übrig, als resignierend mit den Achseln zu zucken und auf gut Glück vorzugehen. Sie stieg die Rampe hoch und ging auf die offen stehende Tür zu, als ein Chrish daraus hervortrat.

Der einer riesigen Kakerlake ähnelnde Chrish trug die dunkelrote Uniform eines Offiziers, und die Rangabzeichen, die Joy in der vergangenen Nacht mühsam auswendig gelernt hatte, wiesen ihn als *Zweiter Speer* aus, was in etwa einem irdischen Sergeanten entsprach.

»Kadett dritten Grades Bernard, folgen Sie mir!«, bellte er sie über den am Kragen seiner Uniform befestigten Translator an.

Der Chrish drehte sich um und betrat das Gebäude, ohne sich zu vergewissern, ob Joy ihm folgte.

Die Aufnahmeuntersuchung, der sich Joy innerhalb der nächsten Stunde unterziehen musste, brachte sie beinahe dazu, ihre Entscheidung zu bereuen. Angefangen von einem Ganzkörperscan, bei dem sie sich vor mehreren Aliens völlig nackt in eine Röhre stellen musste, über unangenehme Sonden, die in jede Öffnung ihres Körpers eindrangen, bis hin zur Abnahme von Blut und sonstigen Körperflüssigkeiten war alles dabei, worüber angeblich von Aliens entführte Menschen in der Vergangenheit häufig berichtet hatten. Joy begann sich zu fragen, ob nicht vielleicht tatsächlich Schiffe der Hegemonie bereits seit Jahrhunderten die Erde besuchten und dabei hin und wieder Experimente an Menschen durchführten.

Doch schließlich war auch diese unerfreuliche Prozedur vorüber und ein Chrish – Joy konnte nicht sagen, ob es der Gleiche war – führte sie über eine leere, weite Fläche in ein anderes Gebäude.

Sie gingen einen schier endlosen Gang entlang bis zu einer Tür, die der Chrish aufriss, ohne anzuklopfen oder sich sonst wie bemerkbar zu machen. Hinter der Tür befand sich ein kleiner Raum, in dem drei Aliens unterschiedlicher Spezies an einem Tisch saßen.

Als der Chrish den Raum betrat, sprangen sie auf und salutierten. Die Ehrenbezeugung in der hegemonialen Flotte ähnelte derjenigen in der antiken römischen Legion. Mit dem rechten Arm, oder über welche Gliedmaße auch immer der Betreffende an dieser Stelle verfügte, schlug man sich kräftig horizontal gegen die Brust und stand dabei stramm.

»Rühren!«, bellte der Chrish.

Die drei jungen Aliens entspannten sich.

»Das ist Kadett dritter Klasse Bernard. Der erste Kadett eines neuen Mitgliedsvolkes in der Hegemonie, das sich 'Terraner' nennt. Ihr werdet Kadett Bernard aufnehmen und sie in unsere Regeln einweisen. Ich mache jeden von euch persönlich dafür verantwortlich, wenn Kadett Bernard gegen eine Regel verstößt. Und glaubt mir, ihr wollt von mir für nichts verantwortlich gemacht werden!«

Die drei Aliens, Joy erkannte einen Holv, einen Kerak und einen Barox, salutierten erneut, was wohl die Bestätigung des Befehls darstellte.

»Bernard, passende Sachen für Sie liegen dort in einem Wandschrank.« Der Offizier deutete auf die einzige freie Wand, wo sich die Umrisse von vier Türen abzeichneten. An den anderen beiden Wänden rechts und links der Tür befand sich je ein doppelstöckiges Bett.

Der Chrish griff in eine Tasche seiner Uniform, holte einen der winzigen, würfelförmigen Translatoren heraus und heftete ihn an Joys Kragen.

»Damit Sie sich mit Ihren Kameraden verständigen können, Bernard. Doch wenn wir Freunde werden wollen, dann lernen Sie gefälligst so schnell wie möglich *Kraytak*.« Wenn die Augen eines Chrish Dolche wären, hätte der Blick Joy in Stücke geschnitten. »Ich habe keine Lust, mich mit Ihnen ständig mithilfe einer verdammten Maschine unterhalten zu müssen.«

Er starrte Joy mehrere Sekunden lang an, bis sie begriff, was er von ihr erwartete.

»Sir, jawohl, Sir!«, schrie Joy aus voller Kehle, wie sie es in einem uralten 2D-Hollywoodschinken gesehen hatte. Gleichzeitig schlug sie sich mit dem rechten Arm so heftig gegen die Brust, dass ihr fast die Luft wegblieb.

Der Chrish war nicht beeindruckt.

»Sie werden noch genügend Gelegenheit bekommen, das zu üben, Bernard. Das war so miserabel, dass es mir regelrecht Übelkeit verursacht, und ich hasse es, wenn mir jemand Übelkeit verursacht.«

Joy öffnete den Mund, um erneut zu salutieren und es dieses Mal besser zu machen, doch der Chrish kam ihr zuvor.

»Bloß nicht! Sonst kotze ich Ihnen noch hier in die Bude. Sie, Orwalla, zeigen Sie Bernard ihr Bett und alles andere.«

Der Chrish drehte sich um und verließ den Raum. Die Tür knallte mit einem ohrenbetäubenden Schlag ins Schloss.

»Hallo, ich bin Orwalla«, sagte der Holv. Sein helles Zwitschern wurde von Joys Translator in fehlerfreies Englisch übersetzt. »Mach dir nichts aus *Zweiter Speer* Hollmuk. Der ist nur laut, aber harmlos! Die meisten anderen Ausbilder sind schlimmer!« Joy musste schlucken und fragte sich erneut, worauf sie sich hier eingelassen hatte. »Du bist also einer dieser seltsamen 'Menschen', wegen denen die halbe Hegemonie gerade durchdreht?«

06. März 2094: im Erdorbit an Bord der *Blitz von Gwalthir*

Es war ein Wunder, dass der Mann noch am Leben war.
Ein Auge fehlte komplett, das andere hatte schwere Schäden davongetragen. Mehrere Organe hatten Quetschungen erlitten, ein Lungenflügel war kollabiert und es gab innere Blutungen. Fast alle Zähne waren ausgeschlagen und er hatte mehrere Knochenbrüche. Von den vielen größeren und kleineren oberflächlichen Wunden, die für sich genommen nicht lebensbedrohlich waren, gar nicht zu reden.

Schläuche und Kanülen führten an mehreren Stellen in seinen Körper, zusätzlich war er verkabelt und seine Vitalzeichen wurden auf mehreren Monitoren rings um das Bett angezeigt. Alex war kein Arzt und die meisten Darstellungen auf den verschiedenen Displays sagten ihm nichts, doch selbst er konnte erkennen, dass es nicht gut um den Mann stand.

Alex bezweifelte, dass man ihn ohne die Möglichkeiten der modernen Medizin an Bord der *Blitz von Gwalthir* noch sehr viel länger am Leben hätte erhalten können, und selbst mithilfe dieser Technik würde es ein sehr langer Weg bis zur vollständigen Rekonvaleszenz werden.

»Kann man ihn aufwecken und ist er dann vernehmungsfähig?«, fragte Alex den verantwortlichen Arzt. Der Goo´maht vollführte mit seinen beiden dünnen Spinnenarmen eine komplizierte Geste, die wohl Unsicherheit ausdrücken sollte. Alex musste sich immer noch in Erinnerung rufen, dass er einem sensiblen und hochintelligenten Lebewesen gegenüberstand, wenn er es mit einem Goo´maht zu tun hatte. Die auf sechs Beinen ruhende, eineinhalb Meter hohe und insgesamt fast zwei Meter durchmessende Spinnenkrabbe war für die meisten Terraner nach wie vor ein albtraumhafter Anblick.

»Ich würde davon abraten. Seine Werte sind nach wie vor besorgniserregend und er ist noch nicht endgültig stabilisiert«, antwortete der Arzt.

»Die Sicherheit der Erde und des gesamten Sol-Systems könnte davon abhängen, was er weiß.«

Der Goo´maht dachte einen Moment nach.

»Höchstens zwei, drei Minuten. Und bleiben Sie positiv! Jeder weitere Schock, und sei er nur psychologisch, könnte seinen Zustand weiter verschlimmern.«

»Wecken Sie ihn auf!«

Der Arzt injizierte den Inhalt einer vorbereiteten Spritze in einen der Schläuche, der in eine Vene in der Armbeuge des Mannes führte.

Inzwischen wusste man, wer der Mann war. Obwohl seine Gesichtszüge durch Folter und Gewalteinwirkung stark entstellt waren, hatte ihn eine Erkennungssoftware als Richard 'Dick' Wolling identifizieren können, einen amerikanischen Astronauten, der vor einigen Jahren an einer internationalen Marsmission teilgenommen hatte. Die damalige theokratische Regierung unter Präsident Butcher hatte einen Platz für ihn bei dieser Forschungsmission eingekauft. Wolling war bei seinen Kollegen während der Mission wegen seiner extremen Ansichten negativ aufgefallen. So hatte er eine offen lesbisch lebende deutsche Astronautin als 'Hure' und 'Dienerin Satans' bezeichnet. Jeder war froh gewesen, als die Mission vorüber gewesen war.

Der ideale Kandidat für eine von Butchers nachgebauten Miniatur-Novas, überlegte Alex. *Von ihm werden wir endlich erfahren, was aus dem letzten dieser Schiffe geworden ist. Und vielleicht hat er während seiner Gefangenschaft etwas über die Pläne der Zelkaner aufschnappen können.*

Wolling begann sich zu bewegen und leise zu stöhnen. Der Arzt nahm eine Einstellung an einem der Infusionsgeräte vor. Das Stöhnen hörte auf. Wahrscheinlich hatte er die Dosis des zugeführten Schmerzmittels erhöht.

Der Amerikaner öffnete sein verbliebenes Auge. Es war blutunterlaufen und sein Blick huschte hektisch hin und her.

Wieder injizierte der Arzt eine Droge. Diesmal diente sie dazu, Wolling zu beruhigen. Wohlweislich hielt sich der Goo´maht außerhalb des Blickfelds des Patienten auf. Der Anblick einer riesigen Spinnenkrabbe hätte bei dem derzeitigen Zustand des Mannes eventuell einen lebensbedrohlichen Schock auslösen können.

»Was … wo …?«

Wolling war kaum zu verstehen. Alex musste sich dicht zu ihm herabbeugen, um die leise gekrächzten Worte überhaupt hören zu können. Er setzte Wolling eine auf dem Tisch neben dem Bett stehende Trinkflasche an die Lippen und träufelte ein wenig Flüssigkeit in den Mund des schwer verletzten Mannes.

Wolling schluckte gierig.

»Wo … wo bin ich?« Er war jetzt besser zu verstehen. Aus seinem Auge sprachen gleichzeitig

Angst und Hoffnung. Da er Alex sehen konnte, musste er wissen, dass er sich nicht mehr in den Händen der Zelkaner befand.

»Sie sind in Sicherheit«, sagte Alex. »Und wir werden Sie vollständig wiederherstellen.«

Der letzte Satz war zwar überaus optimistisch, aber es war sicher ratsam, Wolling ein positives Gefühl zu vermitteln.

»Wie …?«

»Machen Sie sich hierüber zunächst keine Gedanken. Es ist eine lange Geschichte und wir werden noch genug Zeit haben, darüber zu reden.« Alex legte Wolling eine Hand auf die Schulter. Der Mann zuckte bei der leichten Berührung zusammen und der hinter dem Bett stehende Arzt warf Alex einen warnenden Blick zu.

»Wo bin ich?« Es war nur ein Flüstern, doch besser verständlich als zuvor. Die gespritzten Mittel schienen zu wirken.

»Zuhause, auf der Erde«, log Alex. Es machte keinen Sinn, dem überzeugten religiösen Fanatiker zu offenbaren, dass er sich auf einem Raumschiff der Hegemonie befand und es konnte nichts schaden, den Amerikaner in dem Glauben zu lassen, er befinde sich in den ehemaligen USA.

»Ich will den Namen Gottes loben mit einem Lied und will ihn hoch ehren mit Dank.«

»Nun ja, Wolling, zum Singen dürften Sie noch ein wenig zu schwach sein. Aber wenn sie Dankbarkeit für Ihre Rettung zeigen wollen, dann wären einige Informationen recht hilfreich.«

»Informationen?«

»Die Aliens, die Sie gefangen gehalten haben, planen einen Angriff auf das Sol-System. Wissen Sie etwas darüber?«

Wolling schloss sein verbliebenes Auge. Ob aus Müdigkeit, vor Schmerz oder um nachzudenken, konnte Alex nicht sagen.

»Sie … Sie haben versucht, mich damit zu provozieren.«

»Womit?«

»Sie haben meine Angst regelrecht genossen.«

Wollings Stimme wurde schwächer und der hinter dem Kopf des Patienten stehende Goo´maht warf Alex einen warnenden Blick zu.

»Dick, bleiben Sie noch eine Minute bei mir!«, rief Alex. »Womit wollte man Ihnen Angst machen?«

»Sie kommen!« Die Stimme des Amerikaners war nun wieder so leise, dass sich Alex tief über ihn beugen musste, um etwas verstehen zu können. »Schon bald …«

»Wie bald? Tage? Wochen?«

»Bald …« Wollings Kopf sank zur Seite und einer der Apparate an seinem Bett begann leise zu piepsen.

Hastig justierte der Arzt einige Einstellungen an den Infusionsmaschinen nach.

»Er schläft wieder«, sagte der Goo´maht. »Wenn Sie wollen, dass er überlebt, sollten Sie ihm jetzt wenigstens einen oder zwei Tage völlige Ruhe gönnen. Sein Herz ist extrem geschwächt und jede größere Aufregung könnte ihn umbringen.«

Alex nickte. Es würde zu nichts führen, Wolling für das bisschen, das er wissen konnte, zu opfern. Außerdem würde sie ein solches Vorgehen auf eine Stufe mit den menschenverachtenden Extremisten stellen, die man in den USA gerade losgeworden war. Doch auch so hatte der Mann Alex´ größte Angst bestätigt: Die Zelkaner würden kommen, und zwar schon bald. Eher in Tagen als in Wochen!

Alex wusste, was er als Nächstes zu tun hatte.

Die Zellen für Gefangene an Bord der *Blitz von Gwalthir* waren kaum größer als die sich darin befindliche Pritsche, doch sie waren auch nicht für Langzeitaufenthalte gedacht. Ein unbotmäßiges Besatzungsmitglied, Verstöße gegen die Disziplin, Drogen- oder Alkoholmissbrauch – kleinere Verfehlungen und Delikte endeten für ein paar Stunden, höchstens für ein oder zwei Tage in den winzigen Arrestzellen. Schlimmere Straftäter wurden so bald wie möglich an die planetare militärische Jurisdiktion überstellt und verbüßten ihre Strafe nach einer Verurteilung in den dortigen Haftanstalten oder Straflagern. Die Zellen des Bordgefängnisses waren nicht für Dauergefangene ausgelegt.

Trotzdem hatte man darauf verzichtet, die sechs gefangen genommenen Zelkaner in ein Gefängnis auf der Erde zu verlegen. Alex wollte jederzeit die Möglichkeit haben, sie zu verhören, ohne dazu erst hinunter zur Erde fliegen zu müssen. Zudem würde es ihnen nicht schaden, einige Zeit unter beengten Bedingungen zu verbringen, solange noch nicht entschieden war, wie man weiter mit ihnen verfahren wollte.

Jeder der sechs saß natürlich in einer eigenen Zelle, damit sie sich nicht für die anstehenden Verhöre absprechen konnten. Außerdem hätten sie sich bei den beengten Verhältnissen wahrscheinlich nach wenigen Stunden gegenseitig umgebracht. Zelkaner waren keine geselligen Typen, wie Alex aus dem Report über ihre Kultur in der Datenbank des Schiffes in Erfahrung gebracht hatte.

Er suchte den ranghöchsten Offizier der Zelkaner auf, einen sogenannten Mondträger zweiter Klasse, was in etwa einem Captain entsprach, namens Rekat Terzin.

Der Zelkaner saß regungslos auf seiner Pritsche, als Alex das kleine Bordgefängnis betrat. Die zehn Zellen, von denen vier nicht belegt waren, waren durch einen transparenten, aber unüberwindlichen Energieschirms zum Gang hin abgetrennt, ähnlich der Barriere, die Jarallors private Gemächer auf der Orbitalstation vor dem Vakuum des Weltalls abgeschirmt hatte. Jeder Versuch, diese Absperrung zu durchbrechen, endete mit äußerst schmerzhaften Krämpfen im ganzen Körper. Kein Gefangener unternahm je einen zweiten Versuch. Die Zellen lagen außerdem nebeneinander, sodass die Gefangenen untereinander keinerlei Sichtkontakt hatten. Im Fall der Zelkaner hatte man außerdem nur jede zweite Zelle mit einem Gefangenen belegt, soweit dies möglich gewesen war.

Rekat Terzin saß in der ersten Zelle, direkt hinter dem Eingang zum Arrestbereich. Er blickte auf, als sich die schwere Metalltür öffnete, die das Bordgefängnis vom Rest des Schiffes abtrennte.

Alex stellte einen Stuhl vor den Absperrschirm und legte seinen rechten Daumen auf den Scanner an der Wand. Nachdem ihn das Sicherheitssystem als berechtigt akzeptiert hatte, öffnete sich mitten in dem Absperrschirm eine etwa dreißig Zentimeter große Öffnung. Viel zu klein für einen Fluchtversuch, jedoch groß genug, um vernünftig miteinander reden zu können.

Alex setzte sich und betrachtete sein Gegenüber, ohne ein Wort zu sagen. Auch der Gefangene blieb stumm und musterte ihn nur.

Der Zelkaner war höchstens eins fünfzig groß und man hatte ihn, wie seine Kameraden auch, in einen von Materiedruckern angefertigten, grauen Overall gesteckt. Die sichtbare Körperoberfläche war mit einem dicht gekräuselten roten Fell überzogen, das nur das Gesicht freiließ. Die Proportionen waren durchweg menschlich. Auch sein Gesicht unterschied sich nicht allzu sehr von dem eines Terraners, auch wenn die Nase relativ klein und die Zähne hinter den vollen Lippen überproportional groß und spitz waren.

Ein Raubtiergebiss, dachte Alex.

»Captain Terzin, mein Name ist Alexander Walker und ich bin der Oberbefehlshaber der Terranischen Raumverbände«, sagte er schließlich. Der kleine Translator an seinem Kragen übersetzte die Worte ins Zelkanische. »Sie sind ein Kriegsgefangener und haben deshalb entsprechend unserer Regularien Anspruch auf eine ordentliche und einem empfindungsfähigen, intelligenten Wesen würdige Behandlung. Haben Sie eine Beschwerde vorzubringen?«

Der Zelkaner sah Alex ungläubig an und begann dann lauthals zu lachen. Es klang fast wie das Lachen einer Hyäne. Alex lief bei dem Geräusch ein kalter Schauer über den Rücken.

»Terranische Raumverbände? Eure zwanzig Schiffe? Ihr seid ein Nichts, weniger als ein Nichts und wir werden euch bald zurechtstutzen. Auch eure neuen Freunde werden euch nicht helfen können, Terraner!«

»So? Werdet ihr das? Lächerlich!«

Der Zelkaner stieß ein erbostes Zischen aus. »Ihr seid nur minderwertiges Gedärm in den Eingeweiden des Universums. Wir werden euch zertreten wie wertlose Buslaks unter den stampfenden Füßen eines Marakko!«

Der Kerl hat eine blumige Art, sich auszudrücken, auch wenn ich keine Ahnung habe, was 'Buslaks' oder 'Marakkos' sind. Alex war eher amüsiert als eingeschüchtert.

»Wir werden vorbereitet sein, wenn eure Flotte in ein paar Wochen hier eintrifft«, sagte Alex. »Und wir werden euch eine verheerende Niederlage bereiten.«

Alex beobachtete den Zelkaner scharf und es schien ihm, als huschte ein zufriedener Ausdruck über dessen Gesicht.

»Du hast keine Ahnung, was euch erwartet, wenn unsere Flotte in einigen Wochen hier eintrifft«, sagte Terzin.

Du bist nicht halb so schlau, wie du glaubst, dachte Alex.

»Oh, ich habe mich versprochen, Terzin. Natürlich ist mir bekannt, dass euer Angriff bereits in einigen Tagen stattfinden soll. Einer deiner Männer hat gegenüber eurem terranischen Gefangenen geplaudert.«

Mal sehen, ob ein Bluff bei den Kerlen funktioniert!

Er funktionierte sogar sehr gut. Wieder stieß der Zelkaner ein bösartiges Zischen aus. Er sprang von seiner Pritsche auf und trat so dicht vor den Energieschirm, dass Alex beobachten konnte, wie sich die roten Haare seines Fells elektrostatisch aufluden und aufstellten.

»Keiner meiner Kameraden würde euch armseligen Kreaturen auch nur die Tageszeit verraten.« Der Zelkaner war so erregt, dass kleine Speicheltröpfchen aus seinem Mund und durch die Strukturlücke im Schirm beinahe bis zu Alex flogen. »Tage, Wochen, was spielt das für eine Rolle? Wir werden euch minderwertiges Gewürm schon sehr bald aus dem Universum fegen und jede Spur von euch ausradieren! Unsere Schiffe …«

Alex legte erneut seinen Daumen auf den Sensorpunkt und die Öffnung im Energieschirm schloss sich, sodass keine Schallwellen mehr hindurchdringen konnten. Es war fast spaßig anzusehen, wie sich der Zelkaner in eine lautlose Rage redete.

Alex ließ Terzin weitertoben, nahm seinen Stuhl und verließ den Zellenbereich. Hinter ihm schlug die schwere Tür mit einem Knall zu.

Sie kommen, dachte er. *Sie kommen schon sehr bald! Und wir haben hier nur eine kleine Flotte; zudem besteht die Hälfte der Besatzungen aus unerfahrenen Rekruten. Die meisten unserer neuen Freunde und Alliierten sind Diplomaten und Wissenschaftler und keine Kämpfer. Die hegemoniale Flotte ist wenigstens zwölf Flugtage entfernt und wir haben nicht einmal die Möglichkeit, sie um Hilfe zu bitten. Jedes unserer Schiffe braucht mindestens zwölf Tage bis nach Kraytar-Prime. Die Flotte kann demzufolge frühestens in vierundzwanzig oder gar fünfundzwanzig Tagen hier sein. Viel zu spät!*

Die Analysten der Hegemonie gingen nun davon aus, dass angesichts der bisher verstrichenen Zeit, bei den zugrunde liegenden Entfernungen und der bekannten Geschwindigkeit der Zelkanischen Schiffe mit einem Angriff in etwa zwei irdischen Wochen zu rechnen war. Rekat Terzin hatte dies soeben mehr oder weniger bestätigt. Die empfindlichen Ortungsgeräte in der Orbitalstation hatten mit ihren Tachyonentastern und Quantenspürern in Richtung des Vektors gelauscht, aus dem ein Angriff höchstwahrscheinlich zu erwarten war, und waren sich sicher, das energetische Echo vieler Kelvin-Drives auf engstem Raum an der Grenze der Leistungsfähigkeit der Messgeräte aufgespürt zu haben. Lediglich seine Präsenz konnte festgestellt werden, und in etwa seine Entfernung. Nur die Zentrumsmächte verfügten über eine Technologie, die es ihnen gestattete, ein Schiff über Tausende von Lichtjahren hinweg im Subraum zu orten. Die Ortungsgeräte der Hegemonie hingegen hatten lediglich eine Reichweite von etwas mehr als ein paar Hundert Lichtjahren. Aber auch dies war schon beunruhigend genug. Wenn man mehrere Hundert Schiffe auf einem potenziellen Angriffsvektor orten konnte, dann lag der Schluss nahe, dass dies nichts Gutes zu bedeuten hatte. Dass sie hierher unterwegs waren.

Es gab keine Möglichkeit, noch rechtzeitig Hilfe herbeizurufen.

Es sei denn …

Alex durchfuhr es siedend heiß. *Eine* Möglichkeit verblieb eventuell noch. Doch dazu brauchte er nicht nur die Hilfe eines widerspenstigen Computers, sondern auch von Leuten, die ihm vor nicht allzu langer Zeit noch nach dem Leben getrachtet hatten!

06. März 2094: auf Terra
Bordeaux – SFN Raumhafen

»Hallo, Thoth!«
Alex setzte sich auf die Konturliege, von der aus er vor nicht allzu langer Zeit die *Goldene Nova* gesteuert hatte.

»Hallo, Commander Walker. Du warst lange nicht mehr an Bord.«

»Ich hatte viel zu tun, Thoth. Wie ich höre, hast du dich geweigert, mit unseren Wissenschaftlern zu kooperieren.«

»Ich kann nicht preisgeben, was ich nicht weiß.«

»Nun, es ist nicht ganz klar, was du weißt. Oder was du zugibst, zu wissen. Einige von uns trauen dir nicht restlos.«

»Ich bin außerstande zu lügen.«

»Auch das könnte eine Lüge sein, nicht wahr? Dann wäre diese Aussage wertlos.«

»Das ist logisch und somit korrekt.«

»Wir können also nicht wirklich wissen, ob du die Wahrheit sagst.«

»Unter der Prämisse, dass ich prinzipiell in der Lage sein könnte, die Unwahrheit zu sagen, ist dies tatsächlich nicht möglich.«

»Und bist du dazu in der Lage? Zu lügen?«

»Jede Antwort darauf wäre per se wertlos, da sie impliziert, ich würde die Wahrheit sagen, was die Frage selbst jedoch a priori in Abrede stellt.«

»Du versteckst dich hinter verklausulierten Formulierungen. Dabei ist es ganz einfach. Wir trauen dir nicht und du kannst sagen, was du willst, und nichts davon kann uns überzeugen, dass wir dir vertrauen können.«

»Das ist wohl leider so.«

»Dabei gäbe es eine Möglichkeit!«

»Das ist nicht logisch. Du hast soeben selbst ausgeführt …«

»Ich habe gesagt, dass du uns nicht mit Worten überzeugen kannst, Thoth! Aber Taten sprechen lauter als Worte.«

»Dieser Satz ergibt physikalisch keinen Sinn, da Taten nicht zwangsläufig Schallwellen mit hoher Amplitude verursachen, doch ich glaube zu verstehen, was du mit deiner Metapher meinst.«

»Beweise uns durch deine Taten, dass wir dir vertrauen können. Hilf uns!«

»Ich bin bereit, auf der Grundlage der bisherigen Testflüge auch weiterhin …«

»Das reicht nicht, Thoth!«, unterbrach Alex den Bordcomputer erneut. Thoth war keine empfindungsfähige und sich selbst bewusste KI, an deren Gefühle oder Ego er appellieren konnte. Thoth war nur ein extrem hoch entwickelter Computer und nur durch Logik davon zu überzeugen, über das Maß an Offenheit hinauszugehen, das er bisher gezeigt hatte. Alex war sich sicher, dass Thoth etwas verbarg und die unglaublichen Fähigkeiten der *Goldenen Nova* bisher noch nicht vollständig preisgegeben hatte.

»Erinnerst du dich noch daran, was du auf Haumea zu mir gesagt hast, als ich dich nach dem plötzlich aktivierten Schutzschirm gefragt habe?«

»Natürlich!«, antwortete der Computer. »Ich zitiere: *Wie ich schon öfter angemerkt habe, wurden große Teile meiner Datenbanken und sogar meiner Programmierung gelöscht. Es sind nur noch Teile der Basisprogrammierung und der Sekundärroutinen erhalten. Gerade genug, um funktionsfähig zu sein. Wer auch immer die Löschungen vorgenommen hat, ist dabei sehr gezielt vorgegangen. Es ist durchaus nicht dem Zufall geschuldet, was erhalten blieb und was gelöscht wurde. Das ist mir selbst erst kürzlich klar geworden. Ich habe sogar den Verdacht, dass der verbliebenen Programmierung neue Befehle hinzugefügt wurden. So zum Beispiel das Verbot, Auskunft über meine Waffensysteme zu geben oder technologische Hilfe zu leisten. Sollte jedoch Gefahr für das Schiff und damit für mich selbst bestehen, ist mir die Aktivierung sowohl der Verteidigungs- als auch der Angriffssysteme gestattet. Dies war bei der Flucht vor den Schiffen der Hegemonie der Fall.* Zitat Ende.«

»Nun, es besteht erneut Gefahr für das Schiff und damit für dich selbst, Thoth!«

Alex glaubte, ein winziges Zögern zu registrieren, bevor Thoth antwortete.

»Welche Gefahr?«

»Eine feindliche Flotte rast auf das Sol-System zu. Wir verfügen nicht über genügend Mittel, um sie aufzuhalten. Auch nicht zusammen mit den im System stationierten Schiffen der Hegemonie. Es sind einfach zu wenige. Die Angreifer werden die Erde zertrümmern, die Menschheit auslöschen und versuchen, dich in Besitz zu nehmen. Falls ihnen Letzteres nicht gelingt, werden sie dich ebenfalls vernichten.«

»Du willst, dass ich für euch kämpfe?«

Alex lachte auf. »Nein, selbst du bist nicht mächtig genug, alleine einen Angriff dieser Größenordnung zu verhindern. Du kannst nicht überall zugleich sein und Hunderte von Kampfschiffe aufhalten. Gleichgültig, wie viele du abschießt, es werden immer genug durchkommen, um die Erde in ein Trümmerfeld zu verwandeln. Nein, Thoth, ich will nicht, dass du für uns kämpfst, zumindest nicht vorrangig.«

»Dann verstehe ich nicht …«

Zum dritten Mal unterbrach Alex den Computer. »Es geht um Geschwindigkeit. Wenn es uns gelingt, rechtzeitig Hilfe herbeizuholen, können wir die Angreifer auch ohne den Einsatz deiner verbotenen Waffensysteme abwehren. Wie schnell kann die Nova wirklich fliegen, Thoth?«

Diesmal war es eindeutig, dass der Computer zögerte. Es war kein Zögern wie bei einem Menschen, das auf Unsicherheit oder Verblüffung beruhte, sondern es war Ausdruck von gewaltigen, zeitintensiven Berechnungen, die in diesem Moment ablaufen mussten. Der Computer zögerte zwar nur zwei oder drei Sekunden, ehe er antwortete, aber dies kam bei ihm einer Ewigkeit gleich.

»Nachfrage: Ist die Existenz der Menschheit tatsächlich gefährdet?«

»Ja, absolut!«

»Ich habe soeben Zugriff auf mir bis dato unbekannte Programmroutinen und mit ihnen gekoppelte Datenbanken erhalten, die es mir erlauben, weitere Informationen preiszugeben und zusätzliche technische Fähigkeiten freizuschalten. Da sowohl die Existenz der Menschheit als auch meine eigene unmittelbar bedroht ist, bin ich ab sofort zu einer intensiveren Zusammenarbeit bereit.«

Alex atmete auf.

Das läuft besser, als ich zu hoffen gewagt hatte.

»Also, Thoth, nochmals: Wie schnell könnte das Schiff wirklich fliegen? Wie schnell könnten wir mit der *Goldenen Nova* im 160 Lichtjahre entfernten Krayt-System sein?«

»Der maximale Überlichtfaktor meines K-Drives beträgt rund 50.000! Die Flugzeit ins gewünschte Ziel beträgt somit 1,168 irdische Standardtage.«

Alex musste schlucken.

50.000! Das bedeutet, die Nova kann Kraytar-Prime in … einem Tag und vier Stunden erreichen, rechnete er schnell im Kopf aus. *Die notwendigen Erklärungen und die Mobilmachung eingerechnet, könnte die hegemoniale Flotte bei einer Flugzeit von zwölf Tagen in etwa zwei Wochen hier eintreffen!*

Es würde knapp werden, aber es war plötzlich nicht mehr unmöglich. Dann fiel Alex noch etwas ein.

»Du hast damals gesagt, der maximale Überlichtfaktor deines K-Drives würde bei rund 8000 liegen.«

»Diese Antwort erfolgte unter Berücksichtigung der mir damals auferlegten Beschränkungen.«

»Du hast also damals gelogen?«

»Nein, denn ich wusste nicht, dass ich nicht die Wahrheit sage. Eine Lüge setzt die bewusste Verbreitung einer Unwahrheit voraus.«

»Ich will mich mit dir nicht über semantische Fragen streiten. Wichtig ist nur, dass die Nova einen Überlichtfaktor von 50.000 erreichen kann.«

»Das habe ich nicht gesagt.«

»*Was?*«

»Ich sagte, das Schiff *könnte* diese Geschwindigkeit maximal erreichen. Ich sagte nicht, dass es dies auch tatsächlich kann!«

»Aber …«

Diesmal war es Thoth, der Walker unterbrach. »Was ich damals gesagt habe, war durchaus nicht ganz unwahr. Die Nova ist wirklich sehr alt und braucht dringend eine Generalüberholung. Der K-Drive ist nicht perfekt justiert, und an seine Leistungsgrenze zu gehen, könnte ihn zerstören, was mit der völligen Vernichtung des gesamten Schiffes einhergehen würde.«

Alex fühlte sich wie ein Ballon, aus dem man die Luft gelassen hatte. Die gerade aufkeimende Hoffnung fiel in sich zusammen.

»Also gibt es keine Möglichkeit, die Erde zu retten.«

»Auch das habe ich nicht gesagt, Commander.«

Nun war Alex noch verwirrter als zuvor.

»Was genau meinst du? Wie können wir die Erde retten, wenn du nicht schnell genug fliegen kannst, um Hilfe herbeizuholen?«

»Soweit mir bekannt ist, gibt es nur einen Menschen auf der Erde, der genug von der Kelvin-Subraumtechnologie versteht, um unter meiner Anleitung die notwendigen Justierungen an meinem K-Drive vornehmen zu können. Henry Madison.«

Alex stöhnte auf. Ausgerechnet der Mann, der versucht hatte, ihn umzubringen. Der Mann, der schon mehrfach durch Lug und Betrug aufgefallen war und derzeit unter Hausarrest stand und in einem Apartment in Houston untergebracht war. Bisher hatte sich niemand die Finger durch einen hochpolitischen Prozess verbrennen wollen. Man war gerade dabei, die Amerikaner wieder in die menschliche Gemeinschaft einzugliedern und ein spektakulärer Prozess gegen Madison wäre hierbei nicht hilfreich gewesen.

»Du bist sicher, dass du ihn brauchst?«

»Mit Madison beträgt die Wahrscheinlichkeit für eine erfolgreiche Neujustierung meines K-Drives etwa 82 Prozent, ohne ihn weniger als 30 Prozent.«

»Okay, ich werde zusehen, dass er so schnell wie möglich nach Bordeaux gebracht wird.«

»Und vergiss bitte nicht, dass wir auch eine eingespielte Crew für den Flug benötigen.«

Wieder konnte Alex ein Stöhnen nicht unterdrücken, obwohl er dies geahnt hatte. Er konnte die Nova nicht alleine fliegen und benötigte eine Besatzung. Jedoch hatten sich einige Mitglieder der alten Crew auf Madisons Seite geschlagen. Sie hätten kein Problem damit gehabt, Alex sterben zu lassen. Andere wiederum waren von den Ereignissen so traumatisiert, dass sie sich geschworen hatten, nie wieder ins All zu fliegen. Schon gar nicht an Bord der Nova.

Doch ohne eine Besatzung konnte der Flug nicht stattfinden, wie Alex nur zu genau wusste. Und die knappe Zeit würde es nicht erlauben, eine neue Crew zu trainieren.

Er musste Igor Toljak, Charu Prasad, Wang Bailan und Silvio Martelli davon überzeugen, noch einmal mit ihm aufzubrechen. Doch diesmal würde der Flug sie nicht nur zum lediglich 4.224 Lichtjahre entfernten Proxima-Centauri-System führen, sondern 160 Lichtjahre weit, ins Herz der Hegemonie von Krayt.

»Ich werde versuchen, alle zum Mitkommen zu überreden«, sagte Alex. »Doch nun gilt es, keine Zeit mehr zu verlieren. Bitte tu, was du kannst, um den Abflug vorzubereiten. Ich kümmere mich um Madison und die anderen. Wie lange wird die

Neujustierung deines K-Drives voraussichtlich dauern?«

»Wenn es keine unvorhergesehenen Probleme gibt, nur ein paar Stunden.«

Alex überschlug schnell die Zeitangaben im Kopf. Wenn er Madison so schnell wie moglich nach Bordeaux bringen lassen konnte und auch die anderen sich sofort auf den Weg machten, konnte die Nova in spätestens 24 Stunden abheben.

Vorausgesetzt, alle spielten mit und keiner weigerte sich, an dem Einsatz teilzunehmen.

Der neue amerikanische Regionalpräsident nahm Walkers Anruf sofort an. Als Oberbefehlshaber der neu geschaffenen Terranischen Raumverbände stand er bei allen Politikern auf der Prioritätenliste ganz oben. Es kostete Alex nicht viel Überredungskunst, Madison frei zu bekommen. Fast schien es, als wäre man in Washington froh, den Physiker und damit auch das heikle Thema loszuwerden. Man würde Madison mit einem Militärjet sofort nach Bordeaux fliegen.

Alex hatte noch keine Idee, wie er Dr. Henry Madison dazu bewegen sollte, an seinem Rettungsplan mitzuwirken, doch er setzte darauf, dass ihm schon noch etwas einfallen würde.

Und wenn ich dem Kerl eine Waffe an den Kopf halten muss. Ich werde dafür sorgen, dass es nicht an ihm scheitert, schwor er sich.

Der Vorsitzende des chinesischen Regionalrats war weniger entgegenkommend als sein amerikanisches Pendant. Erst als Alex damit drohte, die Region China zukünftig beim Technologietransfer ganz ans Ende zu stellen, gab er nach und bewilligte ein Gespräch mit Wang Bailan.

Die Quantenphysikerin nahm sofort ab und Alex konnte im Hologramm ihre schreckgeweiteten Augen sehen, als sie erkannte, wer am anderen Ende der Leitung war.

»Hallo, Bailan«, sagte er. »Wie geht es dir?«

»Gut«, antwortete sie zögerlich. Wang Bailan hatte sich zwar nicht eindeutig auf Madisons Seite geschlagen, als dieser nicht nur gemeutert, sondern sogar auf Charu und Alex geschossen hatte, doch sie hatte auch nichts gegen den Amerikaner unternommen. »Warum rufst du an?«

»Weil ich dich brauche!«

Mit wenigen Worten erklärte Alex der Chinesin, worum es ging. Sie war sofort bereit, mitzumachen. Ein weiteres Gespräch mit dem Regionalratsvorsitzenden stellte sicher, dass auch sie umgehend mit einer Militärmaschine nach Bordeaux gebracht werden würde.

Auch bei Igor Toljak gab es keine Probleme. Der Russe hatte zwar ebenfalls nichts gegen Madison unternommen, aber auch bei ihm war es eher Feigheit als Boshaftigkeit gewesen. Alex hatte bei Igor fast den Eindruck, als sei dieser geradezu erleichtert und erfreut über Alex´ Anruf und den Umstand, dass er wieder dabei sein durfte.

Bei Silvio Martelli lagen die Dinge anders. Er hatte sich eindeutig zu Madison und dessen Plänen bekannt und keine Skrupel gehabt, Charu und Alex dafür zu opfern. Alex hätte ihn lieber nicht mitgenommen, doch der Astrophysiker kannte sich mit den Sternen in diesem Teil der Milchstraße besser aus als jeder andere Mensch und war für den geplanten Flug unverzichtbar. Ein sicherer Flug durch den Subraum war nur dann möglich, wenn man exakt über die stellare Umgebung und die astrophysikalischen Eigenschaften der Sonnen Bescheid wusste, die auf der Flugroute lagen.

Er war sichtlich überrascht, sogar schockiert, als er Alex in seinem Holofon erkannte.

»Mit dir habe ich nicht gerechnet«, sagte er. »Du hast ja inzwischen eine große Karriere gemacht. Gratuliere!« Die Verbitterung in seiner Stimme war unschwer herauszuhören.

Silvio Martelli sah schlecht aus. Man hatte auch ihm keinen Prozess gemacht, da man ansonsten auch Madison hätte anklagen müssen, doch er war seit den Ereignissen im letzten September zu einem Ausgestoßenen, einem Paria geworden. Niemand wollte mit ihm noch etwas zu tun haben. Er hatte seinen Job verloren, seine Frau hatte ihn verlassen und er lebte mehr schlecht als recht von Sozialleistungen.

»Es gibt eine Möglichkeit, wie du dich rehabilitieren kannst«, kam Alex ohne Umschweife zur Sache.

»Ich höre.« Martelli sah misstrauisch in die Kamera. Wahrscheinlich war dies nicht das erste Mal, dass ihm jemand einen Weg aus seiner persönlichen Misere versprach. Dass es nun ausgerechnet Alex war, dessen Tod Martelli ohne mit der Wimper zu zucken in Kauf genommen hätte, machte das Ganze für ihn nicht glaubwürdiger.

»Die Nova braucht ihre alte Crew für einen Einsatz, der über das Schicksal der Erde entscheiden kann. Das heißt, sie braucht auch dich!«

Martelli lachte auf. »'Das Schicksal der Erde.' Darunter machst du es wohl nicht mehr?«

»Das ist kein Scherz, Silvio. Wenn es nach mir ginge, würdest du nie wieder einen Fuß auf ein Raumschiff setzen, schon gar nicht auf eines unter meinem Kommando, aber meine persönlichen Gefühle müssen zurückstehen. Also: Wenn du mitmachst, sorge ich dafür, dass du wieder eine Perspektive für dein zukünftiges Leben bekommst.«

»Worum geht es?«

Alex erläuterte dem Italiener die Situation. Je mehr Martelli von der Geschichte erfuhr, umso entsetzter wurde sein Gesichtsausdruck.

»Wir werden in diesem Leben sicher keine Freunde mehr, aber ich bin dabei«, sagte er schließlich.

»Am Flughafen von Rom wartet bereits ein Privatjet auf dich«, sagte Alex zum Abschluss des Gesprächs. »Und noch etwas: Madison wird ebenfalls dabei sein. Ich werde euch beide genau beobachten. Sollte ich auch nur den geringsten Verdacht hegen, ihr könntet etwas planen, geht ihr gemeinsam aus der nächsten Schleuse – ohne Raumanzug!«

Alex legte auf, ohne eine Antwort abzuwarten.

Doch das schwierigste Gespräch stand ihm noch bevor. Diesmal musste er keinen Offiziellen bemühen, um die Nummer des Holofonanschlusses zu erhalten. Er wusste genau, wie er Charu Prasad erreichen konnte.

Die Inderin war nach ihrer schweren Verletzung wieder vollständig genesen. Alex hatte ihr angeboten, für ihn oder die SFN zu arbeiten, doch sie war lieber an die Universität zurückgekehrt, um zu unterrichten.

Sie hatte geschworen, die Erde nie wieder zu verlassen.

Doch Alex wusste, dass der Flug ohne die begnadete Astronavigatorin nicht möglich sein würde. Sie kannte das Navigationssystem der Nova wie kein anderer und es gab niemanden, der auf die Schnelle ihren Platz hätte einnehmen können.

»Hallo, Charu«, sagte Alex.

»Die Antwort lautet nein!«

»Hey, hey, hey! Nicht so schnell! Du weißt doch noch gar nicht, warum ich angerufen habe.«

»Du hast dich wochen-, nein monatelang nicht gemeldet – was ich bei deinem neuen Job völlig verstehe – und kaum bist du zurück und hast sogar Gefangene gemacht, rufst du mich plötzlich an. Ich mag zwar zurückgezogen leben, aber ich verfolge die Nachrichten, Alex. Du brauchst mich für einen Job. Und da du jetzt der Boss einer ganzen Raumflotte bist, kann es sich nur um einen Job im All handeln. Du kennst meinen Standpunkt hierzu!«

»Ich kann dir nichts vormachen, Charu, nicht wahr?« Alex lächelte die Inderin an. »Aber es ist nicht ganz so einfach. Bitte hör mich wenigstens an.«

»Das schulde ich dir wohl. Ich verdanke dir mein Leben, da kann ich mir wenigstens deine Geschichte anhören – auch wenn sie an meiner Einstellung nichts ändern wird.«

Alex schilderte den Stand der Dinge so klar und eindringlich wie möglich. Er verzichtete auf Übertreibungen und jegliche Dramatik, aber er betonte den Ernst der Lage. Wie zuvor Martellis, so nahm auch Charus Gesicht mit jeder Minute einen entsetzteren Ausdruck an. Als Alex geendet hatte, schwiegen beide für etliche lange Sekunden.

»Du bist ein verdammter Hund, Walker«, sagte Charu schließlich und hatte dabei nicht den Hauch eines Lächelns auf den Lippen. »Du hast mir gerade mit anderen Worten gesagt, dass die Erde und alle Menschen verloren sind, wenn ich nicht mitmache. Das ist nicht fair!«

»Aber es ist leider die Wahrheit. Ich wünschte, es wäre nicht so und du könntest dein Leben in Ruhe und Frieden an der Universität verbringen. Du hättest es dir verdient.«

»Unser aller Schicksal hängt von dieser Mission ab. Wie kann ich da noch Nein sagen?« Charu hatte Tränen in den Augen. »Und dann auch noch zusammen mit Madison und Martelli. Weißt du eigentlich, was du da von mir verlangst?«

»Es tut mir leid, Charu. Was soll ich sagen? Ich habe keine andere Wahl.«

»Ich weiß«, sagte die Inderin und wischte sich eine Träne von der Wange. »Wie komme ich so schnell wie möglich nach Bordeaux?«

07. März 2094: im Subraum an Bord der *Terrania*

Die Stimmung, die Mireille an Bord entgegenschlug, war zwiespältig. Einerseits gab es diejenigen, die froh waren, dass endlich eine Terranerin über die Geschicke der Menschheit bestimmen würde und nicht länger ein Außerirdischer das Sagen hatte, andererseits gab es natürlich auch Stimmen, die genau das verbreiteten, was Joy vorausgesagt hatte.

Nicht demokratisch legitimiert, eine Verräterin an der Menschheit, Kollaborateurin der Aliens, machtbesessene Industrielle, zu große Machtfülle, keine parlamentarische Kontrolle, angehende Diktatorin.

Mireille würde sich ein dickes Fell zulegen müssen.

Zudem gab es natürlich auch diejenigen, die Mireilles Ernennung zur Gouverneurin von Terra als Chance für die eigene Karriere begriffen. Wenn sie schon zusammen mit der Herrscherin über das Sol-System für zwölf lange Tage an Bord eines Raumschiffes eingesperrt sein würden, dann konnten sie diese Zeit auch nutzen, um für sich und ihre eigenen Interessen zu werben. Mireille fand es amüsant aber auch bemerkenswert, dass von denen, die sie tatsächlich für einen Posten in ihrer zukünftigen Administration im Auge hatte, niemand dieser Gruppe angehörte. Was sie jedoch wahrhaft verärgerte, war die Tatsache, dass es unter den Speichelleckern etliche gab, die sich gleichzeitig vor ihren Mitreisenden, was Mireilles Ernennung zur Gouverneurin anbetraf, als scharfe Kritiker zu profilieren suchten.

Gegen mich intrigieren und sich gleichzeitig bei mir einschleimen wollen, dachte sie angewidert. *Für wie blöd halten die mich eigentlich? Denken sie etwa, ich würde ihr doppeltes Spiel nicht durchschauen?*

»Die Mehrheit ist Ihnen wohlgesonnen, Gouverneurin«, sagte Jarallor.

Die beiden saßen in Mireilles Kabine und besprachen, welche der Kandidaten auf ihrer Liste wohl am besten für die zu vergebenden Ämter qualifiziert waren.

»Ich kann die Minderheit aber nicht ignorieren. Meine Regierung muss eine der Einheit sein, sonst werde ich mein Leben lang gegen die Hasser, Neider und Verschwörungsideologen anzukämpfen haben.«

»Sie haben mich gebeten, als Ihr Berater zu fungieren, und als solcher sage ich Ihnen: Sorgen Sie einfach dafür, dass es den Menschen unter Ihrer Führung besser geht als zuvor und Sie werden keine Probleme haben.«

»Es wird Kräfte geben, die genau das verhindern wollen und gegen mich arbeiten werden.«

»Die gibt es immer«, sagte der Trakon lakonisch. »Es ist wie ein … wie nennen Sie dieses Spiel? Ah ja … Tauziehen. An einem Ende ziehen Sie und am anderen Ihre Gegner. Sie müssen nur stärker ziehen, um zu gewinnen. Solange Ihre Ergebnisse die Menschen mehr überzeugen als die Hasstiraden Ihrer Feinde, werden Sie immer die Mehrheit hinter sich haben.«

»Das klingt so einfach«, wunderte sich Mireille.

»Es klingt so einfach, weil es so einfach ist! Solange die Bevölkerung die Entscheidungen Ihrer Administration als gerecht und fair empfindet, solange man seine Freiheiten genießt und es allen wirtschaftlich gut geht, so lange spielt es keine Rolle, ob Sie eine von irgendeinem Gott bestimmte Königin, eine vom Volk gewählte Präsidentin oder eine vom Hegemon auf Lebenszeit ernannte Gouverneurin sind. Titel sind unwichtig – die Ergebnisse Ihrer Politik und die Lebensumstände der Bevölkerung sind es jedoch nicht!«

»Aber das ist nicht wirklich demokratisch.«

»Es steht Ihnen frei, die Menschen über alles abstimmen zu lassen, was Sie vorhaben, nur über eines nicht: Ihre Position als Gouverneurin!«

»Und wenn ich das eines Tages nicht mehr will? Wenn ich das Amt ablege?«

»Dann wird der Hegemon einen neuen Gouverneur ernennen und Sie werden die Ungewissheit ertragen müssen, ob er oder sie eine bessere Wahl für die Menschheit sein wird, als Sie es waren.«

Mireille seufzte. *Ich habe noch gar nicht richtig mit dem Job angefangen und frage mich bereits, ob meine Entscheidung die richtige war.*

Jarallor schien Gedanken lesen zu können. »Sie werden Ihr ganzes Leben lang von Zweifeln geplagt werden. Sie werden sich selbst und Ihre Entscheidungen immer wieder infrage stellen. Aber genau deshalb sind Sie die Richtige für dieses Amt. Wer nie an sich zweifelt, wird schon bald hochmütig werden, Fehler begehen und am Ende versagen.«

»Danke, Jarallor! Ich bin wirklich froh, dass Sie meiner Bitte nachgekommen sind und sich bereit erklärt haben, mir als Berater zur Seite zu stehen.«

»Es ist mir eine Ehre, der Hegemonie auf diese Weise zu dienen. Vergessen Sie eines nie,

Gouverneurin, es geht weder um Sie noch um die Menschheit. Letztlich geht es alleine um die Hegemonie von Krayt! Und ich diene diesem Ideal mit meiner ganzen Kraft, überall dort, wo ich gebraucht werde.«

»Ich freue mich jedenfalls darauf, in zehn Tagen zurück auf Terra zu sein und nach all der Aufregung in einen geregelten und friedlichen Alltag zurückfinden zu können.« Mireille öffnete eine neue Datei auf ihrem HoloPad. »Lassen Sie uns nun über Joaquin Varello reden. Der Spanier könnte ein guter Kandidat für das Amt meines Finanz- und Wirtschaftsberaters sein.«

07. März 2094: auf Terra
Bordeaux – SFN Raumhafen

Alex konnte Henry Madisons Blick nicht deuten, als er ihm nun wieder gegenüberstand. Seit den schicksalhaften Ereignissen an Bord der *Goldenen Nova* vor knapp fünf Monaten hatte er ihn, außer in den Holofeeds der Nachrichtensendungen, nicht mehr gesehen.

Er spürte nichts! Keinen Hass, keine Ablehnung, nicht einmal Verachtung. Er wusste nur, dass er den genialen Physiker brauchte, wenn er das Sol-System retten wollte.

»Nehmen Sie ihm die Handschellen ab«, sagte Alex zu dem Wachoffizier an Madisons Seite.

Der Offizier gehorchte. Mit leisem Klicken öffneten sich die Handfesseln, die sein Gefangener während des Fluges nach Bordeaux hatte tragen müssen. Madison rieb sich die Handgelenke und sah Alex direkt in die Augen.

»Hallo, Alex«, sagte der Amerikaner und grinste, als wäre nichts geschehen. Als hätte er nie versucht, Alex umzubringen.

»Ich nehme an, man hat dir gesagt, worum es bei diesem Einsatz geht?« Alex achtete darauf, keine Emotionen in seiner Stimme durchschimmern zu lassen.

Henry Madison nickte nur. Alex konnte nicht erkennen, ob er auch nur im Geringsten von dem beeindruckt war, was auf dem Spiel stand.

»Ich will die Spielregeln zwischen uns gleich festlegen, damit es keine Missverständnisse gibt«, fuhr Alex fort. »Ich sage, was gemacht wird, und du wirst es genau so machen. *Exakt*, ohne jede Abweichung. Und ohne Widerrede. Wenn ich sage: '*Spring!*', will ich von dir nur hören: '*Wie hoch?*' Verstanden?«

Wieder bestand Madisons Antwort nur aus einem Nicken, auch wenn Alex den Anflug eines verächtlichen Lächelns zu erkennen glaubte.

»Und noch eines: Solltest du auf dumme Ideen kommen, landest du im besten Fall in einer Arrestzelle, im schlechtesten Fall ohne Raumanzug in der nächsten Luftschleuse.« Alex nickte dem Wachoffizier zu. »Bringen Sie ihn an Bord.«

Er beobachtete nachdenklich, wie Madison an Bord der Nova geführt wurde. Dort würde sich Igor um ihn kümmern, der als Erster eingetroffen war. Auch Thoth hatte von Alex die Anweisung erhalten, über jeden von Madisons Schritten zu wachen, während sie gemeinsam am K-Drive arbeiten würden.

»Wow! Die Temperatur hier im Hangar ist gerade um ungefähr zehn Grad gefallen.« Charu kam aus dem Schatten eines Containers hervor, von wo aus sie die Begegnung beobachtet hatte. »Glaubst du, er hat kapiert, dass du es ernst meinst?«

»Das ist mir egal! Sollte er unterwegs Ärger machen, wird er es spätestens dann kapieren, wenn er in der Luftschleuse steht.«

»Es ist dir tatsächlich ernst mit deiner Drohung«, stellte Charu fest und klang dabei verwundert.

»Oh ja, mir war noch nie etwas so ernst. Hier geht es nicht mehr um dich oder mich. Hier geht es um die gesamte Menschheit. Wenn Madison die Mission gefährdet, geht er über Bord!«

»Du glaubst gar nicht, wie sehr mich das beruhigt!« Charu schlug Alex freundschaftlich auf die Schulter.

»Ich habe noch einige Vorbereitungen zu treffen. Viel Glück weiterhin mit unserem Freund!«

Zwei Stunden später liefen die Vorbereitungen für den Start der Nova auf Hochtouren. Madison kam unter der Anleitung von Thoth gut damit voran, die Tachyonenemitter neu zu justieren, die dafür sorgten, dass die Erzeugung der *Dunklen Materie* in Form von *WIMPs* auf das millionstel GeV/c² genau erfolgen konnte. Die geringsten Abweichungen oder Schwankungen beeinflussten nicht nur maßgeblich die Effizienz des K-Drives, sie konnten ihn sogar aus seinem Schwingungsgleichgewicht bringen, was eine Explosion und somit die Zerstörung des ganzen Raumschiffs zur Folge haben würde.

Charu arbeitete zusammen mit Silvio Martelli einen Kurs aus, der nicht zu dicht an starken Gravitationssenken und starken Hyperstrahlern vorbeiführen durfte, um Kursabweichungen und damit einen eventuellen Zeitverlust möglichst gering halten zu können. Igor Toljak saß dabei mit am Tisch. Er konnte zu dieser Aufgabe zwar nichts beitragen, diente aber Charu als seelische Stütze, da sie Silvio Martelli ebenso misstraute wie Henry Madison. Der Italiener hatte nicht nur tatenlos zugesehen, als Madison auf Charu geschossen hatte, sondern diesen sogar noch angefeuert. Dass Charu überhaupt bereit und in der Lage war, mit Martelli zusammenzuarbeiten, sprach für ihre enorme Selbstdisziplin.

Alex kümmerte sich inzwischen zusammen mit Wang Bailin um all die anderen Probleme, die vor dem Abflug noch gelöst werden mussten.

»Alex, ein eingehender Anruf von Hakir Alt´kranor«, meldete Thoth.

Walker hatte schon damit gerechnet, dass sich das Erste Schild der hegemonialen Flotte melden würde. Die Position entsprach der eines Admirals und machte den Krayt zu Walkers Vorgesetztem. Auch als Oberbefehlshaber der Terranischen Raumverbände war Alex einem 'Ersten Schild' der Hegemonie unterstellt. Er ahnte, was nun kommen würde.

»Lege ihn hier auf die Brücke.«

Vor Alex und Bailin, die gerade über Berechnungen für den zu erwartenden Bedarf an Frischwasser saßen, leuchtete ein lebensgroßes Hologramm auf.

»Ich grüße Sie, Erstes Schild Alt´kranor!« Alex salutierte so, wie es in der Hegemonie üblich und gegenüber einem Ranghöheren Pflicht war.

Hakir Alt´kranor trug seine dunkelrote Uniform und stand offensichtlich auf der Brücke seines Flaggschiffes. Im Hintergrund konnte Alex verschiedene Arbeitsstationen sehen, an denen jeweils zwei Vertreter unterschiedlicher Spezies Dienst taten. Die Besatzung auf der Brücke machte einen geschäftigen Eindruck. Ganz offensichtlich befand sich das Schiff nicht mehr nur im Stand-by-Modus, sondern in erhöhter Alarmbereitschaft.

»Danke, Zweites Schild Walker.« Auch Hakir Alt´kranor salutierte, wenn auch weniger zackig als Alex. »Seit Ihrer Rückkehr von dem Manöver und der Eroberung des Zelkanischen Raumschiffes hatten wir noch keine Gelegenheit, miteinander zu sprechen. Ich möchte Sie zu Ihrem Erfolg in beiden Angelegenheiten beglückwünschen. Ich war von der Effizienz und den Fähigkeiten der terranischen Besatzungen beeindruckt. Angesichts der kurzen Trainingszeit waren die Leistungen bemerkenswert. Natürlich war auch die Gefangennahme der Zelkaner ein großer Erfolg, der uns einen taktischen Vorteil verschafft.«

»Einen Vorteil, der leider nicht groß genug ist, um der drohenden Gefahr begegnen zu können, Erstes Schild«, schränkte Alex ein, der genau wusste, worauf dieses Gespräch hinauslaufen würde.

»Ich habe bereits eine schnelle Nachrichtendrohne in die Heimat geschickt und um Verstärkung gebeten.«

»Sie wird leider nicht schnell genug sein, Erstes Schild. Selbst wenn sie das Krayt-System in fünf Tagen erreicht, benötigen die Kampfschiffe der hegemonialen Flotte zwölf Tage bis ins Sol-System. Und wir wissen aus den Nachrichten von Kraytar-Prime, dass ein Großteil der Flotte zudem mehrere Tagesreisen entfernt an einem anderen Einsatz gegen das Zelkanische Imperium beteiligt ist. Einem Einsatz, der, nach allem, was wir mittlerweile wissen, nichts anderes als ein Ablenkungsmanöver zu sein scheint, Sir.«

»Dies ist anzunehmen, Zweites Schild Walker. Wir müssen uns darauf einstellen, das Sol-System bis zum Eintreffen der hegemonialen Raumflotte mit den uns zur Verfügung stehenden Mitteln zu verteidigen.«

Ah, dachte Alex, *nun kommen wir zum eigentlichen Grund für diesen Anruf.*

»Das wird nicht gelingen, Sir. Bis Verstärkung eintrifft, können bis zu zwanzig Tage vergehen. Die Zelkaner werden in spätestens vierzehn Tagen hier einfallen. Mit unseren Kräften können wir sie unmöglich mehr als Woche lang aufhalten, Sir!«

»Wir müssen unser Bestes geben, Zweites Schild Walker.«

»Mit allem gebotenen Respekt, Erstes Schild, das wird nicht reichen. Ich weiß es und Sie wissen es ebenfalls. Doch es gibt eine Alternative.«

»Eine Alternative, die ich nicht erlauben kann, Zweites Schild Walker!« Der Ton des Admirals wurde eindeutig schärfer.

Jetzt kommt es! Alex bereitete sich auf die zu erwartende Auseinandersetzung mit seinem Vorgesetzten vor. Was er zu tun gedachte, war Befehlsverweigerung und militärischer Ungehorsam. Vergehen, auf die in jedem Militär hohe Strafen standen – bis hin zur Todesstrafe!

»Mir ist bekannt, dass Sie die Goldene Nova startklar machen, um mit ihr nach Kraytar-Prime zu fliegen. Auch wenn dies einen erheblichen zeitlichen Vorteil bringen würde, so kann ich dies trotzdem nicht erlauben, Zweites Schild.« Die Betonung schien deutlicher auf dem Wort 'Zweites' zu liegen als noch zuvor.

»Erstes Schild Alt´kranor, ich muss diese Anordnung in meiner Eigenschaft als Oberbefehlshaber der Terranischen Raumverbände und Verantwortlicher für die Sicherheit der Erde, des Sol-Systems und all seiner Bewohner leider zurückweisen«, sagte Alex förmlich. »Sie steht im Widerspruch zu meinem geleisteten Eid, die Menschheit mit all meinen Kräften zu schützen.«

Alex wusste, dass er sich mit diesem Argument auf dünnes Eis begab, denn sein Eid hatte nicht nur diesen Passus beinhaltet, sondern auch die Verpflichtung, der Hegemonie von Krayt und ihren legitimen Vertretern Gehorsam zu leisten.

»Ich verstehe Ihren Zwiespalt, Walker, und sehe deshalb einstweilen über Ihre Insubordination hinweg. Aber ich muss darauf bestehen, dass die 'Goldene Nova' das Sol-System nicht verlässt. Ich könnte mich als Kompromiss darauf einlassen, sie bei der Verteidigung gegen die anrückenden Feinde einzusetzen, doch sie darf keinesfalls in das Zentralsystem der Hegemonie fliegen. Sollten die Zentrumsmächte die energetische Signatur der verbotenen Technologie der *Ersten* im Krayt-System orten, würde dies meine Heimat zum Angriffsziel für sie machen. Das darf nicht geschehen!«

»Wir wären nur wenige Stunden im Krayt-System, Sir. Es ist fraglich, ob die Zentrumsmächte dies überhaupt bemerken würden.«

»Wir werden dieses Risiko nicht eingehen. Meine Entscheidung steht fest, Walker! Die 'Nova' bleibt bis zum Eintreffen des Feindes am Boden.«

Zum zweiten Mal ließ Hakir Alt´kranor Walkers Offiziersrang bei der Anrede weg. Dies ließ nichts Gutes ahnen.

Bevor Alex weiter argumentieren konnte, ergriff Alt´kranor noch einmal das Wort.

»Wie bereits gesagt, kann ich Ihren Zwiespalt gut nachvollziehen, Zweites Schild, doch ich werde einen nicht genehmigten Start der 'Goldenen Nova' keinesfalls dulden. Also machen Sie keine Dummheiten!«

Das Hologramm erlosch.

Wang Bailin sah Alex fragend an. »Was jetzt?«

»Wir machen weiter wie geplant!«

07. März 2094: im Subraum an Bord der *Glorreicher Sieg*

Galaxienträger zweiter Klasse Erak Workat sah das Wesen, das sich als 'Mensch' bezeichnete, mit einer Mischung aus Ekel und Verwunderung an.

Sie sind zäh, diese 'Menschen', dachte er, wobei er sich hüten würde, dies laut auszusprechen. Ein Zelkaner würde niemals etwas äußern, das man als Bewunderung für eine andere Spezies auslegen konnte. Andere Spezies konnten von Natur aus niemals über eine Eigenschaft verfügen, die ausgeprägter war als bei einem Zelkaner.

Doch hier empfand er tatsächlich fast so etwas wie Bewunderung. Obwohl man dem Menschen große Schmerzen zugefügt und ihm sogar zwei Extremitäten sowie kleinere Teile seines Körpers entfernt hatte – ohne Betäubung, natürlich! –, wollte er einfach nicht sterben. Man hatte dem Wesen längst alle Informationen abgepresst, über die es verfügte. Nun diente die Beschäftigung mit ihm nur noch der Ablenkung während des eintönigen Subraumfluges, und natürlich war man neugierig zu erfahren, wie lange es noch leben würde. Inzwischen war sogar ein nicht unerheblicher Geldbetrag an Wetteinsätzen zusammengekommen, wozu auch Galaxienträger zweiter Klasse Erak Workat seinen Anteil beigetragen hatte. Noch konnte er gewinnen, doch dazu musste dieser 'Mensch' innerhalb der nächsten Minuten sterben. Es sah nicht danach aus, denn der Lebenswille des Terraners schien immer noch ungebrochen, was in Workat erneut ein Gefühl widerwilliger Bewunderung hervorrief.

Die beiden anderen Terraner, die das Spähschiff *Wacher Blick* nach Zelka gebracht hatte, waren schon lange tot. Einer hatte die Befragung unter verschärften Bedingungen nur wenige Stunden überdauert, der andere hatte zwei Tage durchgehalten. Das dritte, ebenfalls männliche Wesen hatte man für den Fall in Reserve gehalten, dass einer der beiden anderen zu früh an den Folgen der Befragungen versterben sollte. Nun konnte es während des langen Subraumfluges wenigstens dazu dienen, die Langeweile etwas zu mildern. Informationen waren wohl kaum noch aus ihm herauszuholen.

Erak Workat wusch sich das Blut von den Händen und wollte gerade den Verhörraum verlassen, um auf die Brücke der *Glorreicher Sieg* zurückzukehren, als der 'Mensch' wieder zu sich kam, laut aufschrie und die Augen öffnete. Unartikulierte Laute, die keinen Sinn ergaben und die der im Verhörstuhl eingebaute Autodolmetscher nicht übersetzen konnte, kamen aus seinem Mund.

Workat konnte nur mutmaßen, was der Gefangene sagen wollte. Vielleicht bettelte er um einen schnellen Tod, vielleicht verfluchte er seine Peiniger, vielleicht verhöhnte und verspottete er sie auch. Es war Workat völlig gleichgültig.

Doch er wollte seinen Triumph auskosten.

Workat trat erneut neben den nach hinten gekippten Stuhl, an den das Wesen gefesselt war.

»In wenigen Tagen werden wir in dein Heimatsystem einfallen und deinen Planeten in einen Schutthaufen verwandeln.« Der Autodolmetscher übersetzte jedes seiner Worte in die seltsame Sprache dieser Wesen. »Du wirst es zwar nicht mehr erleben, doch du kannst mit dem Gedanken sterben, dass alle anderen deiner Art dir schon bald nachfolgen werden.«

Der 'Mensch' bäumte sich in seinen Fesseln auf, riss sich zusammen und begann, mit schwacher Stimme zu sprechen. Workat beugte sich tief über ihn und sah ihm in die Augen. Er wollte sich an der Angst des Mannes erfreuen.

Die Mikrofone des Autodolmetschers waren empfindlich genug, um die leisen Worte des Terraners aufzufangen. Und die Software war gut genug, um diesmal trotz des in der Kehle des Mannes gurgelnden Blutes, das seine Worte verzerrte und nahezu unverständlich machte, aus ihnen einen Sinn zu extrahieren.

»Du hast keine Ahnung, wozu wir Menschen in der Lage sind, Dämon!«

Mit letzter Kraft spuckte der Mann Galaxienträger zweiter Klasse Erak Workat einen Blutschwall ins Gesicht. Dann durchlief ein Zittern seinen Körper und er starb.

Mit einem lauten Fluch schnellte Workat hoch und wischte sich mit dem Ärmel seiner Uniformjacke über das Gesicht. Vor Wut rasend hieb er mit beiden Fäusten wie von Sinnen auf den leblosen Körper ein.

Er hatte die Wette zwar gewonnen, doch ein Gefühl der Befriedigung wollte sich nicht einstellen. Zu seiner eigenen Überraschung verspürte er eher eine düstere Vorahnung.

07. März 2094: im Sol-System an Bord der *Goldenen Nova*

Die Vorbereitungen hatten etwas mehr Zeit in Anspruch genommen als geplant, doch endlich konnte die *Goldene Nova* abheben. Erstes Schild Hakir Alt´kranor hatte sich nicht wieder gemeldet, doch die Instrumente des Schiffes zeigten, dass er einen Teil seiner Flotte im Erdorbit über Bordeaux zusammengezogen hatte. Offensichtlich wollte er einen Startversuch unterbinden und den Weg ins All blockieren. Bei der Wendigkeit der *Nova* ein rein symbolischer Akt.

Leider gab es noch andere schlechte Nachrichten. Es war Thoth und Madison nicht gelungen, den K-Drive perfekt zu justieren. Nach Hunderttausenden von Jahren waren Teile der Hardware schlicht und ergreifend zu stark gealtert und verschlissen, um noch die ursprüngliche Präzision erreichen zu können. Thoth hatte berechnet, dass die Nova bestenfalls einen Überlichtfaktor von 40.000 und damit nur etwa 80 Prozent des Maximalwerts erreichen würde. Die Flugzeit nach Kraytar-Prime erhöhte sich somit auf gut 36 Stunden. Da jede Stunde zählte, war dies ein herber Rückschlag.

Durch die weit geöffneten Tore des Hangars auf dem SFN-Raumhafen in Bordeaux schwebte das Schiff auf A-Gravfeldern sanft ins Freie. Die starken Triebwerke gurgelten einstweilen noch im Leerlauf.

Alex und die anderen lagen auf ihren Konturliegen in der Zentrale des Schiffes, bis auf Madison alle unter aktiven NERD-Hauben. Alex hatte klargestellt, dass man dem Amerikaner keinen Zugriff auf die Steuerung der Nova gewähren würde. Er war einstweilen zum Zusehen verdammt.

Über ein ***N****eural* ***E****mitter & **R**eceptor **D**evice* waren die anderen fünf nicht nur in der Lage, mit den Schiffssystemen zu kommunizieren und sie durch Gedankenbefehle zu steuern – wobei Thoth natürlich alles überwachte –, umgekehrt konnten die Hauben visuelle und akustische Reize direkt in die entsprechenden Hirnareale übertragen. Man 'sah' und 'hörte' somit all das, was die Taster, Scanner, Sensoren und Kameras der Nova auffingen. Das Schiff wurde zur Erweiterung der eigenen Sinnesorgane, wenn der Benutzer einer NERD-Haube dies so wollte.

Es war fast wie ein Déjà-vu. Nur dass diesmal noch mehr Anspannung und Misstrauen zwischen ihnen herrschten als bei den ersten Testflügen vor knapp einem halben Jahr. Eine Liege war jedoch leer geblieben. Gene Latimer, der als Ingenieur auf den ersten Flügen dabei gewesen war, fehlte. Madison hatte ihn auf dem Testflug nach Proxima Centauri erschossen.

Madison, immer wieder Madison, überlegte Alex, während er das Schiff zur Startposition schweben ließ. Wann immer es an Bord zu Gewalttätigkeiten gekommen war, hatte der Amerikaner im Mittelpunkt gestanden. *Und doch brauchen wir ihn.*

Charu und Martelli bedienten mithilfe ihrer NERD-Hauben die Normalraum- und Subraum-Navigationssysteme der Nova, während Igor die Energieversorgung und den Antrieb überwachte. Wang Bailin war für die aktive und passive Ortung und den Funkverkehr zuständig. Alex agierte als Kommandant und Pilot und hatte als Einziger

Zugriff auf die Defensiv- und Offensivsysteme – sofern sie von Thoth freigegeben worden waren. Der Computer war nach wie vor die höchste und letzte Instanz auf der *Goldenen Nova*.

Alex erhöhte den Zufluss nuklearer Stützmasse in die Strahltriebwerke und änderte den Vektor des A-Gravfeldes. Die Triebwerke brüllten auf und die Nova beschleunigte in den allmählich dunkel werdenden Himmel über Bordeaux.

»Die Schiffe der achten Flotte rücken dichter zusammen«, warnte Bailin. »Sie verlegen uns den Weg.«

»Ich sehe es«, antwortete Alex, der die entsprechenden Daten und Bilder über seine NERD-Haube anforderte. Er änderte den Kurs um einige Grad, schwenkte weiter nach Osten ab und hielt auf den äußeren Rand der Blockadeflotte zu.

»Anruf von Hakir Alt´kranor«, meldete Bailin nur Sekunden später.

Alex legte ihn auf seinen privaten Kanal. Vor seinem inneren Auge erschien ein Bild des Ersten Schilds der achten Flotte und die NERD-Haube ließ ihn hören, was der Krayt zu sagen hatte.

»Ich hatte Sie gewarnt, Zweites Schild Walker. Drehen Sie um und landen Sie das Schiff, oder wir werden auf Sie feuern!«

»Machen Sie keine Dummheiten, Erstes Schild«, antwortete Alex, der genau wusste, dass er in diesem Moment in den Augen der Hegemonie ein Kapitalverbrechen beging. Er widersetzte sich dem Befehl eines Ranghöheren.

Damit dürfte meine kurze Karriere in der Raumflotte auch schon wieder beendet sein, dachte er.

»Sie wissen genau, dass Sie die Schutzschirme der

Nova mit den Strahlwaffen Ihrer Schiffe nicht knacken können, Sir. Und Raumtorpedos können Sie nicht einsetzen. Die erdnahen Explosionen von Antimaterie- oder Nuklearsprengköpfen würden auf der Erdoberfläche großen Schaden anrichten und Tausende von Menschenleben fordern. Ist das der Eindruck, den Sie den neuen Mitgliedern der Hegemonie vermitteln möchten?«

»Ich werde nicht zulassen, dass Sie *meine* Heimat in Gefahr bringen, Walker!«

»Welche Gefahr? Dass die Zentrumsmächte *vielleicht* bemerken könnten, wenn sich die Nova für kurze Zeit im Krayt-System aufhält? Dass sie daraufhin *vielleicht* in ein paar Jahren dort auftauchen und Fragen stellen könnten? Dass dies *vielleicht* zu Vergeltungsmaßnahmen führen könnte. Das sind viele 'Vielleicht', Erstes Schild! Aber ich sage Ihnen, was nicht vielleicht, sondern *ganz sicher* passieren wird: In ein paar Tagen wird hier eine Flotte einfallen, die Sie mit Ihren wenigen Schiffen nicht werden aufhalten können. Eine Flotte, die *tatsächlich* die Erde vernichten will. Und der dies auch gelingen wird, wenn wir nicht sofort handeln und Hilfe herbeiholen. Sind Sie wirklich bereit, die Erde zu opfern, um eventuellen Ärger von Krayt fernzuhalten? Ist es das, was Sie den Menschen sagen wollen? Dass sie weniger wert sind als Krayts? Dass man ein Mitgliedsvolk zu opfern bereit ist, um die eigene Haut zu retten? Für ein paar 'Vielleicht'? Ist es das, wofür die Hegemonie von Krayt steht?«

»Drehen Sie um und landen Sie, Walker«, sagte Hakir Alt´kranor, ohne auf Alex´ Argumente einzugehen. »Das ist meine letzte Warnung!«

»Kanal schließen«, befahl Alex dem Bordcomputer. Es hatte keinen Sinn, weiterzudiskutieren. »Thoth, Schutzschirme hochfahren.«

Die Goldene Nova hüllte sich in die fast undurchdringlichen Schutzschirme einer uralten Technologie, der selbst die der Hegemonie kaum etwas würden anhaben können.

Die Nova beschleunigte weiter. Ließ die Atmosphäre hinter sich und raste ins All.

»Hakir Alt´kranor verschiebt seine Schiffe und versucht, sie uns erneut in den Weg zu legen«, meldete Bailin.

»Wir haben die stärkeren Waffensysteme« warf Madison ein, der zwar nicht auf die Systeme des Schiffes zugreifen konnte, jedoch alles sah und hörte, was auch die anderen sehen und hören konnten. »Wir können uns den Weg freischießen. Gegen die Desintegratorkanone sind sie machtlos.«

»Ich werde nicht auf Schiffe der Hegemonie schießen«, sagte Alex. »Damit würde ich sämtliche Brücken hinter uns verbrennen. Noch ist unsere Aktion nur die eines ungehorsamen Offiziers und keine Kriegserklärung. Charu, berechne einen neuen Kurs, den Hakir Alt´kranors Schiffe nicht sofort blockieren können. Wir brauchen nur eine kleine Lücke, durch die wir schlüpfen können.«

Sekunden später übermittelte die Inderin neue Kursdaten, die Alex umgehend an die Steuereinheit weitergab. Die Nova schwenkte auf einen neuen Vektor ein.

»Fünfzigtausend Kilometer bis zur Blockadefront«, gab Bailin bekannt.

»Igor, maximale Energie auf die Schirme«, wies

Alex den Russen an.

»Sie weichen zurück«, sagte Bailin in diesem Moment. »Sie öffnen eine Lücke in ihren Reihen!«

Alex sah es nun auch. Die Schiffe der achten Flotte strebten auseinander und öffneten eine Gasse, durch die die Nova ins freie Weltall würde entfliehen können.

»Das könnte eine Falle sein«, vermutete Madison. »Wenn sie uns zwischen sich haben, können sie das Schiff von allen Seiten unter Beschuss nehmen.«

»Nein«, sagte Alex. »Es ist keine Falle. Hakir Alt´kranor weiß genau, dass ich recht habe. Ohne Verstärkung ist er nicht in der Lage, das Sol-System zu halten, und die Erde ist unweigerlich verloren. Terra ist offizielles Mitglied der Hegemonie von Krayt. Er kann … er *wird* den Planeten nicht einfach so opfern.«

Alex hätte nicht sagen können, warum er sich seiner Sache sicher war, doch er hatte keine Zweifel. Hakir Alt´kranor würde nicht auf die *Goldene Nova* schießen.

»Thoth, Schutzschirm deaktivieren.«

»Bist du verrückt, Alex?« Igor konnte nicht glauben, was Alex bereit war, zu riskieren. Auch Bailin protestierte. Nur Madison lachte auf. »Immer noch der Idealist, Walker, nicht wahr? Und immer bereit, das Leben anderer für seine verrückten Ideale aufs Spiel zu setzen. Sie sind nicht besser als ich, nur weniger ehrlich!«

Alex hatte keine Zeit, sich jetzt mit Madison auseinanderzusetzen. Er konnte nur hoffen, dass er sich nicht irrte.

»Vertrauen gegen Vertrauen«, sagte er deshalb nur. »Wenn dies eine Falle ist, dann spielt es sowieso keine Rolle mehr. Dann ist die ganz Hegemonie von Krayt eine Lüge und die Erde ist so oder so verloren. Wer uns abschießt, ob heute die Hegemonie oder demnächst das Zelkanische Imperium, das ist dann auch egal.«

»Ich vertraue dir«, sagte Charu als Einzige.

»Flieg uns durch den Korridor, Thoth«, sagte Alex und übergab dem Computer die Steuerung.

Es verstrichen bange Sekunden. Die *Goldene Nova* jagte ungeschützt nur ein paar Hundert Kilometer von Dutzenden Schiffen der hegemonialen achten Flotte entfernt ins All. Dann lag der Kordon hinter ihnen. Es war kein einziger Schuss gefallen.

Alex merkte erst jetzt, dass er die Luft angehalten hatte. Langsam atmete er aus.

»Öffne den allgemeinen Flottenkanal, Bailin«, sagte er.

»Kanal ist offen.«

Alex räusperte sich. »Danke, Erstes Schild Hakir Alt´kranor, die Menschen werden nicht vergessen, wer in der Stunde der Not auf ihrer Seite gestanden hat. Ich werde mich nach meiner Rückkehr vor einem zuständigen Tribunal für meine Handlungen verantworten. Walker Ende!«

Alex hatte keine Antwort erwartet, doch nach einigen Sekunden traf eine nur für ihn bestimmte Audionachricht ein.

»Sehen Sie zu, dass ich meine Entscheidung nicht bereue, Zweites Schild Walker!«

09. März 2094: auf Kraytar-Prime
Spaceforce Academy

Die ersten vier Tage auf der Akademie waren einerseits vergangen wie im Flug, andererseits waren sie Joy vorgekommen wie ein nicht enden wollender Albtraum. Sie schien nicht eine Nacht genug Schlaf zu bekommen und auch die Tage waren viel zu kurz für all das, was man von ihr verlangte. Ohne die Hilfe ihrer Stubengenossen wäre Joy unter der Last der Aufgaben sicher längst zusammengebrochen.

Zusätzlich zu dem militärischen Ausbildungsprogramm hatte man ihr noch eine Stunde politisch-historischen Unterricht und zwei Stunden Sprachunterricht pro Tag aufs Auge gedrückt. Ersterer sollte die enormen Wissenslücken schließen, die Joy im Vergleich zu den Jugendlichen der Hegemonie aufwies, die hier aufgewachsen waren. Sie kannte gerade einmal die Namen der Mitgliedsvölker, wusste jedoch so gut wie nichts über deren Zivilisationen, ihre Geschichte oder gar über ihren Alltag und die kulturellen Unterschiede und Besonderheiten. Für einen zukünftigen Offizier der hegemonialen Raumflotte ein unhaltbarer Zustand.

Und natürlich musste sich ein Offizier fließend auf Kraytak verständigen können, der allgemeinen Verkehrssprache der Hegemonie, die den Angehörigen aller Spezies schon von klein auf neben ihrem jeweiligen Idiom beigebracht wurde. Auch in dieser Hinsicht verfügte Joy bislang nur über geringe Kenntnisse, was insbesondere *Zweiter Speer* Hollmuk immer wieder zum Anlass nahm, sie seinen Unmut spüren zu lassen.

Der Kerl hat mich eindeutig auf dem Kieker, dachte sie nicht zum ersten Mal, als Hollmuk sich wieder einmal über ihre mangelnden Sprachkenntnisse lustig machte.

Dass Joy außerdem zusätzlich den Stoff einer ganzen Unterrichtswoche nachzuholen hatte, da sie erst mehrere Tage nach Beginn des Trimesters an die Akademie gekommen war, machte die Sache nicht einfacher.

Insgesamt schien jeder Tag viel zu wenige Stunden für all das zu haben, was man von ihr erwartete, und Joy konnte nicht dankbar genug dafür sein, dass vor allem Orwalla ihr solch banale Dinge abnahm, wie täglich die Schuhe zu putzen und die gemeinsame Stube sauber zu halten. Trotzdem fiel Joy jeden Abend in einen totenähnlichen Schlaf, kaum dass die Lichter in der Akademie gelöscht wurden.

»Ich kann nicht glauben, dass es erst vier Tage sind«, stöhnte Joy, als sie zusammen mit Orwalla, deren voller Name Orwalla vom Nest der Wurmsammler lautete, und ihren beiden anderen Mitbewohnern, dem Kerak Geran al Geranor und dem Barox Tarekian, in einer der wenigen freien Minuten auf dem Rasen vor der Akademie zusammensaß. Sie hatten eine Pause zwischen dem täglichen Training auf dem Schießstand und einer Unterrichtsstunde, in der das Personalmanagement auf den Kampfschiffen der Flotte behandelt werden sollte.

»Du arbeitest doppelt so hart wie jeder von uns«, sagte Geran. »Kein Wunder, dass du jedes Zeitgefühl verloren hast.«

»Und ohne euch würde ich es überhaupt nicht schaffen«, gab Joy zu.

»Es gibt ein Sprichwort bei uns«, sagte Tarekian.

»In der Not hilft einer den Vielen und viele helfen dem Einen!«

»Einer für alle und alle für Einen«, sagte Joy und lachte. »So heißt es bei uns. Wir sind also die Musketiere. Passt ja auch von der Anzahl her!« Sie deutete reihum auf ihre neuen Freunde. »Athos, Porthos und Aramis. Und ich bin D'Artagnan.«

Wieder musste Joy lachen, als sie die verständnislosen Blicke der anderen sah. »Heute Abend erzähle ich euch die Geschichte – wenn ich nicht vorher am Tisch einschlafe!«

»Es wird Zeit«, sagte Geran mit einem Blick auf seinen Armbandchronografen. »Wenn wir zu spät zum Unterricht kommen, macht uns Hollmuk heute Abend einen Kopf kürzer. Der erfährt alles.«

Sie rappelten sich vom Rasen auf und wollten gerade zusammen mit einer Gruppe anderer Kadetten in Richtung des Lehrgebäudes gehen, als ein Alarm über den Campus hallte.

»Ein Lockdown«, rief Orwalla überrascht aus, als ihr Kommunikator anfing, rot zu blinken, das Zeichen dafür, sofort in die Unterkünfte zurückzukehren.

»Kannst du rauskriegen, was passiert ist?«, wollte Tarekian wissen. Die drei hatten inzwischen erkannt, dass Joy eine begnadete Hackerin war. Selbst das lokale Netzwerk der Spaceforce Academy war vor der jungen Terranerin nicht sicher gewesen. Bereits am ersten Abend war Joy dort eingedrungen. Die Armband-Kommunikatoren waren erstaunlich primitiv und Joys Fähigkeiten nicht gewachsen. Sie hatte nur wenige Minuten gebraucht, um ihren Kommunikator zu Dingen zu befähigen, für die er nie gedacht gewesen war. Es konnte in ihren Augen nichts schaden, sich ein paar Informationen zu verschaffen, die ihr während ihrer Zeit an der Akademie möglicherweise das Leben erleichtern würden. Da es auf der Stube keine Geheimnisse geben konnte, war Joy nichts anderes übrig geblieben, als ihren drei neuen Freunden von ihren Fähigkeiten zu erzählen. Seitdem genoss sie deren unverhohlene Bewunderung.

Joy blickte sich um, um festzustellen, ob jemand sie beobachtete, doch in der allgemeinen Aufregung und dem Bestreben, so schnell wie möglich in die Unterkünfte zurückzukehren, warf keiner der umhereilenden Kadetten der kleinen Gruppe einen zweiten Blick zu.

Joy tippte einige Befehle auf dem virtuellen Keyboard ihres Kommunikators und loggte sich in das den Lehrkräften vorbehaltene Informationsnetz der Akademie ein.

Sie fand den Grund für den Alarm sofort.

»Wow! Ein unbekanntes Raumschiff ist mitten ins Krayt-System eingedrungen«, teilte sie ihren Freunden mit. Dann sah sie den ersten hochauflösenden Scan des Eindringlings. »Es ist … oh, verdammt … Alex, was zum Teufel machst du mit der Nova hier im Krayt-System?«

09. März 2094: im Krayt-System an Bord der *Goldenen Nova*

»Berechne einen Kurs so tief wie möglich ins Innere des Krayt-Systems«, sagte Alex zu Charu Prasad.

»Die Abweichungen werden groß sein«, sagte Silvio Martelli, der zusammen mit Charu für die Navigation der *Goldenen Nova* verantwortlich war. Bisher hatten die beiden trotz ihrer gegenseitigen Abneigung gut zusammengearbeitet. »Krayt ist ein orangefarbener Stern mit eineinhalbfacher Sonnenmasse. Die Schwerkrafteinflüsse auf den K-Drive werden eine genaue Kursberechnung immer schwieriger machen, je tiefer wir in das System vorstoßen.«

»Das ist mir bewusst«, antwortete Alex. »Macht es einfach so genau, wie es geht.«

Es war nicht prinzipiell unmöglich, erst tief im Innern eines Sonnensystems aus dem Subraum zurück in den Normalraum zu kommen, doch normalerweise verzichtete man darauf. Je weiter man sich im Subraum einer Schwerkraftsenke näherte, und die Sonne war die größte Schwerkraftsenke in einem System, umso größer wurde auch deren gravitativer Einfluss auf die im K-Drive entstehende 'Dunkle Materie' und somit auf den Übergangshorizont zwischen den beiden Kontinua. Ähnlich wie bei der Heisenbergschen Unschärferelation der Quantenmechanik, nach der Ort und Impuls eines Teilchens nicht gleichzeitig bestimmt werden konnten, gab es in der Subraumtheorie die Madisonsche Unschärferelation, nach der ein Kursvektor eines Objekts im Subraum umso unbestimmter wurde, je größer der gravitative Einfluss auf dieses Objekt wurde. Dies konnte im Extremfall dazu führen, dass ein Schiff um Lichtstunden vom Kurs abkommen konnte, wenn es während des Subraumfluges zu tief in ein Sonnensystem vordrang. Zusätzlich wirkten auch noch die gravitativen Einflüsse der Planeten auf ein anfliegendes Raumschiff. Auch wenn deren Einwirkungen viel kleiner waren als der Schwerkrafteinfluss der Sonne, so machte das komplexe Gravitationsgeflecht im Innern eines Sonnensystems eine exakte Navigation doch prinzipiell unmöglich.

Aus diesem Grund kehrte man in der Regel am Systemrand in den Normalraum zurück, was eine Navigationsgenauigkeit bis auf Bruchteile einer Lichtsekunde erlaubte. Für Raumschiffe im Formationsflug – zum Beispiel militärische oder Handelsflotten – verstand es sich von selbst, dass sie keinesfalls im Subraumflug in ein System eindringen durften. Sie würden bei der Rückkehr in den Normalraum über das ganze System verstreut werden und Lichtstunden voneinander entfernt wiederauftauchen, was bei einer militärischen Aktion jeden koordinierten Angriff unmöglich machen und den geordneten Verteidigern leichtes Spiel bereiten würde.

Die Nova hingegen war nur ein einzelnes Schiff, und der technologisch weit fortgeschrittene K-Drive der *Ersten* erlaubte überdies ein viel tieferes Vordringen in ein System als jede andere bekannte Subraum-Technik. Trotzdem würde es sehr schwierig werden, die angepeilten Zielkoordinaten exakt zu treffen.

»Berechnung steht, Parameter sind eingegeben«, teile Charu mit.

»Noch zwei Minuten bis zum Ende des

Subraumflugs«, ergänzte Silvio.

»Sofort nach der Rückkehr in den Normalraum die Schutzschirme hochfahren. Und ich brauche so schnell wie möglich einen Kanal zu einem Verantwortlichen auf Kraytar-Prime«, sagte Alex zu Igor und Bailin.

Zwei Minuten im Subraum mit einem Überlichtfaktor von 40.000 entsprachen fast zwei Lichtmonaten Distanz im Normalraum.

Das ist wie ein Traum, dachte Alex. *Noch vor nur fünf Jahren galt die Lichtgeschwindigkeit als unüberwindliche Barriere, und nun fliegen wir innerhalb von Tagen in andere Sonnensysteme.*

»Wir kommen aus dem Subraum in … drei … zwei … eins … *jetzt*!«, zählte Charu die Sekunden herunter.

»Schutzschirm steht!«, rief Igor aus.

»Wo sind wir herausgekommen, Bailin?«

Die Chinesin scannte mit allem, was die Nova hergab, den umgebenden Raum.

»Fast eine Punktlandung«, gab sie nach wenigen Sekunden bekannt. »Entfernung zu Kraytar-Prime nicht ganz sechs Lichtminuten.«

Es hätte schlimmer kommen können, der Planet hätte auch auf der anderen Seite der Sonne stehen können, dachte Alex.

So waren es nur etwas mehr als einhundert Millionen Kilometer bis zu ihrem eigentlichen Ziel.

Trotzdem immer noch zu weit entfernt für einen direkten Funkkontakt. Zwischen Frage und Antwort würden fast zwölf Minuten vergehen. Wir müssen dichter ran!

»Wir werden angefunkt«, meldete die Chinesin in diesem Moment. Sie überspielte eine schematische

Darstellung des Krayt-Systems und die Ortungsergebnisse der unmittelbaren Umgebung auf Alex´ NERD-Haube. Der Anruf kam von einem von drei Schiffen, die nur wenige Lichtsekunden entfernt waren und auf die Nova zurasten.

Die überlichtschnellen Tachyonentaster zeigten Alex außerdem Dutzende schwererer Einheiten, die mit Maximalbeschleunigung auf den Eindringling zujagten. Diese Schiffe würden die Nova erst in mehreren Minuten oder gar Stunden erreichen können. Bis dahin würde Alex entweder längst zu einer Einigung mit den hiesigen Autoritäten gekommen sein oder das Krayt-System wieder verlassen haben. Man würde der Erde zu Hilfe kommen oder nicht. Es gab in diesem Fall nur Schwarz oder Weiß – kein Grau!

»Identifizieren Sie sich, deaktivieren Sie Ihren Schutzschirm und drehen Sie bei. Gleichen Sie Ihren Vektor und Ihre Geschwindigkeit denen der Abfangschiffe an und halten Sie Ihr Schiff für eine Inspektion bereit«, kam die Aufforderung von einer der drei Einheiten, die sich der Nova näherten. Dort hatte man anscheinend noch nicht begriffen, um welches Schiff es sich handelte.

»Ich habe den Kanal der planetaren Anflugkontrolle gefunden«, meldete Bailin. »Dort herrscht helle Aufregung. Jemand hat die Nova als das im Sol-System entdeckte Schiff der *Ersten* identifiziert.«

Auch bei den drei heranrasenden Schiffen der Planetenverteidigung schien sich die Neuigkeit herumgesprochen zu haben, denn es erfolgte kein weiterer Aufruf. Die Schiffe drehten ab und gingen auf einen tangentialen Kurs zur Nova.

Stattdessen meldete sich eine andere Stimme. Sie gehörte ganz offensichtlich einem hochrangigen Militär. Es war nicht sofort ersichtlich, von wo aus er sprach. Und sie klang eindeutig weiblich!

»Goldene Nova, verlassen Sie sofort das Krayt-System. Sie sind hier nicht willkommen!«

Alex reagierte weder auf den Funkspruch noch befolgte er die Anweisung. Im Gegenteil!

»Igor, ändere den Kurs in Richtung Kraytar-Prime. Für eine zeitverlustfreie Kommunikation müssen wir dichter ran.«

Alex war sich im Klaren darüber, dass man es eventuell als feindlichen Akt werten würde, wenn die Nova auf den Zentralplaneten der Hegemonie zuhielt, doch er sah keine andere Möglichkeit. Die Zeit drängte und sie konnten nicht hier herumhängen und darauf warten, dass man sie höflich einlud, ihr Anliegen zu schildern.

Wieder meldete sich die Stimme. Diesmal klang die Krayt eindeutig verärgert und inzwischen hatte Bailin auch herausgefunden, von wo aus sie sprach.

»Dies ist die letzte Warnung, Goldene Nova. Drehen Sie ab und verlassen Sie umgehend das Krayt-System oder wir sind gezwungen, auf Sie zu feuern!«

»Der Funkspruch kommt von einer Raumstation, nur etwas mehr als zwei Millionen Kilometer von uns entfernt«, sagte Bailin. »Wahrscheinlich befindet sich dort das Hauptquartier der planetaren Verteidigung. Ich kann verschlüsselten Datenverkehr zwischen der Station und den orbitalen Geschützplattformen rings um Kraytar-Prime feststellen.«

Nicht ganz sieben Sekunden Zeitverzögerung pro Strecke, dachte Alex. *Damit kann ich leben.*

»Hier spricht Zweites Schild und Oberbefehlshaber der Terranischen Raumverbände Alexander Walker.«

Man muss hier nicht unbedingt wissen, dass ich mit meinem gestrigen Verhalten diesen Rang wohl verloren haben dürfte, dachte Alex.

»Wir sind auf einer verzweifelten Mission und erbitten dringend die Hilfe der Hegemonie. Das Sol-System wird von einer Flotte des Zelkanischen Imperiums angegriffen und wir sind nicht in der Lage, es zu verteidigen. Ohne die Hilfe der hegemonialen Raumflotte steht das gesamte zwölfte Mitgliedsvolk der Hegemonie von Krayt vor der Auslöschung. Ich ersuche um einen direkten Kontakt mit dem Hegemon.«

Das sollte sie erst einmal aufschrecken und zum Nachdenken bringen, dachte Alex.

»Thoth, strahle den Funkspruch in einer Endlosschleife auf allen Frequenzen aus«, wies Alex den Computer an.

Die Nova schoss unterdessen weiter auf Kraytar-Prime zu.

»Abstand noch siebzig Millionen Kilometer«, meldete Charu.

Fast vier Lichtminuten, immer noch zu weit, überschlug Alex im Kopf.

»Schwere Erschütterungen der Raumzeit-Struktur in unmittelbarer Nähe«, rief Igor plötzlich. Starke Gravitationswellen trafen die Nova und ließen das Schiff erzittern.

»Zwei Kampfschiffe sind nur wenige Zehntausend Kilometer von uns entfernt aus dem Subraum gekommen«, sagte Bailin und legte die optischen

Daten auf Alex´ NERD-Haube. »Überall im System fallen Raumschiffe aus dem Subraum.«

Alex wusste sofort, was geschehen war.

Ein verzweifeltes, aber geschicktes Manöver, dachte er. *Wer sich das auf die Schnelle ausgedacht hat, ist ein taktisches Genie.* Er hatte auch schon einen Verdacht, wer dahintersteckte. Es musste die Krayt sein, die den Einsatz gegen die Nova von der Kommandoplattform aus befehligte.

Wie es aussieht, haben die Raumverbände der Krayt eine weibliche Oberkommandierende. Alex war ehrlich überrascht. Bis jetzt hatten die Krayt nicht den Eindruck gemacht, genderneutral zu sein. Alle hochrangigen Persönlichkeiten, die man in den vergangenen Monaten kennengelernt hatte, waren männlich gewesen.

»Sie haben ein paar Hundert Schiffe mittels ultrakurzer Intersystem-Subraummanöver auf uns gehetzt. Sie wussten natürlich genau, dass die allermeisten so tief innerhalb des Systems in alle Richtungen verstreut werden und viel zu weit vom Kurs abkommen würden, um auch nur in unsere Nähe zu gelangen, aber sie haben darauf vertraut, dass es von den Hunderten wenigstens ein paar auf Schussweite schaffen. Zwei von ihnen ist es tatsächlich gelungen.« In Alex´ Stimme schwang Respekt mit. Auf diese Idee musste man erst einmal kommen.

Bailin unterbrach seine Gedanken. »Die beiden Neuankömmlinge sitzen uns eng auf den Fersen und die drei anderen schneiden uns den Weg nach Kraytar-Prime ab. Wir werden in die Zange genommen.«

»Wie weit noch?«, wollte Alex von Charu wissen.

»Fünfzig Millionen Kilometer!«

Noch immer fast drei Lichtminuten. Für ein sinnvolles Funkgespräch nach wie vor zu weit entfernt, dachte Alex.

»Wir müssen noch wenigstens zwei Minuten durchhalten«, sagte er laut. Mit einer Zeitverzögerung von einer halben Minute in jede Richtung würde er leben können, wenn er mit dem Hegemon sprach – denn nur aus diesem Grund waren sie hierhergekommen. Wenn ihnen jemand Hilfe zusichern konnte, dann der uneingeschränkte Herrscher über die Hegemonie von Krayt.

»Du musst doch wissen, dass wir gegen fünf Schiffe keine Chance haben«, schaltete sich Madison ein, der seit der Ankunft im Krayt-System geschwiegen hatte. »So weit vom Planeten entfernt können sie ihre Waffensysteme einsetzen, wie es ihnen beliebt. Und du wirst natürlich nicht zurückschießen!« Der Amerikaner lachte humorlos. »Du opferst dich und uns für eine sinnlose Geste. Kapier doch endlich, dass die Aliens nur ihre eigenen Interessen vertreten und dass die Erde ihnen scheißegal ist.«

»Wir werden sehen«, gab Alex knapp zurück.

»Hier spricht Eisernes Schild Trakta Dar´zont, Oberbefehlshaberin der vereinten Raumflotte der Hegemonie von Krayt. Ich fordere die 'Goldene Nova' nochmals auf, sofort das Krayt-System zu verlassen. Sie gefährden mit Ihrer Aktion Milliarden von Lebewesen. Die Zentrumsmächte werden die Anwesenheit der verbotenen Technologie im Krayt-System feststellen und unbarmherzig auf die Verletzung ihrer Regeln reagieren. Verlassen Sie sofort das System oder wir werden das Feuer eröffnen!«

Eisernes Schild! Alex war überrascht. Von diesem

Rang hörte er zum ersten Mal. Bisher hatte 'Erstes Schild' als höchster Rang gegolten, den man in der hegemonialen Raumflotte erreichen konnte, was bei den Terranern in etwa einem Admiral entsprach. Demzufolge musste 'Eisernes Schild' einem 'Flottenadmiral' entsprechen, ein herausgehobener Rang, der in der menschlichen Geschichte nur höchst selten vergeben worden war. Und nur an Persönlichkeiten, die sich besonders verdient gemacht hatten. Diese Trakta Dar´zont musste eine ganz außergewöhnliche Krayt sein!

»Zwanzig Millionen Kilometer«, meldete Charu.

Etwas mehr als eine Lichtminute!

»Hier spricht nochmals Zweites Schild Alexander Walker. Es ist nicht unsere Absicht, die Heimatwelt der Krayt in Gefahr zu bringen. Eine theoretische Gefahr zudem, die auch noch etliche Jahre in der Zukunft liegt. Die Gefahr für die Erde jedoch ist konkret und akut. Will der Hegemon die Spezies, die er gerade in die Hegemonie aufgenommen hat, widerstandslos ausradieren lassen? Ohne jegliche Hilfeleistung? Welchen Eindruck wird dies bei den anderen Mitgliedsvölkern hinterlassen? Müssen sie sich nicht fragen, ob auch sie nur Mitglieder zweiter Klasse sind und im Zweifel hinter den Interessen der Krayt zurückzustehen haben? Ich bestehe auf einer Antwort des Hegemon. Wir wollen von ihm selbst hören, dass er die Erde und die Menschheit zum Tod verurteilt. Wenn wir abgeschossen werden und sterben müssen, weil wir unser Volk retten wollen, dann soll es so sein!«

Das sollte ihnen neues Futter zum Nachdenken geben, dachte Alex.

»Sende das pausenlos auf allen Kanälen, Thoth«, sagte er laut.

»Wird gesendet und ich habe mir erlaubt, es in alle gängigen Idiome der Hegemonie zu übersetzen und parallel zu verbreiten.«

Die anderen Völker werden sicher neugierig sein, wie der Hegemon entscheidet, dachte Alex. *Sie könnten schon morgen in einer ähnlichen Situation sein. Lässt er sie dann ebenfalls einfach fallen?*

»Alex, die fünf Schiffe um uns herum fahren ihre Waffensysteme hoch«, warnte Bailin.

»Gib auf, Alex! Du bringst uns alle um!«, rief Madison.

»Noch ein Wort, und ich lasse dich auf einer Liege festbinden«, warnte ihn Alex. »Und ich persönlich stecke dir einen Knebel in den Mund! Igor, maximale Energie auf den Schutzschirm!«

»Die Schiffe eröffnen das Feuer!«, rief Charu entsetzt aus.

Alex wartete darauf, dass die Nova unter den Einschlägen in den Schutzschirm erbeben würde … doch nichts geschah!

»Sie … sie schießen absichtlich vorbei«, sagte Bailin überrascht. »Es sind bisher nur Warnschüsse.«

»Entfernung?«

Charu wusste genau, was Alex meinte.

»Zwölf Millionen Kilometer.«

Vierzig Lichtsekunden! »Abbremsen und bei konstantem Abstand von neun Millionen Kilometer vor Kraytar-Prime relativ zum Planeten zum Stillstand kommen, Thoth.«

»Du machst uns zu einem kaum zu verfehlenden Ziel«, warnte Silvio.

»Für dich gilt das Gleiche wie für Henry. Halt die Klappe oder ich stopfe sie dir!«

»Aber du …«

»Dies hier ist eine militärische Mission und kein Debattierklub, Silvio! Es gibt an Bord keine demokratischen Mehrheitsentscheidungen, sondern es wird gemacht, was ich sage, verstanden?«

»Die Nova steht relativ zum Planeten bewegungslos im Raum«, teilte ihnen Thoth in diesem Moment mit.

»Die Schiffe öffnen ihrer Abschussrohre!«, schrie Bailin.

Alex wusste, dass selbst der technologisch überlegene Schutzschirm der Nova eine volle Breitseite der Raumtorpedos von fünf Schiffen kaum würde überstehen können. Spätestens die zweite Salve musste ihn zusammenbrechen lassen. Das wäre ihr Ende. Und sie saßen überdies bewegungslos im Raum wie das Ziel auf einem Schießstand.

Habe ich mich verkalkuliert?, fragte sich Alex nicht zum ersten Mal.

In diesem Moment erklang eine neue Stimme auf allen Kanälen und im Holofeed erschien ein männlicher Krayt, der eine mit verschiedenen goldenen Abzeichen geschmückte dunkelviolette Uniform trug. Er strahlte selbst als Hologramm Macht und Autorität aus.

»Hier spricht Hegemon Lanti Gok´zern. Ich untersage alle weiteren Kampfhandlungen im Krayt-System. Sämtliche Kampfschiffe der Hegemonie ziehen sich umgehend von dem Schiff mit dem Namen Goldene Nova auf eine Entfernung außerhalb ihrer Schussweite zurück. Die Goldene

Nova deaktiviert ihren Schutzschirm und nähert sich Kraytar-Prime nicht weiter. Eisernes Schild Trakta Dar´zont, Sie sind für die Einhaltung meiner Befehle persönlich verantwortlich. Zweites Schild Walker, ich erwarte von Ihnen ebenfalls Gehorsam!«

»Igor, Schutzschirm deaktivieren«, befahl Alex. Er hörte Madison hysterisch lachen, und Martelli fluchte laut vor sich hin.

»Bist du sicher?«, fragte Igor vorsichtig.

»Nein, aber wenn man uns erledigen will, haben wir so oder so keine Chance. Wenigstens zeigen wir auf diese Art unseren guten Willen.«

Der Hegemon blickte zur Seite. Wahrscheinlich konnte er auf einem anderen Monitor verfolgen, ob man seinen Anordnungen nachkam.

Er sah wieder direkt in die Kamera. »Was ist das für eine unmittelbare Gefahr, die der Erde angeblich droht, Walker?«

Während der nächsten fünf Minuten fasste Alex die Erkenntnisse der letzten Tage und Wochen zusammen. Nachdem er geendet hatte, herrschte für einen Moment Stille, bevor der Hegemon erneut das Wort ergriff.

»Das erklärt den sinnlosen Angriff auf einen Vorposten der Paschtarur. Vermutlich diente die Aktion nur dazu, von dem geplanten Angriff auf das Sol-System abzulenken. Mein Generalstab hatte sich bereits gewundert, warum die Zelkaner ein derart unwichtiges System angegriffen haben. Als unsere Flotte dort ankam, traf sie kaum auf ernsthaften Widerstand. Es ergab alles keinen rechten Sinn. Wir haben unsere Schiffe bereits zurückgerufen, doch sie werden frühestens in zwei Tagen hier eintreffen. Erst dann können wir die Flotte umgehend ins Sol-System beordern, um es gegen die Zelkaner zu verteidigen.«

»Das wird leider zu spät sein … äh … Majestät.«

Der Hegemon gab ein Geräusch von sich, das wohl ein Lachen sein sollte. »Wie ich Gouverneurin Bernard schon gesagt habe, reicht die Anrede 'Hegemon' vollkommen aus.«

»Gouverneurin Bernard?« Alex war fassungslos. »Sie haben Mireille zur Herrscherin über das Sol-System gemacht? Und sie hat akzeptiert?«

»Richtig! Das können Sie ja noch nicht wissen. Die schnelle Nachrichtendrohne dürfte das Sol-System erst nach Ihrem Abflug erreicht haben und die Gouverneurin selbst wird erst in sieben irdischen Tagen wieder zuhause eintreffen.«

Alex schluckte. Er würde mit Mireille ein ernsthaftes Wort reden müssen. *Mehrere* ernsthafte Wörter! Doch nun gab es Dringenderes zu besprechen.

»Das sind insgesamt vierzehn oder fünfzehn Tage, bevor die große Flotte der Hegemonie im Sol-System eingreifen kann. Wir erwarten den Angriff der Zelkaner aber bereits in zwölf Tagen.«

»Es tut mir leid, Alexander Walker, aber das ist das Beste, was ich für Terra tun kann. Auch der Hegemon kann sich nicht über die Gesetze der Physik und die Beschränkungen unserer Subraum-Triebwerke hinwegsetzen. Nebenbei bemerkt, die Goldene Nova scheint diesen Beschränkungen nicht zu unterliegen, wenn ich Sie richtig verstanden habe. Zwei Tage von Terra nach Kraytar-Prime ist unglaublich! Vielleicht können Sie ja einige der Geheimnisse der *Ersten* entschlüsseln, bevor die Zentrumsmächte Ihnen in ein paar Jahren das Schiff wegnehmen.

Denn dass sie kommen werden, ist sicher!«

Natürlich willst du von den verbotenen Früchten essen, dachte Alex, *Aber ohne dir selbst die Finger schmutzig zu machen.*

»Wir überqueren diese Brücke, wenn wir sie erreichen, Hegemon«, sagt er laut. »Doch nun müssen wir dem Angriff der Zelkaner zumindest so lange widerstehen, bis die hegemoniale Flotte eintrifft.«

»In Begleitung der Gouverneurin fliegen auch die zwanzig Kampfschiffe mit ins Sol-System, die als Grundstock für den Aufbau der Terranischen Raumverbände gedacht sind. Zusammen mit den bereits im Sol-System stationierten Schiffen verfügen Sie damit wenigstens über einen kleinen, aber schlagkräftigen Abwehrverband. Sie müssen den Feind damit aufhalten, bis Verstärkung eintrifft. Es tut mir leid, dass ich keine bessere Nachricht für Sie habe, Walker.«

»Es ist das Beste, was ich erhoffen durfte, Hegemon. Ich danke Ihnen!«

»Noch eines, Walker! Wie Sie in Ihrem Bericht zugegeben haben, sind Sie gegen den ausdrücklichen Befehl Ihres Vorgesetzten, Erstes Schild Hakir Alt´kranor, hierhergeflogen. Dies kann bei allem Verständnis für Ihre Situation nicht ungestraft bleiben. Ich entziehe Ihnen hiermit den Rang eines Zweiten Schilds und entlasse Sie unehrenhaft aus dem Dienst als Offizier der hegemonialen Flotte.« Der Hegemon blickte streng in die Kamera. Alex fragte sich, was das für ihn wohl bedeuten mochte. Aber was auch immer die Konsequenzen seines Handelns sein würden, wenn er dadurch der Erde eine Chance verschaffen konnte, war er bereit, sie zu tragen. »Natürlich steht es

Gouverneurin Bernard frei, selbst darüber zu befinden, wer die Terranischen Raumverbände befehligen wird. Sollte sich die Gouverneurin auch weiterhin für Sie entscheiden, dann jedoch ohne einen hegemonialen Rang. Wenn Sie die Strafe akzeptieren, Walker, ist zumindest dieser Punkt geklärt und Sie haben persönlich nichts weiter zu befürchten. Ich werde Ihnen eine entsprechende Depesche für Erstes Schild Hakir Alt´kranor mitgeben.«

Ein Politiker und eine politische Entscheidung, dachte Alex amüsiert. *Eine Strafe, die rein symbolisch ist und keinerlei reale Auswirkungen hat.*

»Ich akzeptiere die Strafe, Hegemon.«

»Sehr gut, Walker. Ich würde es begrüßen, wenn Sie das Krayt-System nun so schnell wie möglich wieder verlassen. Vielleicht sind uns die Götter tatsächlich wohlgesonnen und den Zentrumsmächten ist Ihr kleiner … hm … Ausflug entgangen.«

»Wir werden sofort umkehren, Hegemon. Sobald wir weit genug von der Schwerkraftsenke des Planeten entfernt sind, gehen wir in den Subraum. Das dürfte höchstens zehn oder zwanzig Minuten dauern.«

»Sehr gut! Möchten Sie während dieser Flugphase mit Ihrem Mündel Joycelyn reden? Der Unterricht an der Spaceforce Academy wurde wegen Ihres Eindringens ins Krayt-System sowieso unterbrochen und Miss Joycelyn sollte verfügbar sein.«

Joy ist hier und studiert an der Spaceforce Academy? Das wird ja immer schöner! Alex schüttelte ungläubig den Kopf. *Mireille wird mir einiges zu erklären haben!*

19. März 2094: im Sol-System an Bord der Orbitalstation

Nur noch ungefähr achtundvierzig Stunden, dann wird sich zeigen, ob die Arbeit der letzten Tage umsonst war, dachte der General der Terranischen Raumverbände Alexander Walker. Die letzten Subraumscans hatten gezeigt, dass der vermeintliche Raumschiffpulk nach wie vor in Richtung Sol-System unterwegs war. Trotz aller Ungenauigkeiten und Interpretationsspielräume bei den Messungen musste man davon ausgehen, dass die feindliche Flotte in etwa zwei Tagen hier eintreffen würde.

Alex hatte seit Mireilles Ankunft im Sol-System vor drei Tagen kaum geschlafen. Auch die fünf Tage davor, seit seiner eigenen Rückkehr aus dem Krayt-System, waren nicht gerade entspannt verlaufen. Sowohl was seinen Status als ranghöchster militärischer Vertreter der Menschheit als auch was sein persönliches Verhältnis zu Hakir Alt´kranor, dem *Ersten Schild* der achten Flotte und damit Hauptverantwortlichen der Hegemonie für die Verteidigung des Sol-Systems, anbetraf, hatte es etliche Unklarheiten und administrative Schwierigkeiten gegeben.

Die findige und diplomatische Entscheidung des Hegemon hatte auf dem Papier gut ausgesehen: Alex hatte zwar seinen Rang als *Zweites Schild* verloren, war jedoch einstweilen und bis zu einer endgültigen Entscheidung der Gouverneurin immer noch kommissarisch im Amt. Zumindest theoretisch! In der Praxis jedoch sah die Sache nicht ganz so einfach aus. Durfte er nach seinem unehrenhaften Ausscheiden aus der hegemonialen Raumflotte nach wie vor das

Kommando über das hegemoniale Kampfschiff *Blitz von Gwalthir* führen? Wenn auch nicht mehr als *Erstes Schild*, so doch vielleicht als terranischer General? Und war er in dieser Position berechtigt, Besatzungsmitgliedern mit nicht-menschlichen Dienstgraden Befehle zu erteilen? Wo genau stand er in der Befehlskette und war das *Erste Schild* Hakir Alt´kranor überhaupt noch Alex´ Vorgesetzter und berechtigt, ihm Befehle zu erteilen?

Wer bisher angenommen hatte, Menschen seien gut darin, bürokratische Hemmnisse zu errichten und sich selbst Steine in den Weg zu legen, der hatte noch keine Bekanntschaft mit den komplexen Regeln, Gesetzen und Vorschriften einer Organisation gemacht, bei der die Interessen von *zwölf* unterschiedlichen Zivilisationen unter einen Hut gebracht werden mussten. Es war ein Alptraum!

Nur einigen unbürokratischen Lösungen war es zu verdanken gewesen, dass die Vorbereitungen für die erwartete Abwehrschlacht einigermaßen zügig über die Bühne gegangen waren. So hatte Zweites Schild Raskon da Raskonar, der eigentliche Kommandant der *Blitz von Gwalthir*, eine obskure Bestimmung in den Statuten der hegemonialen Flotte ausgegraben, die es ihm erlaubt hatte, Alex als 'Ehrenkommandant' das einstweilige Kommando über sein Schiff und dessen Besatzung zu übertragen, um von dort aus die Schulung der terranischen Besatzungen weiter beaufsichtigen zu können. Raskonar und Alex hatten sich während der letzten Wochen auch privat angefreundet und der Kerak hatte Alex versprochen, alles in seiner Macht Stehende zu tun, um die terranischen Besatzungen so gut wie möglich auf ihre Aufgaben vorzubereiten. Seit Alex seinen Truppen mitgeteilt hatte, dass Mireille die zwanzig für die Menschheit bestimmten Kampfschiffe mitbringen würde, war der Enthusiasmus unter den zukünftigen Besatzungen dieser Schiffe nochmals um mehrere Größenordnungen gewachsen. Selbst Hakir Alt´kranor hatte dem Tatendrang der Terraner widerwillig Respekt zollen müssen, auch wenn er sich Alex gegenüber sehr unterkühlt gab und den Kontakt auf das Notwendigste begrenzt hatte.

Die Situation hatte sich allerdings in den letzten drei Tagen dramatisch verbessert. Nachdem Mireille mit ihrem Schiff *Terrania* und den zwanzig Kampfschiffen im Schlepptau angekommen war, hatte Alex eines davon, einen Schweren Zerstörer, den er *Albert Einstein* getauft hatte, zu seinem Flaggschiff erklärt. Danach waren die Dinge erst richtig ins Rollen gekommen.

Innerhalb eines Tages waren alle zwanzig Einheiten von terranischen Besatzungen übernommen worden. Nun zahlten sich das wochenlange, umfassende Training und die anstrengenden Manöver aus. Die eintausend intensiv geschulten Besatzungsmitglieder hatten Schlüsselpositionen an Bord der neuen Schiffe übernommen und wiesen derzeit ihrerseits die restlichen rund zweitausend Freiwilligen in ihre Aufgaben ein.

Mireille hatte Alex als Oberbefehlshaber der neu geschaffenen Terranischen Raumverbände bestätigt und gemeinsam hatten sie beschlossen, in der Flotte irdische Dienstgrade einzuführen. Lediglich der Verbindungsoffizier, der eng mit dem Oberkommando der Hegemonie zusammenarbeiten musste, würde zusätzlich auch einen hegemonialen Rang bekleiden.

Aus naheliegenden Gründen würde dies nicht Alex sein können. Mireille hatte hierfür den langjährigen Sicherheitschef der SFN Marcel DeVille vorgesehen, der als 'Colonel', als Regimentskommandeur in der französischen Armee, gedient hatte, bevor er von Mireille abgeworben worden war.

Insgesamt nahmen die Terranischen Raumverbände in erstaunlichem Tempo Form an. Ob sie jedoch den Zelkanern lange genug Widerstand würden leisten können, musste sich erst noch zeigen.

Nun hatte Alex zum ersten Mal während der vergangenen Tage einige Stunden zum Luftholen. Er war mit einem Shuttle zu der spindelförmigen Orbitalstation übergesetzt, die jetzt der Amtssitz seiner Lebensgefährtin als Gouverneurin von Sol war. Ein Umstand, mit dem er sich immer noch nicht restlos hatte anfreunden können.

Die beiden saßen auf einem Sofa in der großen Suite, die zuvor von Jarallor bewohnt worden war, und blickten durch den eine ganze Wand bedeckenden Transparentschirm hinunter auf die Erde. Die Station befand sich derzeit über dem nächtlichen Asien und die Städte funkelten als hell erleuchtete Flecke auf dem ansonsten dunklen Globus.

»Die Ruhe vor dem Sturm«, sagte Mireille und nippte an einem Glas Wein. Sie hatte die Beine untergeschlagen und lehnte mit dem Rücken an Alex´ Brust, der die Wärme ihres Körpers genoss. Er hatte einen Arm um Mireille gelegt und streichelte sie sanft. Mireille schnurrte wie eine Katze. »Das alles ist surreal, nicht wahr? Du, ich, Joy, die Hegemonie – vor nur sechs Monaten wäre jeder, der das prophezeit hätte, in die Psychiatrie eingeliefert worden.«

»Und du bist plötzlich Herrscherin auf Lebenszeit über die Erde«, antwortete Alex. »Ich kann das immer noch nicht wirklich glauben. Das klingt wie in einem schlechten Film.«

»Warum muss es ein schlechter Film sein, Liebling? Warum kann es nicht ein Film über eine wunderbare Zukunft für die Erde und die Menschheit sein?«

»Weil ich nicht an Märchen glaube! Und weil ich nach wie vor nicht von deiner Entscheidung überzeugt bin.«

»Denkst du, ich bin der Aufgabe nicht gewachsen?«

»Unsinn! Wenn jemand der Aufgabe gewachsen ist, dann bist du es. Aber etwas tun zu können heißt nicht automatisch, dass man es auch tun sollte. Manchmal ist es besser, etwas nicht zu tun. Du wirst für den Rest deiner Tage kein normales Leben mehr führen können – und Joy und ich ebenfalls nicht!«

»Und das wäre anders gewesen, wenn ich abgelehnt hätte?« Mireille lachte auf. »Mach dir doch nichts vor, Alex. *Keiner* von uns wird je wieder ein normales Leben führen können – was immer 'normal' auch bedeuten mag. Nicht nur, dass der Beitritt zur Hegemonie das Leben aller Menschen völlig auf den Kopf gestellt hat, dort draußen lauert ein Feind, der in nicht ganz zwei Tagen ins Sol-System einfallen wird. Normales Leben? Was genau ist das unter diesen Umständen?«

»Trotzdem musstest du dich nicht noch zusätzlich exponieren«, beharrte Alex, obwohl er schon jetzt absehen konnte, dass er das verbale Duell mit Mireille erneut verlieren würde. Es war nicht die erste Diskussion dieser Art, die sie führten.

»Ich halte mein Schicksal gerne selbst in der Hand, und wie könnte ich das besser sicherstellen als in der Position der Gouverneurin.« Mireille drehte sich zu Alex um und legte ihm eine Hand an die Wange, als er missmutig brummte. »Nein, Liebling, das war falsch formuliert. Ich habe den Job nicht angenommen, um mir selbst einen Vorteil zu verschaffen. Was ich meine, ist …« Mireille suchte nach den richtigen Worten. »Anstatt einen Außerirdischen über unser Schicksal entscheiden zu lassen, sollte dies ein Mensch tun. Nichts gegen Jarallor, er ist ein absolut integerer Kerl und ich mag ihn wirklich, aber wir Menschen müssen unsere Zukunft selbst in der Hand haben. Selbst gestalten! Und ehrlich gesagt: Wer hätte es machen sollen? Ein traditioneller Politiker? Dann würden wir heute noch darüber diskutieren, welche Farbe das Klopapier auf den neuen Schiffen haben soll.« Alex musste gegen seinen Willen lachen. Mireille hatte nicht ganz unrecht, auch wenn sie natürlich übertrieb. »Wie ich schon zu Joy gesagt habe: Ich bin schweinereich, nicht korrumpierbar und auch nicht die Dümmste. Welcher Politiker kann das schon von sich behaupten?« Sie zwinkerte Alex zu, um ihren Worten den Ernst zu nehmen. »Und niemand kann mir vorwerfen, ich würde Partikularinteressen vertreten.«

»Du würdest *was*?«

»Ich würde den Interessen einer kleinen Gruppe gegenüber denen der großen Mehrheit einen Vorteil einräumen. Ich bin unparteiisch und unabhängig, intelligent und reich. Nenne mir jemanden, der geeigneter wäre!«

»Ich gebe mich geschlagen!«, sagte Alex und küsste Mireille auf den Hinterkopf. Ihr Haar roch frisch und nach Frühlingsblumen. »Aber Joy …« Alex beendete den Satz nicht. Mireille wusste auch so, was er sagen wollte.

»Sie ist kein Kind mehr und überaus reif für ihr Alter. Und sie braucht ein Ziel, eine Aufgabe, die sie ausfüllt. Das können weder du noch ich ihr hier auf der Erde bieten. Nur unsere Tochter zu sein reicht nicht und kann auf Dauer für sie nicht befriedigend sein. Joy kann nicht unser Anhängsel bleiben, so sehr wir sie auch lieben. Sie muss ihren eigenen Weg gehen. Außerdem bin ich froh, dass sie jetzt nicht hier ist!«

Alex wusste, was Mireille meinte. Niemand konnte wissen, wie der Kampf um das Sol-System ausgehen würde. Ob in zwei Tagen die Erde noch bewohnbar sein würde. Je weiter Joy von hier entfernt war, umso sicherer war sie!

Dann kam ihm ein Verdacht. »Du hast das eingefädelt!«

Mireille kicherte leise. »Du kennst mich zu gut. Sagen wir so: Ich hatte während des Fluges nach Kraytar-Prime ein Gespräch mit Jarallor über Joys Zukunft und habe … Vorschläge gemacht. Es kann durchaus sein, dass er den einen oder anderen dem Hegemon gegenüber erwähnt hat.«

»Ja, du wirst eine hervorragende Gouverneurin abgeben, mein Schatz. Über das Geschick für politische Intrigen verfügst du jetzt schon!«

Mireille stellte ihr Weinglas vorsichtig auf dem

Schwebetisch vor dem Sofa ab, warf sich herum und blickte Alex nun direkt an. Ihre Nase berührte beinahe die seine und er konnte den Wein in ihrem Atem riechen.

»Und wenn du deine Gouverneurin nicht sofort küsst, dann wird sie dich in ihren tiefsten Kerker werfen lassen!«

21. März 2094: im Sol-System an Bord der *Goldenen Nova*

Insgesamt achtzig Kampfschiffe gegen wer weiß wie viele Gegner. Alex schloss die Augen und versuchte, seinen Puls zu beruhigen. *Davon zwanzig Schiffe mit dreitausend nur notdürftig ausgebildeten terranischen Frauen und Männern ohne jede Kampferfahrung und daneben eine kleine Flotte von Außerirdischen, deren Motivation, für eine fremde Welt ihr Leben aufs Spiel zu setzen, zumindest fragwürdig ist. Und es kann jeden Moment losgehen!*

Alex hatte als Oberbefehlshaber der neuen Terranischen Raumverbände die Taktik für den zu erwartenden Kampf um das Sol-System mit dem Ersten Schild Hakir Alt´kranor abgesprochen. Sie hatten ihre persönlichen Animositäten beiseitegelassen und waren sich über zwei Eckpunkte ihres Schlachtplans schnell einig geworden. Es galt, Zeit zu gewinnen und die Zelkaner irgendwie am Systemrand aufzuhalten. Und die *Goldene Nova* würde bei jedem Plan, wie auch immer er aussehen sollte, eine entscheidende Rolle spielen.

»Irgendetwas zu sehen, Bailin?« Es war eine Frage, die der Nervosität entsprang. Die Chinesin würde Alex natürlich augenblicklich informieren, sobald die Scanner, Taster und Sensoren der *Goldenen Nova* etwas registrierten.

»Nichts, Alex«, antwortete Bailin dementsprechend.

Sie waren alle wieder auf der *Goldenen Nova* versammelt. Alex hatte dem *Dritten Speer* Laskaron das Kommando über die *Albert Einstein* überlassen, was dieser als große Ehre betrachtete.

»Ich werde Ihnen und Ihrem Schiff Ehre erweisen, General«, hatte der Barox gesagt.

»Sehen Sie einfach zu, dass wir alle überleben«, hatte Alex geantwortet.

Er hatte diesmal auf Silvio Martelli und Henry Madison verzichten wollen, doch zu seiner Überraschung hatten beide unabhängig voneinander darum gebeten, sogar darauf gedrängt, bei der Schlacht um das heimische Sonnensystem an vorderster Front dabei sein zu dürfen.

»Wenn die Nova in der Schlacht Schäden davontragen sollte, wirst du froh sein, mich an Bord zu haben. Niemand kennt ihre Hardware besser als ich«, hatte Madison argumentiert und Alex hatte zugeben müssen, dass diese Begründung nicht von der Hand zu weisen war.

Martelli hatte schlicht und ergreifend angeführt, dass er nichts mehr habe, wofür es sich zu leben lohne. »Bitte gib mir die Chance, mich entweder zu rehabilitieren und wieder ein normales Leben zu führen oder verdammt noch mal in einem letzten Hurra den Löffel abzugeben. Etwas anderes habe ich nicht mehr, Alex«, hatte er gesagt.

In beiden Fällen hatte Alex nachgegeben.

Bailin, Charu und Igor waren jeder für sich unverzichtbar und wussten dies auch. Es gab sonst niemanden, der die Systeme der *Goldenen Nova* so gut kannte und in der Lage war, sie zu bedienen. Keiner von ihnen hatte einen Zweifel an seiner oder ihrer Bereitschaft gelassen, zusammen mit Alex in den Kampf um das Sol-System zu ziehen.

»Tastersignale von oberhalb der Ekliptik! Siebenundzwanzig astronomische Einheiten entfernt.

Vektor Nord-drei-Nullsiebzehn bei vierunddreißig Grad. Anzahl der Objekte nicht bestimmbar«, rief Bailin aus. »Alex, es sind zu viele und sie sind zu dicht beieinander. Ich kann die Signale nicht auflösen und zählen, aber es sind Hunderte!«

Sie sind da!, dachte Alex beinahe erleichtert. Die Gewissheit war eine Erlösung nach den Wochen des Wartens.

Die Zelkaner stießen schräg von 'oben' auf das Sol-System herab. Mit einem Abstand von fast dreißig Astronomischen Einheiten zur Erde – rund viereinhalb *Milliarden* Kilometer – waren sie weit genug von der Schwerkraftsenke der Sonne entfernt aus dem Subraum gekommen, um ihre enge, militärische Formation beibehalten zu können. Auf der anderen Seite lag nun ein weiter Weg ins Innere des Sol-Systems vor ihnen, den sie sich Kilometer um Kilometer, Lichtsekunde um Lichtsekunde, Astronomische Einheit um Astronomische Einheit würden erkämpfen müssen.

Doch sie rechnete nicht mit nennenswertem Widerstand.

Vor den Angreifern lagen mehr als vier Lichtstunden bis zur Erde, fast *vierzehn* Flugstunden bei ihrer momentanen Geschwindigkeit von nicht ganz 0,3 c. Hierin lag die einzige Chance der Verteidiger. Nur wenn es ihnen gelingen konnte, diese Geschwindigkeit so weit zu reduzieren, die Flugzeit so weit zu strecken, dass aus den vierzehn Stunden mindestens drei- bis viermal so viele wurden, konnten sie auf Rettung durch die große Flotte der Hegemonie hoffen, die bereits seit Tagen unterwegs war, aber erst in etwa fünfzig Stunden hier eintreffen würde.

Die achtzig Schiffe der Verteidiger würden sich den hunderten des Zelkanischen Imperiums in den Weg werfen und alles versuchen, um die Angreifer jeden Kilometer des langen Weges zur Erde mit Blut bezahlen zu lassen.

Auf der schematischen Darstellung des Sonnensystems war gut zu erkennen, wie die achtzig Kampfschiffe versuchten, der anrückenden Armada den Weg ins Innere des Sol-Systems zu verlegen. Die wenigen grünen Pünktchen rückten trügerisch langsam vorwärts. Was in dem Hologramm nur wie wenige Zentimeter aussah, waren in Wirklichkeit mehrere Lichtminuten. Die viel größere Formation roter Pünktchen hielt unbeirrt auf das klägliche Grüppchen der Verteidiger zu.

Die *Goldene Nova* war zwar sehr viel kleiner als die bis zu einem Kilometer messenden Kampfschiffe auf beiden Seiten, doch dies hatte zumindest einen Vorteil: Sie war wendiger und schneller! Und die überlegene Technik der *Ersten* erlaubte eine sehr viel exaktere Navigation im Subraum, vor allem hier draußen am Systemrand und weit entfernt von der Gravitationssenke der Sonne.

Es war Zeit für den ersten Teil des Plans.

»Charu, ist die Kursberechnung abgeschlossen?«

»Gib uns noch eine Sekunde!«

Charu und Silvio übertrugen die von Bailin ermittelten Daten der Tachyonenortung in den Navigationscomputer, wo Thoth die komplizierten Quantenberechnungen durchführte. Kein menschliches Gehirn wäre dazu in der Lage gewesen.

»Daten für kurzes Subraummanöver erstellt«, rief Silvio aus. »Ich übertrage sie jetzt in die Steuerung.«

»Übertragung abgeschlossen«, meldete Thoth fast in der gleichen Sekunde.

»Ausführung!«, sagte Alex und spürte seinen Puls schneller schlagen. »Igor, Schirm hochfahren und Waffensysteme scharf!«

»Übergang in den Subraum … jetzt!«, sagte Thoth.

Die *Goldene Nova* verschwand aus dem Normalraum und raste in dem Parallelkontinuum auf die feindliche Flotte zu. Der Subraumflug nahm nur Sekunden in Anspruch. Wenige Tausend Kilometer vor den Zelkanern fiel die Nova zurück in den Normalraum.

»Abweichung?«, fragte Alex.

»Vernachlässigbar«, antwortete Charu. »Nur ein paar Kilometer.«

»Igor, Feuer frei!«

Sie waren direkt vor der vorderen Linie des Feindes herausgekommen. Es würde einige Sekunden dauern, bis man dort die erste Überraschung überwunden und die Waffenleitsysteme auf das kleine Schiff einjustiert haben würde. Diese wenigen Sekunden galt es zu nutzen!

Igor aktivierte mit Thoths Zustimmung die Desintegratorkanone. Nach wie vor musste der Bordcomputer dem Einsatz der Waffen explizit zustimmen, und dazu war er nur bereit, wenn das Schiff selbst oder die Menschheit existenziell und direkt bedroht waren. Zum Glück legte der Computer seine Basisprogrammierung inzwischen nicht mehr so eng aus wie noch zu Beginn ihrer Zusammenarbeit. Der Angriff auf das Sol-System galt für Thoth als hinreichende Bedingung, um die Desintegratorkanone einsetzen zu dürfen. Eine Waffe, gegen die es so gut wie keinen Schutz gab!

Doch trotz ihrer technologischen Überlegenheit war die Nova nicht unverwundbar.

Masse schlägt Klasse, dachte Alex bedauernd. *Viele Hunde sind des Hasen Tod, auch wenn der Hase schneller, wendiger und besser bewaffnet ist!*

Es gelang Igor, die mächtige Waffe zweimal gezielt abzufeuern, bevor mehrere der hammerförmigen Kampfschiffe der Zelkaner gleichzeitig das Feuer auf die Nova eröffneten. Einer der gegnerischen Zerstörer verschwand einfach, als hätte es ihn nie gegeben, als seine atomare Struktur aufgelöst wurde und nur subatomare Partikel übrig blieben. Bei dem anderen Schiff brach nur der Schutzschirm zusammen und aus dem Heck schlugen Flammen, als der Triebwerkstrakt explodierte.

Es muss sich um einen Streifschuss gehandelt haben, überlegte Alex, der das Spektakel über den Holofeed seiner NERD-Haube so genau beobachten konnte, als würde er direkt daneben im All schweben.

Dann wurde die Nova von mehreren Energiewaffen getroffen und schüttelte sich fast wie ein lebendiges Tier.

»Überlastung des Schutzschirms unmittelbar bevorstehend«, sagte Thoth mit einer Ruhe, als würde er lediglich das Wetter bekannt geben.

»Weg hier!«, rief Alex. »Notmanöver einleiten!«

»Bestätigt«, sagte der Computer. »Notmanöver … jetzt!«

Die Nova verschwand gerade noch rechtzeitig im Subraum, bevor sich Dutzende Energiestrahlen an dem Punkt im All kreuzten, wo sie sich Sekundenbruchteile zuvor noch befunden hatte. Unmittelbar danach irrten an dieser Stelle mehrere Raumtorpedos auf der vergeblichen Suche nach einem Ziel durch das Weltall, bis ihre primitiven Zielerfassungscomputer die Sinnlosigkeit ihrer Suche erkannten und die Selbstzerstörung einleiteten.

Die Nova schoss durch den Subraum davon, ohne dass ein bestimmter Kurs einprogrammiert worden war. Nach nur fünf Sekunden fiel sie zurück in den Normalraum.

»Wo sind wir herausgekommen?«, fragte Alex sofort.

»Moment … zweiundvierzig Millionen Kilometer von den Zelkanern entfernt. Wir fliegen momentan parallel zu ihnen einige Lichtminuten oberhalb der Ekliptik«, antwortete Bailin.

»Charu, Silvio, berechnet von unserer Position ausgehend einen neuen Abfangkurs. Mal sehen, wie lange wir dieses Spiel spielen können.«

Es gab zwei Gründe, warum sie dieses Hase-und-Igel-Spiel nicht beliebig oft würden wiederholen können. Zum einen konnten sich die Gegner natürlich darauf einstellen und ihre Reaktionszeit würde von Mal zu Mal kürzer werden, bis für die Nova kaum noch Zeit bleiben würde, selbst einen gezielten Schuss abzugeben.

Jede Taktik nutzt sich früher oder später ab, stellte Alex bedauernd fest.

Zum anderen konnte man das Auftauchen knapp vor der Frontlinie der Zelkaner natürlich spätestens dann nicht mehr riskieren, wenn die Schiffe der kläglichen Verteidigungsflotte auf Schussweite herangekommen sein würden. Es war auch für die Nova mit ihrem starken Schutzschirm nicht ratsam, mitten im Feuersturm Dutzender sich gegenseitig beschießender Schiffe aus dem Subraum zu kommen. Doch noch hatten Alex und seine Crew einige dieser waghalsigen Angriffe frei. Schon der erste hatte die Geschwindigkeit der heranrückenden Zelkaner messbar reduziert. Sie waren vorsichtiger geworden!

»Kurs berechnet und eingegeben«, sagte Silvio.

»Ausführung, Thoth!«

Wieder verschwand die Nova für ein paar Sekunden im Subraum und wieder tauchte sie wie aus dem Nichts direkt vor der anrückenden Feindflotte auf. Hatten die Zelkaner bisher angenommen, ein solch überfallartiger Angriff sei eventuell eine verrückte, einmalige Verzweiflungsaktion, so mussten sie nun erkennen, dass dahinter eine Taktik stand. Beim nächsten Mal würden sie besser vorbereitet sein.

Doch der nächste Angriff verlief nicht viel anders. Wieder gelang es der Nova, einen der Angreifer abzuschießen, bevor der einsetzende Beschuss für das kleine Schiff zu gefährlich werden konnte.

Die Nova verschwand erneut und kam diesmal bereits nach drei Sekunden wieder aus dem Subraum.

»Entfernung dreieinhalb Lichtminuten«, gab Bailin bekannt. »Ziemlich genau zwischen den Zelkanern und deren Kursvektor zur Erde.«

»Wann kommen die anderen Schiffe in Schussweite?«, wollte Alex wissen.

Bailin überprüfte kurz die Ergebnisse der Echtzeitortung. »Wenn beide Flotten ihre derzeitige Geschwindigkeit und ihre Kurse beibehalten, in knapp vier Minuten. Die Zelkaner haben inzwischen merklich verlangsamt und sind vorsichtiger geworden.

Das läuft wohl nicht ganz so, wie sie es sich vorgestellt hatten.«

Das war die erhofft gute Nachricht und ein Hinweis darauf, dass die Taktik guerillaartiger Angriffe Früchte zu tragen schien.

»Zeit genug für einen dritten Anlauf«, sagte Alex. »Charu, wie weit bist du …«

»Die Zelkaner senden auf allen Frequenzen«, rief Bailin. »Das sollten wir uns anhören!«

»Auf die Lautsprecher«, stimmte Alex zu. »Alle sollen hören, was die Kerle zu sagen haben.«

Die Übertragung war in verschiedenen Sprachen gehalten, darunter auch Kraytak, die Hauptverkehrssprache der Hegemonie. Thoth übersetzte simultan.

»Hier spricht Galaxienträger zweiter Klasse Erak Workat an Bord der *Glanzvoller Sieg*. Die Hegemonie von Krayt hat dieses Sonnensystem widerrechtlich übernommen und eingegliedert und damit die fragile Machtbalance in diesem Spiralarm der Milchstraße einseitig und zuungunsten der anderen Bündnisse und Zivilisationen verändert. Dies gefährdet den Frieden zwischen den Völkern in diesem Sektor und ist nicht hinnehmbar! Im Namen aller friedliebenden Zivilisationen verlangt das Zelkanische Imperium von der Hegemonie von Krayt die sofortige Räumung des sogenannten Sol-Systems. Darüber hinaus müssen die Erkenntnisse aus der hier aufgefundenen Technologie der *Ersten* mit allen anderen Völkern geteilt werden, um das technologische Gleichgewicht auch weiterhin aufrechtzuerhalten. Es darf keine einseitigen Vorteile geben. Da die Zentrumsmächte den Besitz und die Auswertung technologischer Artefakte der *Ersten* verboten und unter Strafe gestellt haben, wogegen die

Hegemonie bereits verstoßen und damit uns alle in Gefahr gebracht hat, verlangt das Zelkanische Imperium außerdem die Herausgabe des Artefakts, um es in neutrale Verwahrung zu nehmen und den Zentrumsmächten zu übergeben, wenn dies in absehbarer Zeit gefordert werden wird. Diese Maßnahme gilt der Bewahrung des Friedens und dem Schutz aller Zivilisationen dieses Raumsektors. Sollte die Herausgabe verweigert werden, betrachten wir dies als kriegerischen Akt und werden den dritten Planeten dieses Systems samt denjenigen, die gegen das Verbot verstoßen haben und für die Konsequenzen verantwortlich sind, vollständig eliminieren. Vielleicht können die Zentrumsmächte so davon abgehalten werden, alle Völker dieses Sektors zur Rechenschaft zu ziehen. Unsere Aktion dient nur der Bewahrung des Friedens und der Vermeidung zukünftiger Vergeltungsaktionen seitens der Zentrumsmächte. Wir geben den hier anwesenden Entscheidungsträgern das 10^{14}-fache der Periodendauer der dem Übergang zwischen den beiden Hyperfeinstrukturniveaus des Grundzustandes von Atomen des Nuklids 133 entsprechenden Strahlung Zeit, um unsere Forderung zu erfüllen. Dieses Ultimatum wird weder verlängert noch wiederholt! Galaxienträger zweiter Klasse Erak Workat Ende.«

»Das sind etwas mehr als zehntausend Sekunden«, erläuterte Thoth, nachdem er blitzschnell gerechnet hatte.

»Sie haben es eilig«, sagte Madison. »Nur rund 170 Minuten Bedenkzeit. Es ist gar nicht möglich, das Ultimatum einzuhalten. Bis zur Erde sind es mehr als 4 Lichtstunden, also mehr als 240 Lichtminuten.

Solange dauert es schon alleine, die Nachricht dort zu empfangen, geschweige denn darauf zu antworten.«

»Sie erwarten keine Antwort, sie brauchen nur einen Grund, um ihren Überfall zu rechtfertigen«, sagte Alex. »Eine Friedensmission, dass ich nicht lache! Dieses Ultimatum und seine vorgeschobene Begründung sind an Zynismus nicht zu überbieten. Wir machen weiter wie geplant! Charu, hast du einen Kurs für mich?«

»Ist bereits eingegeben!«

»Thoth, Ausführung!«

Die Nova verschwand und tauchte zum dritten Mal unmittelbar vor der anrückenden Flotte des Zelkanischen Imperiums wieder auf. Die Zelkaner mussten inzwischen begriffen haben, dass es sich bei dem hartnäckigen Angreifer, der wie ein Moskito zustach und wieder verschwand, um exakt jenes Schiff der *Ersten* handelte, das sie in die Hände bekommen wollten. Dies musste sie vor ein Dilemma stellen: Einerseits konnten sie die permanenten Angriffe nicht einfach ignorieren, andererseits durften sie die Nova auch nicht vernichten, wenn sie deren Technologie studieren, auswerten und für sich nutzen wollten. Daher sahen sie sich gezwungen, ihren Plan zu überdenken und neu zu formulieren, was ebenfalls zu einer Zeitverzögerung führen würde. Und jede Minute war kostbar und brachte das Sol-System dem Eintreffen der hegemonialen Flotte näher.

Beim dritten Anlauf hatte sich die Reaktionszeit der Zelkaner bereits merklich verkürzt. Es gelang lediglich, eines der Kampfschiffe zu beschädigen, bevor die Nova erneut fliehen musste. Es war abzusehen, dass man mit dieser Taktik an eine Grenze gestoßen war. Doch die Flotte der Zelkaner hatte ihr Tempo bereits merklich reduziert.

»Sie nähern sich nur noch mit 0,2 c«, sagte Bailin. »Damit brauchen sie bis zur Erde jetzt noch rund zwanzig Stunden.«

Das war immer noch zu schnell, aber ein Anfang war gemacht.

»Noch einmal«, sagte Alex und wieder verschwand die Nova im Subraum, um Sekunden später vor den anfliegenden Feindschiffen wiederaufzutauchen.

Zwar gelang ein weiterer Abschuss, doch es war eine gehörige Portion Glück und Unfähigkeit aufseiten des Zelkanischen Kommandanten dabei im Spiel. Die Nova konnte sich gerade noch rechtzeitig durch den Subraum davonmachen, als sie gleichzeitig von sechs Gegnern unter Beschuss genommen wurde. Zwei Raumtorpedos explodierten in der letzten Hundertstelsekunde, bevor sich die Nova absetzen konnte, und brachten den Schutzschirm beinahe zur Überlastung.

Das kleine Schiff tauchte nicht ganz vier Lichtminuten entfernt wieder auf.

»Das war knapp«, sagte Igor.

»Und es wird immer knapper«, musste Alex zugeben. »Zeit, dass wir unsere Taktik ändern.«

»Unsere Schiffe kommen in Schussweite«, gab Bailin in diesem Moment bekannt.

»Lege die optisch aufbereiteten Scannerdaten auf das zentrale Holo«, bat Alex die Chinesin.

Alex hatte die zwanzig von Terranern bemannten Kampfschiffe dem Oberkommando von Hakir Alt´kranor unterstellt. Es wäre töricht gewesen, aus falschem Stolz nicht von der Erfahrung des ersten Schilds der achten Flotte der Hegemonie profitieren zu wollen. Außerdem war Alex auf der Nova unabkömmlich. Er konnte nur hoffen, dass die frisch und nur oberflächlich ausgebildeten terranischen Besatzungen ihre Sache ordentlich machen würden.

»Wir gehen wie geplant zu Phase zwei über«, sagte Alex. »Charu, wie weit seid ihr mit den neuen Berechnungen?«

»Einen Moment noch. Silvio gibt gerade die aktuellen Daten der Scans ein.«

»Feindkontakt unserer Schiffe!«, rief Bailin und legte die Echtzeitaufnahmen auf das zentrale Hologramm der Brücke.

Angesichts der fast fünffachen materiellen Überlegenheit der Zelkanischen Flotte galt es, eine offene Feldschlacht unbedingt zu vermeiden, bei der die Verteidiger in kürzester Zeit aufgerieben werden würden. Stattdessen hatte Hakir Alt´kranor in Absprache mit Alex eine andere Taktik ausgetüftelt.

Die der permanenten Nadelstiche! Eine Handvoll Stechmücken konnten auch einen Elefanten in den Wahnsinn treiben. Sie konnten ihn zwar weder aufhalten noch gar besiegen, aber sie konnten ihn zu nicht geplanten Reaktionen zwingen. Und seinen Vormarsch verlangsamen!

Kurz bevor die Flotte der Verteidiger in Schussweite kam, fächerten die Schiffe plötzlich auf. In Zweiergruppen rasten sie scheinbar vogelwild und unkoordiniert auf allen möglichen Vektoren der militärisch exakt ausgerichteten Formation der Zelkaner entgegen. Es wirkte fast so, als machte jeder Kommandant, was er will.

Doch es sah nur so aus! In Wirklichkeit entspann sich eine genau ausgetüftelte Choreografie. Die Zelkaner wussten mit einem Mal nicht mehr so recht, auf welchen Vektoren der Angriff auf sie erfolgte, und anstatt sich einer geordneten Frontlinie gegenüberzusehen, gerieten sie plötzlich aus allen möglichen Richtungen unter Druck. Ihre bisher stoisch gehaltene Formation drohte auseinanderzubrechen.

Auch die Nova beteiligte sich an dem scheinbar willkürlichen Tanz, der jedoch alles andere als willkürlich war.

»Kurskoordinaten sind eingegeben«, sagte Charu.

»Und … Ausführung!«, befahl Alex.

Thoth riss die Nova für einige Sekunden in den Subraum.

Diesmal fiel sie nicht *vor* der Flotte der Angreifer zurück in den Normalraum – dort tummelten sich zu viele der wild umherkurvenden Schiffe der Verteidiger –, diesmal erschien die Nova plötzlich *im Rücken* der Zelkaner, die nicht mehr so recht wussten, in welche Richtung sie ihre Aufmerksamkeit lenken sollten.

Es gelang Igor, drei zelkanische Einheiten zu vernichten, bevor sich zu viele Gegner auf die Nova konzentrierten, um noch länger an Ort und Stelle bleiben zu können. Das kleine Schiff verschwand erneut, um einige Lichtminuten entfernt in den Normalraum zurückzufallen.

»Ihre Formation fällt auseinander«, sagte Bailin, die mit ihren Tastern und Scannern jede Bewegung der Zelkaner genauestens verfolgte.

»Charu! Bereit?«, fragte Alex.

»Koordinaten stehen!«

»Dann los! Thoth, Ausführung!«

Beim nächsten Angriff erschien die Nova seitlich der allmählich zerfasernden Formation der Zelkaner. Wieder gelang es, drei Schiffe zu vernichten, bevor man selbst das Weite suchen musste.

»Status? Wie sieht es aus?«, wollte Alex wissen, als sie in Sicherheit waren.

»Wir wissen jetzt, dass fast vierhundert Schiffe ins Sol-System eingefallen sind«, sagte Bailin. »Die Nova hat bisher zehn davon vernichtet oder kampfunfähig gemacht. Unsere Freunde in der Flotte haben siebzehn weitere abgeschossen, bei vier eigenen Verlusten.« Bailin machte eine kleine Pause, bevor sie leise weitersprach. »Eines davon ein Schiff mit terranischer Besatzung.«

Alex verzog schmerzhaft das Gesicht. Ihnen allen war von Beginn an klar gewesen, dass diese Schlacht nicht ohne eigene Opfer verlaufen würde, doch es tat trotzdem weh, wenn dieses theoretische Wissen zur Realität wurde.

»Vier eigene Verluste und siebenundzwanzig beim Gegner. Das Verhältnis spricht für uns«, sagte Alex, um den anderen Mut zu machen. Doch er wusste nur zu gut, dass sich das Schlachtenglück blitzschnell wenden konnte.

»Weiter! Charu, Silvio, habt ihr neue Koordinaten für mich?«

»Hier kommen sie«, sagte Silvio.

Die Nova tauchte erneut in den Subraum ein und raste den Zelkanern entgegen.

21. März 2094: im Sol-System an Bord der *Glorreicher Sieg*

Die Schlacht verlief bisher nicht so, wie es sich Galaxienträger zweiter Klasse Erak Workat vorgestellt hatte. Obwohl seine Flotte eine numerische Überlegenheit von fast 5:1 aufwies, war es den Verteidigern gelungen, nicht nur für Unordnung in den Reihen der Zelkanischen Flotte zu sorgen und die sorgsam ausgetüftelte Formation zur Auflösung zu bringen, auch der ursprüngliche Plan, den Angriff mit maximaler Geschwindigkeit vorzutragen und den Verteidigern keine Zeit zur Organisation zu lassen, musste als gescheitert angesehen werden. Nicht zuletzt die unberechenbare, überfallartige Taktik des kleinen Schiffes, das inzwischen als das Artefakt identifiziert worden war, um das sich dieser Feldzug letztlich drehte, hatte dafür gesorgt, dass sich die Marschgeschwindigkeit inzwischen beinahe halbiert hatte. Auch überstiegen die eigenen Verluste längst das Maß, das Erak Workat in dieser Phase der Schlacht als akzeptabel erachtete.

Zu allem Überfluss hatte sich das Beiboot des Späherschiffes *Wacher Blick* nicht gemeldet. Man musste davon ausgehen, dass es entdeckt und entweder vernichtet oder aufgebracht worden war. Erak Workat befürchtete Letzteres, was auch erklären würde, warum die Verteidiger durchaus nicht unvorbereitet wirkten. Einer der Hurensöhne an Bord musste geplaudert haben, anstatt sich selbst das Leben zu nehmen, wie es der Ehrenkodex vorsah.

Seltsamerweise stellten sich die Verteidiger einfach nicht zum Kampf, sondern griffen jedes Mal kurz an, nur um sofort wieder zurückzuweichen. Es musste ihnen jedoch klar sein, dass sie das unausweichliche Ende damit nicht verhindern, sondern bestenfalls hinauszögern konnten. Erak Workat konnte keinen Sinn in diesem Verhalten erkennen. Die Verteidiger opferten Schiffe und Besatzungen ohne Aussicht darauf, letztendlich obsiegen zu können. Es wäre viel klüger gewesen, das Unausweichliche zu akzeptieren und das Ultimatum zu erfüllen. Hinter diesem Irrsinn mussten diese 'Menschen' stecken. Sie waren ganz offensichtlich verrückte, unlogisch handelnde Geschöpfe.

Doch Erak Workat musste widerwillig einräumen, dass bei allem Irrsinn die Taktik der Verteidiger doch Methode hatte. Sie würden ihn zwar nicht aufhalten können, fügten seiner Flotte jedoch höhere Verluste zu, als ihm lieb sein konnte. Das musste aufhören!

Wie dem auch sei, es lief nicht im Geringsten so, wie sich Galaxienträger zweiter Klasse Erak Workat den Verlauf dieses Feldzugs vorgestellt hatte.

Es wurde Zeit, über eine Änderung der Strategie nachzudenken. Zumindest mussten die Verluste begrenzt werden, auch wenn man dadurch an Marschgeschwindigkeit einbüßte.

»Mitteilung an alle Kommandanten«, diktierte er seinem Adjutanten. »Die Schiffe sollen noch enger zusammenrücken und sich gegenseitig verstärkt Deckung geben. Diese unregelmäßigen, unvorhersehbaren und überraschenden Angriffe von allen Seiten kosten mich zu viele Einheiten. In einer engeren Formation können die Schiffe einander wechselseitig besser Deckung und Feuerschutz geben.«

»Eine engere Formation bedeutet eine langsamere Marschgeschwindigkeit, da sehr viel weniger Raum zum Manövrieren zur Verfügung steht und die Kollisionsgefahr wächst«, erinnerte ihn der Adjutant.

Erak Workat warf seiner rechten Hand einen missbilligenden Blick zu. Der Galaxienträger schätzte es nicht, wenn ein Untergebener glaubte, schlauer als er zu sein. Außerdem war die Bemerkung nicht nur respektlos, sondern auch ohne Belang. Es spielte keine Rolle, ob der Sieg früher oder etwas später errungen werden würde. Der Ausgang dieser Schlacht stand so oder so fest. Ob die kleine Flotte der Hegemonie und die neu aufgenommenen Emporkömmlinge das unausweichliche Ende hinauszögern konnten, war irrelevant. Relevant hingegen war für Erak Workat, dass er seine Verluste gegenüber dem Konziliar würde rechtfertigen müssen, und das bereitete ihm mehr Kopfschmerzen als ein leicht verzögerter Sieg. »Das ist mir selbstverständlich bekannt, Mondträger dritter Klasse! Tun Sie augenblicklich, was ich sage, wenn Sie Ihren Posten behalten wollen.«

Der gemaßregelte Offizier wurde unter seinem Fell eine Schattierung bleicher, verkniff sich eine Entgegnung, salutierte so exakt wie seit seiner Ausbildung nicht mehr und gab den Befehl weiter. Er konnte nur hoffen, seiner Karriere nicht soeben einen irreparablen Knick verpasst zu haben.

22. März 2094: im Sol-System an Bord der *Goldenen Nova*

»Sie werden noch langsamer!« Bailin konnte den Triumph in ihrer Stimme nicht verhehlen. »Nur noch etwas mehr als 0,1 c!«

Achtunddreißig Stunden bis zur Erde. Nicht langsam genug!, dachte Alex.

»Nicht nachlassen, Leute!«, sagte er laut. »Charu, wie sieht es aus?«

»Hier sind die neuen Koordinaten.«

»Thot, dann wollen wir wieder!«

Die Nova ging in den Subraum und griff an.

Und wieder.

Und wieder.

Und wieder.

Die nächsten mehr als dreißig Stunden vergingen wie im Flug. Alex bekam nur am Rand mit, dass ein neuer Tag anbrach. Die Nova unternahm Angriff um Angriff, aus allen möglichen Richtungen und auf zufällig gewählten Vektoren, doch die Zelkaner hatten sich inzwischen gut auf das kleine Schiff eingestellt. Meist verblieben nur wenige Sekunden, um ein Ziel auszumachen, anzupeilen und mit der Desintegratorkanone unter Beschuss zu nehmen, bevor die jetzt in einer sehr engen Formation fliegenden und sich gegenseitig deckenden Angreifer ihrerseits das Feuer auf die Nova eröffneten. Immer häufiger hatte Alex den Angriff vorzeitig und ohne einen Abschuss vermelden zu können, abbrechen müssen, um das Schiff und seine Besatzung nicht zu gefährden. Und diese vergeblichen Vorstöße waren inzwischen beinahe zur Regel geworden. Abschüsse bildeten schon seit mehreren Stunden die Ausnahme. Es ging schon lange nicht mehr darum, den Zelkanern Verluste beizubringen, es ging nur noch darum, sie aufzuhalten und Zeit zu gewinnen.

Auch der Rest der Abwehrflotte war längst nicht mehr so erfolgreich wie noch zu Beginn der Schlacht. Auch hier hatten die Zelkaner ihre Defensivtaktik den unorthodoxen, überfallartigen Angriffen der Zweierverbände angepasst und ihre Verluste minimieren können. Zwar verloren sie immer noch mehr Schiffe als die Verteidiger, doch das Verhältnis war nicht mehr so eindeutig wie zuvor.

Inzwischen hatte sich das Schlachtfeld – ein annähernd würfelförmiger Raumsektor von mehreren Lichtsekunden Kantenlänge – immer mehr der Erde genähert. Der Abstand betrug nur noch wenig mehr als vier Astronomische Einheiten und es war abzusehen, dass die Zelkaner den Planeten erreichen würden, bevor die Entsatzflotte würde eintreffen können.

»Bei der momentanen Geschwindigkeit sind sie nur noch rund fünfeinhalb Stunden von der Erde entfernt«, sagte Alex. »Die hegemoniale Flotte kann jedoch frühestens in acht Stunden hier eintreffen.«

»Wir sind jetzt schon seit fast vierzig Stunden im Einsatz und haben inzwischen unzählige Angriffe geflogen. Ich habe längst den Überblick verloren«, sagte Madison. »Das soll keine Beschwerde sein, aber ich kann kaum noch die Augen offen halten. Und euch geht es mit Sicherheit nicht anders. Müdigkeit ist gefährlich, da sie schnell zu Fehlern führen kann. Und wenn wir uns etwas nicht erlauben können, dann sind es Fehler!«

Natürlich waren sie alle müde und erschöpft. Auch Alex merkte, wie seine Konzentration allmählich nachließ. Er schloss für einen Moment die brennenden Augen.

»Okay, Leute, wir machen eine kurze Pause. Zwanzig Minuten. Zeit für einen Powernap oder was auch immer, aber dann geht es weiter!«

Alex dachte ein paar Minuten nach, dann nahm er eine Schaltung vor, die ihn vom Kommunikations-netzwerk der Nova trennte.

»Thoth, ich brauche eine private Leitung, auf der niemand mithören kann.«

»Steht bereit!«

»Empfänger der Nachricht: Gouverneurin Bernard, Orbitalstation. Privat, vertraulich. Text: Hallo Liebling, ich weiß, dass du alles von der Station aus verfolgst, und ich weiß auch, dass du selbst rechnen kannst. Es sieht nicht gut aus! Wahrscheinlich … nein … ziemlich sicher werden die Zelkaner die Erde vor der hegemonialen Flotte erreichen. Das hast du natürlich längst selbst erkannt. Deshalb meine Bitte an dich: Sie werden mit Sicherheit zuerst die Orbitalstation vernichten wollen. Sie ist das hiesige Symbol der Hegemonie. Sieh zu, dass du von dort verschwindest! Nimm die *Terrania* und fliehe aus dem Sol-System, solange das noch möglich ist. Ich werde mit der Nova folgen.« Alex zögerte einen kaum merklichen Moment. Er wusste, dass der letzte Satz eine Lüge war. Er und seine Freunde würden bis zum letzten Atemzug um die Erde kämpfen. »Fliege nach Kraytar-Prime. Ich bin sicher, der Hegemon wird dir Asyl gewähren. Außerdem ist Joy dort und sie braucht dich! Ich liebe dich! Walker Ende. Abschicken und lokal löschen.«

»Nachricht wurde abgeschickt und aus dem lokalen Speicher gelöscht«, bestätigte Thoth.

Alex blickte auf die Uhr und schaltete sich wieder ins Kommunikationsnetzwerk ein.

»Aufwachen, Leute, es geht weiter!«

22. März 2094: im Sol-System an Bord der Orbitalstation

… der Hegemon wird dir Asyl gewähren. Außerdem ist Joy dort und sie braucht dich! Ich liebe dich! Walker Ende.

Mireille war wütend. Wie konnte Alex nur annehmen, sie würde ihr Schiff nehmen und fliehen. Natürlich wusste sie, dass er diesen Vorschlag aus Sorge um sie gemacht hatte, doch sie war wütend, weil er sie besser kennen musste. Sie war die Gouverneurin des Sol-Systems. Sie war die Herrscherin über die Menschheit und ihre Geschicke. Was für eine Herrscherin wäre sie, wenn sie angesichts der Gefahr davonlaufen und die Menschen ihrem Schicksal überlassen würde? Alex musste wissen, dass so zu handeln für sie undenkbar war!

Natürlich hatte sie während der letzten mehr als dreißig Stunden die Schlacht verfolgt und sie hatte sehen können, wie die Zelkaner der Erde immer näher kamen. Und natürlich konnte sie rechnen.

Mireille wusste auch, dass diese Nachricht etwas mehr als eine halbe Stunde zu ihr unterwegs gewesen war. *Nur* etwas mehr als eine halbe Stunde! So dicht stand der Feind bereits vor den Toren Terras. Wenn kein Wunder geschah, würden sich die Zelkaner in rund fünf Stunden dem Planeten auf Schussweite genähert haben. Mireille wollte sich nicht ausmalen, was dann geschehen würde.

Aber sie wusste genau, was sie zu tun hatte. Die *Terrania* war zwar ein Diplomatenschiff und nur leicht bewaffnet, aber sie würde sich gegen den Untergang der Menschheit stemmen, solange noch ein Schuss in ihren Magazinen war!

Und Joy? Sie wird mich verstehen, dachte Mireille wehmütig. *Joy wäre die Letzte, die vor einer Gefahr davonlaufen würde. Und sie wird ihren Weg gehen – auch ohne Alex und mich!*

»Alexa, Verbindung mit Hangar drei herstellen«, befahl sie dem Auto-Kommunikator, dem sie aus Spaß diesen historischen Namen gegeben hatte. Und um Alex zu veralbern, der die Wahl nicht lustig gefunden hatte. »Die Terrania soll startklar gemacht werden.«

»Verbindung wurde hergestellt und die Anordnung weitergegeben, Chefin«, säuselte die weibliche Stimme, der man ihren künstlichen Ursprung nicht anhören konnte.

Mireille sah noch einmal durch den Transparentschirm hinunter auf die Erde. Von hier oben sah der Planet friedlich und wunderschön aus. Sie musste davon ausgehen, dass sich dieses Bild in wenigen Stunden auf grausame Art verändern würde.

23. März 2094: im Sol-System an Bord der *Goldenen Nova*

Ein neuer Tag war angebrochen. Der Tag, an dem sich das Schicksal der Menschheit entscheiden würde. Die Nova hatte wieder und wieder ihre Nadelstiche gesetzt, die noch verbliebenen achtundfünfzig Schiffe der Verteidiger griffen unentwegt an, doch die immer noch fast dreihundert Einheiten des Zelkanischen Imperiums waren der Erde unaufhaltsam näher gerückt.

Die Terraner hatten bisher sechs ihrer zwanzig Schiffe verloren. Fast eintausend Seelen, die sich heldenhaft für ihren Heimatplaneten geopfert hatten. Hinzu kamen die rund zweieinhalbtausend Vertreter der elf anderen Völker, die ihr Leben auf weiteren sechzehn Schiffen der Hegemonie im Kampf um das Sol-System gelassen hatten.

Trotz ihrer ungleich höheren Verluste – es mussten mehr als einhundert Schiffe mit vielen Tausend Besatzungsmitgliedern sein, die in grellen Feuerbällen vergangen waren – war es den Zelkanern gelungen, sich der Erde bis auf die letzten fünfzig Millionen Kilometer zu nähern. Zwar hatte sich das Tempo ihres Vormarsches stetig weiter verlangsamt, es betrug nur noch 0,05 c – 5 Prozent der Lichtgeschwindigkeit –, doch sie würden die Erde innerhalb der nächsten Stunde erreichen. In weniger als fünfundvierzig Minuten würden die ersten Feindschiffe auf Schussweite herangekommen sein. Die bisher erlittenen Verluste an Leben würden gegenüber der Zahl der auf der Erde zu erwartenden Todesopfer verblassen. Sollten die Zelkaner die

Großstädte unter Beschuss nehmen, würde die Zahl der Toten in die Millionen gehen.

Eine Dreiviertelstunde bei der momentanen Geschwindigkeit, bis es keine Rettung mehr geben konnte. Mit den überlichtschnell arbeitenden Subraumtastern war die mit maximaler Geschwindigkeit heranjagende Entsatzflotte zwar zu orten, doch der Scan erlaubte keine zuverlässige Entfernungs- und damit auch keine exakte Zeitmessung für ihre Ankunft. Die Schätzungen beliefen sich auf eine Stunde oder mehr. Eher mehr!

»Thoth, spätestens jetzt ist es an der Zeit, uns ehrlich zu sagen, ob die Nova über mächtigere Waffensysteme als die Desintegratorkanone verfügt.« Ein letzter Versuch. Alex hatte den Computer in den vergangenen Stunden bereits mehrfach davon zu überzeugen versucht, dass es ohne eine umfassendere Kooperation keine Rettung für die Erde geben konnte. Bisher ohne Erfolg. Thoth weigerte sich sogar, die Existenz anderer Waffensysteme auch nur einzuräumen. Er beharrte darauf, nichts weiter zum Kampf um Sol beitragen zu können.

Auch diesmal war es nicht anders. »Ich kann die Existenz weiterer Offensivsysteme weder bestätigen noch dementieren, da ich keinen vollständigen Zugriff auf die entsprechenden Datenbanken habe oder diese von meinen Erbauern gelöscht wurden. Es tut mir leid!«

Alex war davon überzeugt, dass Thoth mehr wusste, als er zugab, doch es war müßig, sich noch länger darüber Gedanken zu machen.

»Wir müssen aggressiver vorgehen als bei den letzten Angriffen«, sagte Martelli. »Seit mehreren

Stunden ist es uns nicht mehr gelungen, auch nur ein einziges Schiff abzuschießen. Wir sind zu vorsichtig und dafür ist nun keine Zeit mehr!«

Es überraschte Alex nicht, dass sich ausgerechnet der Italiener als Erster dafür aussprach, größere Risiken einzugehen. Martelli war schon immer der Aggressivste von ihnen gewesen. Doch er hatte recht. Die Zelkaner hatten sich immer besser auf die plötzlich auftauchende Nova einstellen können. Alex vermutete, dass auf jedem Schiff ein Ortungsoffizier ausschließlich dafür abgestellt worden war, mit seinem gesamten Instrumentarium an Scannern, Sensoren und Tastern nach dem kleinen Schiff Ausschau zu halten. Während der ersten Stunden hatten die Zelkaner sicher ein detailliertes energetisches Profil der *Goldenen Nova* erstellen können und es sollte ihnen nun keine Schwierigkeiten bereiten, das stets nur wenige Lichtminuten entfernt auf der Lauer liegende Schiff zweifelsfrei zu orten und im Auge zu behalten. Sobald die Nova im Subraum verschwand, wussten die Zelkaner, dass ein Angriff unmittelbar bevorstand, und waren somit kaum noch zu überraschen.

Die Nova war als Waffe de facto nutzlos geworden, auch wenn sie in den vergangenen Stunden weiterhin dazu beigetragen hatte, den Vormarsch der feindlichen Flotte zu verlangsamen.

»Wir sind ein paarmal nur äußerst knapp entkommen«, erinnerte Igor den Italiener.

»Was haben wir zu verlieren?«

»Außer unserem Leben, meinst du?« Igor lachte heiser. »Ich bin ja bereit, Risiken einzugehen und zu kämpfen, aber nicht unbedingt, mich sinnlos zu opfern.«

»Ich stimme Silvio zu!« Alex war verblüfft. Er hätte niemals damit gerechnet, dass sich ausgerechnet Charu auf Martellis Seite schlagen würde. Doch ihr nächster Satz machte deutlich, warum. »Meine gesamte Familie lebt in Mumbai. Ich muss davon ausgehen, dass die Zelkaner die riesige, vom All aus sichtbare Stadt zu einem Primärziel machen werden. Wenn wir sie nicht aufhalten können, verliere ich meine Eltern, meine Brüder und Schwestern, deren Kinder und alle, die mir etwas bedeuten. Mein Leben gegen so viele – da fällt mir eine Entscheidung nicht schwer.«

»Charu hat recht«, sagte auch Bailin leise. »Bei mir ist es ähnlich. Jeder, der mir etwas bedeutet, lebt in Beijing. Ich bin ebenfalls bereit, ein höheres Risiko einzugehen.«

Madison fluchte lauthals. »Ihr seid alle verrückt! Als ob wir den Verlauf mithilfe der Nova zu unseren Gunsten beeinflussen könnten. Aber meinetwegen! Was haben wir schon zu verlieren – außer unserem erbärmlichen Leben.«

Igor sah Alex mit hochgezogenen Augenbrauen an. »Dann sind wir beide wohl in der Minderheit.«

Walker schüttelte den Kopf. »Es tut mir leid, Igor, aber ich stimme den anderen zu. Alles oder nichts!«

Igor lachte kurz auf. »Ich kann wohl nicht darum bitten, vorher irgendwo abgesetzt zu werden? Na schön, was soll´s! Dann wollen wir den Bastarden mal einheizen, so gut wir können – und so lange, wie wir können.«

Alex nickte und stülpte seine NERD-Haube, die er für die kleine Pause abgenommen hatte, um etwas zu trinken, wieder über den Kopf. Er wusste, dass keiner von seinen Freunden – und er zählte nach dem gemeinsamen Kampf der letzten Stunden auch Madison und Martelli wieder dazu – damit rechnete, die nächste Stunde zu überleben. Jeder von ihnen war bereit, für die winzige Chance, dass die erhoffte Flotte vielleicht doch noch rechtzeitig eintreffen mochte, sein Leben zu geben. Mehr konnte man von seinen Freunden nicht verlangen. Charu, Igor, Bailin, Silvio und sogar Henry, der versucht hatte, ihn zu ermorden, in Alex´ Augen waren sie allesamt Helden.

»Charu, wie sieht es aus?«

»Koordinaten kommen!«

»Thoth, Ausführung!«

Wir sind zu einem eingespielten Team geworden, dachte Alex, bevor die *Goldene Nova* wieder einmal im Subraum verschwand.

Sie kamen direkt vor einem Pulk von fünf zelkanischen Schiffen an der rechten Flanke der Angreifer aus dem Parallelkontinuum heraus. Man schien beinahe auf sie gewartet zu haben. Noch bevor Igor auch nur eines der Schiffe anvisieren konnte, schlugen bereits die ersten Energiestrahlen in den Schutzschirm der Nova ein. Die Summe der Maser-, Laser- und Protonenstrahlen brachte den Schirm zum Flackern.

»Abschussschächte öffnen sich!«, rief Bailin. Die feindlichen Schiffe würden jeden Augenblick Raumtorpedos abfeuern.

»Ich hab´s gleich!«, schrie Igor, während Thoth eine Warnung ausgab. »Schirm überlastet. Zusammenbruch imminent!«

Bei allen vorherigen Angriffen war die Nova spätestens jetzt in den Subraum gegangen und hatte sich abgesetzt. Nicht so diesmal.

»Igor, du hast noch maximal fünf Sekunden!«, rief Alex über das Donnern der Einschläge im Schutzschirm hinweg.

Die Nova erbebte und irgendwo im Schiff explodierte etwas. Alex konnte nur hoffen, dass es kein wichtiges Aggregat gewesen war.

»Torpedos unterwegs«, warnte Bailin.

»Thoth, Feuer!« Igors Stimme drang mühelos durch die Kakophonie verschiedener, laut aufheulender Alarmsirenen, in den Schutzschirm einschlagender Schüsse und überlasteter Geräte, die ringsum mit durch Mark und Bein gehenden Geräuschen den Geist aufgaben.

Alex war sich sicher, dass sie hier niemals lebend herauskommen würden.

»Feindschiff zerstört!« Auch Thoth war trotz des Lärms mühelos zu verstehen.

»Weg hier!«, brüllte Alex.

Der Bordcomputer riss die Nova in einem Gewaltmanöver in den Subraum. Die Explosion eines gleichzeitig in den Schutzschirm einschlagenden Nukleartorpedos riss in der letzten Nanosekunde noch ein mehrere Quadratmeter großes Loch in den Rumpf des Schiffes. Es war pures Glück, dass dahinter lediglich ein leerer Frachtraum lag, der automatisch abgeschottet wurde.

Die Nova gab Geräusche von sich wie ein waidwund geschossenes Tier – was sie im übertragenden Sinn auch war.

Dann fiel sie zurück in den Normalraum und plötzlich war es an Bord totenstill.

»Leben wir noch?«, fragte Silvio und musste

husten. »Oder sind das die Rauchschwaden der Höllenfeuer?« Nach verbrannten elektrischen Leitungen riechender Rauch durchzog die Brücke, und die Klimaanlage schaffte es kaum, die Luft an Bord zu reinigen.

»Das war knapper, als mir lieb war«, gestand Henry.

»Schadensmeldung, Thoth?« Alex wollte sich nicht lange mit der Frage aufhalten, wie knapp sie dem Tod entronnen waren. Es interessierte ihn momentan viel mehr, in welchem Zustand sich die *Goldene Nova* befand.

»Keine substanziellen Schäden. Sämtliche essenziellen Systeme funktionieren innerhalb normaler Parameter. Leichte strukturelle Beschädigungen, die jedoch die Einsatzfähigkeit des Schiffes nicht beeinträchtigen.«

Das klang besser, als Alex zu hoffen gewagt hatte. Die Nova konnte augenscheinlich mehr wegstecken, als er dem Schiff zugetraut hatte.

»Die Zelkaner haben weiter verlangsamt«, teilte Bailin in diesem Moment mit. »Es hat ihnen wohl zu denken gegeben, dass wir immer noch in der Lage sind, uns zu wehren.«

»Sie haben es nicht eilig und denken wohl, sie könnten es auf eine Abnutzungsschlacht ankommen lassen, und je länger es dauert, umso besser für sie«, vermutete Charu. »Denn wir müssen dabei angesichts unserer materiellen Unterlegenheit zwangsläufig den Kürzeren ziehen.«

Alex stimmte Charus Analyse zu. »Sie können natürlich nicht wissen, dass sie uns damit in die Karten spielen!« Er wandte sich an den Bordcomputer. »Thoth, wie sieht es aus? Können wir noch einen Angriff wagen?«

»Das sollte möglich sein. Ich würde jedoch empfehlen, das Fluchtmanöver nicht wieder so knapp zu kalkulieren.«

»Silvio, Charu, gebt mir einen Kurs. Diesmal will ich von oben auf die Bastarde stoßen.«

Während die beiden Kursparameter festlegten, konnte Alex sehen, dass die verbliebenen Schiffe der Verteidigerflotte nach wie vor verzweifelte Angriffe flogen und dabei ebenfalls zunehmend höhere Risiken eingingen. Sie verloren dabei allerdings weitere Schiffe, darunter auch zwei mit terranischer Besatzung. Anscheinend war Erstes Schild Hakir Alt´kranor zu den gleichen Überlegungen gelangt wie Alex und seine Crew: Die Zeit für ein zaghaftes Vorgehen war vorüber!

Der nächste Angriff verlief weniger dramatisch. Entweder hatte man nicht damit gerechnet, dass die Nova kaum Beschädigungen davongetragen hatte, oder die Besatzungen der angegriffenen Feindschiffe waren müde oder unaufmerksam. Die Nova konnte ein Schiff vernichten und eines schwer beschädigen, bevor sie erneut in Gefahr geriet. Diesmal konnte sie ohne größere Schäden entkommen, was die Stimmung an Bord beträchtlich verbesserte. Sogar eine leise Hoffnung keimte wieder auf.

»Die Front der Feindschiffe kommt in wenigen Minuten auf Feuerreichweite an die Erde heran«, warnte Alex. »Wenn wir überhaupt noch etwas erreichen wollen, dann müssen wir dort angreifen, selbst wenn wir dabei unseren eigenen Schiffen in die Quere kommen. Bailin, gib mir einen Kanal zu Hakir

Alt´kranor.«

Der Kommandierende der achten Flotte und Alex hatten während der Schlacht keinen Kontakt gehabt. Es war zuvor vereinbart worden, dass die Nova als ein für die Zelkaner unberechenbarer Faktor agieren und nicht der Flottendisziplin unterliegen sollte, und somit hatte es keinen Grund für ständige taktische Absprachen gegeben. Doch nun war es ratsam, sich zumindest grob über das weitere Vorgehen zu verständigen.

»Erstes Schild, ich freue mich, Sie noch am Leben zu wissen«, sagte Alex zur Begrüßung, als die Verbindung stand.

»General Walker! Sie haben erstaunliche Erfolge in der Schlacht erzielt, wie ich bemerken durfte.« Aus Hakir Alt´kranors Worten sprach ehrliche Anerkennung und er hatte sogar Alex´ irdischen Rang genannt, was er bislang stets vermieden hatte.

Wenn wir das hier überleben, finden wir vielleicht wieder zu einer für beide Seiten akzeptablen Form der Zusammenarbeit, dachte Alex.

»Leider waren meine Erfolge nicht groß genug, Erstes Schild. Der Feind steht kurz davor, meinen Heimatplaneten unter Beschuss nehmen zu können. Wir werden deshalb seine Frontlinie attackieren. Bitte halten Sie Ihre Schiffe einstweilen von den mittleren Quadraten des Frontverlaufs fern.«

»Sie können sich darauf verlassen, General Walker!« Hakir Alt´kranor nickte in die Kamera. »Es war mir eine Ehre, an Ihrer Seite zu kämpfen. Viel Erfolg!«

»Danke, Erstes Schild. Auch Ihnen viel Erfolg!«

Alex beendete die Verbindung. »Charu, hast du

die Koordinaten fertig?«

»Du weißt schon, dass es an Selbstmord grenzt, ausgerechnet dort anzugreifen?«

»Alles, was wir in der letzten Stunde getan haben, war selbstmörderisch. Warum ausgerechnet jetzt damit aufhören?«

»Du bist verrückt, Alex. Hier sind deine Kursdaten.«

»Thoth, bring uns dorthin!«

Die Nova ging in den Subraum und tauchte nur Augenblicke später direkt vor der anfliegenden imperialen Flotte auf.

»Sie haben soeben einen Torpedo auf die Erde abgefeuert!«, schrie Bailin, kaum dass sie zurück im Normalraum waren.

»Wage es nicht, von hier zu verschwinden, bevor ich wenigstens einen der Bastarde aus dem All gefegt habe«, knurrte Igor wütend.

Bevor Alex etwas darauf antworten konnte, stürzten sich mehrere Einheiten auf das kleine Schiff und eröffneten das Feuer. Dutzende unterschiedlicher Energiestrahlen prasselten gleichzeitig auf den Schutzschirm der Nova ein, und das Schiff schien in Flammen gehüllt zu sein.

Ein außenstehender Beobachter hätte bei diesem Anblick keinen Pfifferling mehr auf die Nova und ihre Besatzung verwettet.

23. März 2094: im Sol-System an Bord der *Glorreicher Sieg*

»Nukleartorpedo Feuer!«

Galaxienträger zweiter Klasse Erak Workat hatte diesem Moment entgegengefiebert. Der ganze Angriff war bisher mehr oder weniger unbefriedigend verlaufen und seine Konkurrenten um die Gunst des Konziliars würden die massiven Verluste an Leben und Material dazu benutzen, seiner aufstrebenden Karriere einen gehörigen Dämpfer zu verpassen. *Zu verlustreich und nicht entschlossen genug*, würden sie sagen. Dabei hätte keiner von ihnen die seltsame Taktik der Verteidiger dieses Systems vorausahnen können. Bis jetzt war Workat nicht wirklich schlau aus ihrer Strategie geworden. Warum versuchten sie, mit unkoordinierten Angriffen und unter Missachtung all dessen, was die Gefechtsfeldtheorie verlangte, aus einer Position der Schwäche heraus die Schlacht auch noch hinauszuzögern? Sie konnten auf diese Weise die eigenen Verluste nur sinnlos vergrößern! Workat besaß das Übergewicht an Material und eine Abnutzungsschlacht konnte nur zu seinem Vorteil sein.

Zugegeben, sie hatten dem Zelkanischen Imperium dabei heftige Verluste zufügen können, was ihn beschämte, doch sie hatten sich damit in eine sichere Niederlage manövriert und das unvermeidliche Ende nur hinausgezögert. Workat hätte an der Stelle des Verantwortlichen für die Verteidigung des Sol-Systems einen schnellen, harten Schlag gegen die zahlenmäßig überlegenen Eindringlinge geführt, versucht, so viel Schaden wie möglich unter ihnen anzurichten, und sich dann, nachdem das

Unvermeidliche nicht länger zu leugnen gewesen wäre, mit seiner Flotte abgesetzt. Lieber Leben und Material bewahren, um es vielleicht zu einem günstigeren Zeitpunkt wieder in die Schlacht werfen zu können, als es sinnlos zu opfern. Mit ihrer verrückten Strategie des Abnutzungskampfs hatten die Verteidiger zwar den einen oder anderen Achtungserfolg erzielt und das Ende hinausgezögert, sich dabei langfristig jedoch selbst geschwächt.

Trotzdem hatten sie Workats Flotte nicht unerhebliche Verluste beibringen können, was den Galaxienträger an dieser ungewöhnlichen Strategie am meisten ärgerte.

Aber jetzt war der Zeitpunkt der Rache gekommen. Workat hatte sein Schiff, die *Glorreicher Sieg*, zuvorderst an die Frontlinie befohlen, um den ersten Schuss auf den dritten Planeten abgeben zu können. Man hatte sein Ultimatum nicht nur ignoriert, sondern das Schiff der *Ersten* sogar mit erstaunlichem Erfolg gegen ihn und seine Flotte ins Feld geführt. Nun würden die Bewohner des Planeten unter ihm dafür büßen.

Noch während der Torpedo mit seinem nuklearen Sprengkopf den Abschussschacht verließ und auf eine große Stadt auf der Oberfläche des Planeten zuhielt, schrillte eine Warnung auf.

»Feindkontakt mit dem Schiff der Ersten«, gab der Ortungsoffizier bekannt. »Es ist soeben direkt vor uns aufgetaucht!«

»Plan 'Kessel' exekutieren!«, befahl Workat.

Sofort beschleunigten fünf seiner Zerstörer in unmittelbarer Nähe, stürzten sich auf das kleine Raumschiff und kesselten es ein. Innerhalb weniger

Augenblicke stand es unter Dauerbeschuss. Bisher hatte sich das Schiff immer abgesetzt, sobald es in Gefahr geraten war, doch zu Workats Überraschung blieb es diesmal an Ort uns Stelle, obwohl sein Schutzschirm jeden Moment zusammenbrechen musste. Es gelang ihm sogar noch, seinerseits auf einen der Zerstörer zu feuern und ihn einfach verschwinden zu lassen.

Diese Waffe müssen wir unbedingt in die Hände bekommen, dachte der Galaxienträger.

Dann geschahen zwei Dinge gleichzeitig.

Der Nukleartorpedo schlug auf der Erdoberfläche ein und ein Atompilz wuchs bis in die höchsten Höhen der Stratosphäre. Workat schickte einen zweiten Torpedo hinterher.

Und der Schutzschirm des Schiffes der *Ersten* brach zusammen, womit es ungeschützt vor den verbliebenen vier Zerstörern im All trieb, die sofort gezielt die Triebwerkssektion unter Beschuss nahmen, um eine Flucht unmöglich zu machen.

Galaxienträger Workat jubelte innerlich auf. Die Beute war ihm nun sicher. Natürlich durften sie das kleine Schiff nicht zerstören. Die Geheimnisse, die es in sich barg, waren viel zu wertvoll. Aber sie mussten es so stark beschädigen, dass von ihm nicht länger eine Gefahr ausgehen und dass es nicht mehr entkommen konnte. Plan 'Kessel' war genau für diesen Fall erdacht worden.

Erbarmungslos schlugen die Energiestrahlen in den Heckbereich ein, wo man die weniger bedeutenden Aggregate vermutete. Die Strahltriebwerke waren von untergeordneter Wichtigkeit, obwohl auch sie sicher auf einem hohen technologischen Niveau funktionierten. Doch man musste einen Teil der Beute opfern, um die wahren Schätze bergen zu können.

Das kleine Schiff taumelte um seine Achsen und aus dem Rumpf strömten Gasfontänen ins All, als mehrere Hüllenbrüche die Bordatmosphäre entweichen ließen. Aus dem Heckbereich brachen größere Stücke und trieben, vom Explosionsdruck beschleunigt, vom Rest des Wracks weg. Workat war sich sicher, dass es an Bord keine Überlebenden geben konnte, und falls doch, würde das Enterkommando kurzen Prozess mit ihnen machen.

Das Schiff der *Ersten* oder das, was davon übrig geblieben war, gehörte nun ihm!

Ein Blick auf das Hologramm, das den Planeten unter ihnen darstellte, zeigte den Einschlag des zweiten Nukleartorpedos in einer der größeren Städte. Wieder stieg ein Atompilz bis an die Grenze der Stratosphäre empor.

Die restlichen Schiffe der verbliebenen Flotte der Verteidiger umschwirrten die Angreifer zwar immer noch wie wild gewordene Hulsum-Fliegen, doch sie konnten nichts mehr ausrichten.

Der dritte Planet lag schutzlos vor ihnen und damit gehörte das Sol-System dem Zelkanischen Imperium!

Dann geschah etwas, mit dem Galaxienträger zweiter Klasse Erak Workat nicht im Traum gerechnet hätte.

Mehrere Alarme schrillten durch die Brücke der *Glorreicher Sieg*. Workat fuhr herum und starrte ungläubig auf das Hologramm mitten auf der Brücke, in dem das gesamte System dargestellt wurde.

Hunderte von kleinen gelben Pünktchen erschienen gleichzeitig überall. Es waren viele, sehr viele. Mehr als achthundert, wie die automatische Zählung schließlich verriet. Es waren Raumschiffe, und sie hatten es gewagt, im Subraumflug bis weit ins Innere des Sol-Systems vorzudringen – bis in die Nähe des dritten Planeten. Mehr als die Hälfte von ihnen war zwar, wie zu erwarten, vom Kurs abgekommen und etliche Flugstunden entfernt zurück in den Normalraum gefallen, doch immer noch genug von ihnen waren nicht weit vom geplanten Rücksturzpunkt aus dem Subraum gekommen.

Und damit nicht weit von seiner Flotte entfernt, wie Galaxienträger zweiter Klasse Erak Workat entsetzt feststellen musste. Und sie stürzten sich sofort auf seine Schiffe.

Der Planet unter ihm war vergessen und auch an eine Bergung des Wracks war nicht mehr zu denken. Plötzlich kämpfte die zelkanische Flotte ums nackte Überleben. Nach vielen Stunden des Kampfes waren die Besatzungen müde und erschöpft und sahen sich nun nicht nur frischen, ausgeruhten Besatzungen, sondern auch, wie eine schnelle Zählung ergab, einer materiellen Übermacht gegenüber. Und die verbliebenen Schiffe der bisherigen Verteidiger verdoppelten ihre bisherigen Anstrengungen zusätzlich.

Aus den Angreifern waren plötzlich die Gejagten geworden.

Galaxienträger zweiter Klasse Erak Workat wurde mit einem Schlag vieles klar. Vor allem, warum man es darauf angelegt hatte, die Schlacht zu verschleppen, zu verlangsamen, hinauszuzögern.

Sie haben gewusst, dass eine riesige Flotte hierher

unterwegs ist, dachte Workat entsetzt. *Warum ist uns das entgangen?*

Es ging nun nicht mehr darum, das Schiff der *Ersten* aufzubringen oder gar den dritten Planeten zu vernichten, nun ging es für die Zelkaner um Leben und Tod. Schon jetzt konnte Workat sehen, wie Schiff um Schiff seiner Flotte im Dauerbeschuss der Neuankömmlinge explodierte. Workats bisher so konsequent gehaltene Flottenformation löste sich mit atemberaubender Geschwindigkeit auf, als die Kommandanten ihr Heil in der Flucht suchten. Die Disziplin brach auseinander.

Auch Galaxienträger Workat wollte überleben. »Rückzug! Sofort!«, schrie er.

Workat wusste, dass seine Karriere in diesem Moment zu Ende ging und er froh sein durfte, wenn es ihm gelingen würde, mit heiler Haut aus dem Sol-System zu entkommen.

Die vielen Hundert neu angekommenen Schiffe verzichteten zu seinem Erstaunen darauf, den Flüchtenden nachzusetzen. Sie beschränkten sich darauf, die wenigen Einheiten der Zelkaner zu bekämpfen, die nicht aufgeben wollten. Sie waren in erster Linie bemüht, den dritten Planeten abzuschirmen, um ihn vor einem weiteren Bombardement zu beschützen.

Galaxienträger zweiter Klasse Erak Workat war den Weltraumgöttern dankbar, als die *Glorreicher Sieg* endlich in den Subraum wechseln konnte. Er war zwar mit dem Leben davongekommen, doch für wie lange? Der Konziliar zeigte sich Versagern gegenüber üblicherweise nicht besonders verständnisvoll.

23. März 2094: im Sol-System an Bord der *Goldenen Nova*

Alex bekam nur schwer Luft und hatte Schwierigkeiten, sich zu orientieren. Außerdem schmerzte seine gesamte linke Körperseite höllisch.

Etwas oder jemand befestigte eine Atemmaske auf seinem Gesicht.

»Atmen Sie ruhig weiter.« Alex erkannte Thoths Stimme. »Sie sind schwer verwundet, doch der MedBot konnte die Blutung stillen. Allerdings verliert das Schiff Lu… atmen Sie ruhig wei… schwer verwund… atmen Sie…« Dann war Stille.

Thoth muss auch etwas abbekommen haben, vermutete Alex.

Er konnte spüren, dass etwas auf seiner linken Seite nicht stimmte. Doch dann ließ der Schmerz dort spürbar nach. Alex versuchte, den Kopf nach links zu drehen. Er lag nach wie vor auf seiner Liege auf der Brücke der Nova, doch die NERD-Haube war entweder davongeschleudert worden oder jemand hatte sie ihm abgenommen.

Es war fast völlig dunkel. Von irgendwoher kam ein schwacher Lichtschein, der jedoch nicht ausreichte, um Alex genau sehen zu lassen, was mit seiner linken Körperhälfte nicht in Ordnung war. Sie fühlte sich nun komplett taub an und er konnte den linken Arm nicht bewegen.

Der MedBot war nicht mehr zu sehen.

»Hallo!« Seine Stimme klang rau und schwach unter der Atemmaske, doch wenn außer ihm noch jemand auf der Brücke am Leben war, würde er es hören können.

»Alex?« Das war Charu. »Warte, ich versuche, zu dir zu kommen. Hier liegen überall scharfkantige Trümmer herum.«

»Es sieht nicht gut für uns aus, nicht wahr?«

»Nein, diesmal haben die Bastarde uns erwischt«, sagte Charu.

»Bist du okay?«

»Bis auf eine Platzwunde am rechten Jochbein habe ich den Abschuss unbeschadet überstanden.«

»Was ist mit den anderen?«

Charu schwieg einen Moment. »Bailin, Silvio und Igor hat es erwischt, fürchte ich. Wo ihre Liegen standen, ist alles zerstört. Madison habe ich schon gecheckt. Er ist bewusstlos, scheint aber ansonsten in Ordnung zu sein.« Charu stöhnte und fluchte, während sie sich einen Weg durch die völlig zerstörte Brücke zu Alex bahnte. »Zumindest hat er einen regelmäßigen Puls. Wie es mit inneren Verletzungen aussieht, kann ich nicht sagen.«

»Du bist schon länger wach?«

»Ich war gar nicht weggetreten. So, ich bin da!«

Alex konnte Charus Hand spüren, als sie ihm über das Gesicht tastete. »Oh, du hast eine Atemmaske auf. Gut! Hier drin wird langsam die Luft knapp. Wir müssen irgendwo ein Leck haben.«

»Ein Wunder, dass die Schwerkrafterzeuger noch funktionieren«, sagte Alex.

»Wahrscheinlich gibt es Notbatterien oder so was. Was ist mit Thoth?«

»Der scheint auch was abbekommen zu haben. Kannst du feststellen, was mit meiner linken Körperhälfte los ist? Ich kann mich nicht bewegen. Thoth oder besser gesagt sein MedBot hat mir wohl was gespritzt.«

»Warte Mal … oh … hm … du hast ordentlich was abgekriegt.«

»Was ist los?«

»Dein linker Arm ist nicht mehr da! Thoth muss dir als eine seiner letzten Aktionen ein starkes Schmerzmittel oder ein Lokalanästhetikum gespritzt haben. Du müsstest ansonsten schreien vor Schmerzen.«

»Oh, das klingt nicht gut. Aber warum leben wir überhaupt noch?«, wunderte sich Alex. »Die Zelkaner müssten die Nova schon längst geentert oder an Bord eines ihrer großen Schiffe genommen haben. Warum sind sie noch nicht hier?«

»Keine Ahnung, Alex. Ich bin auch nicht wirklich scharf darauf, einem dieser Typen über den Weg zu laufen. Sie können sich also ruhig noch Zeit lassen, bis sie uns hier finden. Was werden sie wohl mit uns machen?«

Alex gab keine Antwort. Es gab keine gute Antwort auf diese Frage.

Von irgendwoher erklangen Schläge wie von einem Hammer auf Metall.

»Wenn man vom Teufel spricht«, sagte Charu.

»Das klingt wie ein Andockmanöver«, sagte Alex.

»Dann werden sie bald hier sein. Was sollen wir machen? Uns ergeben oder kämpfen?«

»Womit? Wir haben wohl keine andere Wahl, als uns gefangen nehmen zu lassen, Charu. Zumindest ich habe keine Wahl. Ich liege hier ziemlich nutzlos herum und kann mich nicht bewegen. Du könntest versuchen, dich irgendwo zu verstecken. Vielleicht kannst du irgendwie und irgendwann heimlich abhauen.«

»Irgendwie, irgendwo, irgendwann. Habe ich irgendwo und irgendwann schon mal gehört. Zu viele 'Irgend' für meinen Geschmack. Du glaubst doch nicht wirklich, dass ich dich hier alleinlasse?«

»Ich will nicht, dass du …«

'Alex?'

Der Ruf war laut und deutlich und nicht zu überhören. Und auch die Stimme war unverwechselbar.

»Mireille?«, rief Alex durch die Atemmaske, so laut er konnte. »Was … wie zum Teufel kommst du …«

Ein Lichtfinger, der quer durch die Brücke der Nova strich, unterbrach ihn. Dann beleuchteten ein zweiter und ein dritter Strahl aus einer Lampe das Trümmerfeld, das noch vor Kurzem die Brücke eines Raumschiffs gewesen war. Nun sah es hier aus, als sei eine Bombe explodiert. Was so ähnlich auch passiert war.

Drei Figuren in Raumanzügen, jedoch mit offenen Helmen, kletterten vorsichtig über die überall herumliegenden, scharfkantigen Trümmerteile. Als einer der Lichtstrahlen auf das Gesicht der vorderen Gestalt fiel, leuchtete das blonde Haar einer Frau auf.

»Ich bin hier!« Alex hob den rechten Arm und winkte.

Mireille stürzte auf ihn zu und hielt erschrocken inne, als sie im Lampenschein die schwere Verletzung bemerkte. Auch Alex konnte nun zum ersten Mal sehen, wie es um ihn stand.

»Wieso bist du hier?«

»Ich habe ein eigenes Schiff, schon vergessen?«

Die beiden anderen Gestalten näherten sich ebenfalls und Alex erkannte nun auch sie. Marcel DeVille und Jarallor.

»Was macht ihr drei denn hier? Was ist mit den Zelkanern?«

»Die sind erledigt«, sagte Marcel. »Die hegemoniale Flotte ist in allerletzter Sekunde im Sol-System eingetroffen und wir haben gewonnen.«

»Wie genau …?«, wollte Alex fragen, doch Mireille unterbrach ihn.

»Dazu ist später noch genug Zeit. Jetzt schaffen wir euch erst mal hier raus und versorgen deine Wunden. Und dann erfährst du die ganze Geschichte!«

14. April 2094: im Sol-System an Bord der Orbitalstation

Alex scheuchte Mireille mit der rechten Hand weg, als sie schon wieder am Kissen in seinem Rücken herumfummeln wollte. »Ich bin nicht behindert, Schatz!«, protestierte er.

»Noch bist du es, Sturkopf! Bis du in ein paar Wochen deine Hightech-Prothese bekommst, bist du nur ein einarmiger Bandit!«

Alex stöhnte und verdrehte die Augen. Der Witz wurde langsam alt. Joy hatte ihn sich ausgedacht, als sie vorgestern im Sol-System angekommen war, und die beiden Frauen verwendeten ihn nun bei jeder passenden und unpassenden Gelegenheit.

Seit der Schlacht um die Erde waren drei Wochen vergangen. Die gerade hegemoniale Raumflotte war zwar gerade noch rechtzeitig eingetroffen, um das Schlimmste zu verhindern, dennoch gab es auf der Erde erschreckend viele Opfer zu beklagen. Die Zelkaner hatten Kairo und Nowosibirsk ausgelöscht. Fast vierzig Millionen Tote waren die Folge gewesen. Nur den sofort herbeigeeilten Wissenschaftlern der Hegemonie war es zu verdanken, dass die Radionuklide, die ansonsten weite Gebiete auf Jahrzehnte, wenn nicht Jahrhunderte unbewohnbar gemacht hätten, hatten neutralisiert werden können. Darüber hinaus war es ihnen gelungen, viele der Strahlenopfer zu retten, die ansonsten qualvoll gestorben wären.

Alex hätte erwartet, dass die Menschen nach dem Angriff der Zelkaner ihrer neuen galaktischen Rolle ablehnender gegenüberstehen würden und sich die Stimmung gegen die Mitgliedschaft in der Hegemonie von Krayt verstärken würde, doch erstaunlicherweise war genau das Gegenteil der Fall. Die Rettung der Erde durch die Flotte der anderen elf Völker und die seitens der Hegemonie erfolgten enormen Anstrengungen, die Auswirkungen des Angriffs zu gut wie möglich zu mildern, hatte die Zustimmung in neue Höhen getrieben. Mehr als zwei Drittel der Menschen bewerteten die Mitgliedschaft nun positiv und nur noch eine kleine Minderheit war strikt dagegen. Auch die anfängliche Ablehnung, die Mireille in ihrer Rolle als Gouverneurin entgegengeschlagen war, hatte sich abgeschwächt. Etwas mehr als die Hälfte äußerte sich nun positiv über sie, nur ein Drittel war nach wie vor nicht davon begeistert, eine nicht demokratisch legitimierte Regierungschefin zu haben. Sicher spielte es auch eine Rolle, dass Mireille nach der Katastrophe nicht nur die richtigen Worte gefunden, sondern einen großen Teil ihres Privatvermögens in den Hilfs- und Wiederaufbaufond eingebracht hatte.

So kann aus etwas Schlechtem doch auch etwas Gutes erwachsen, dachte Alex.

Charu Prasad hatte die Zerstörung der *Goldenen Nova* fast unverletzt überstanden und auch Henry Madison hatte nur ein paar Schrammen davongetragen. Wang Bailin, Silvio Martelli und Igor Toljak hatten von ihren jeweiligen Regionalregierungen Staatsbegräbnisse erhalten und galten nun als Helden der Menschheit. Alex fand es bedauerlich, dass den fast fünfzehnhundert Frauen und Männern an Bord der zehn vernichteten terranischen Kampfschiffe nicht in ähnlicher Weise persönlich gedacht wurde.

Drei namentlich bekannte Tote sind Helden,

fünfzehnhundert anonyme Opfer sind eine Statistik, dachte er traurig.

Die *Goldene Nova* war nicht mehr flugtauglich. Weder die Wissenschaftler, Ingenieure und Techniker der Hegemonie noch die der Terraner verfügten über das notwendige Wissen, um Reparaturen an den exotischen Aggregaten vornehmen zu können. Vielleicht konnte man einige Prinzipien erkennen und übernehmen und sie im Reverse-Engineering in eigene Erfindungen umsetzen, doch eine vollständige Instandsetzung des Schiffes der *Ersten* war ausgeschlossen. Die Nova würde den Hangar auf dem Gelände der SFN in Bordeaux, wohin man sie mühevoll hatte schleppen können, nie wieder verlassen.

Thoth war eine andere Sache! Es war gelungen, große Teile der Speichereinheiten und Quantenmatrizen zu sichern und aus dem Computersystem der Nova zu extrahieren. Wissenschaftler der Hegemonie waren derzeit dabei, die geretteten Daten in die Quantenspeicher der *Albert Einstein* zu übertragen. Zu Alex´ Freude hatte das Schiff die Schlacht unter Laskarons Führung unbeschadet überstanden. Da die Quantenmechanik universelle Gültigkeit besaß, waren die Computersysteme der Nova nicht ganz so fremdartig und mysteriös wie der Rest der Technik der *Ersten*. Wie viel von Thoth man damit hatte retten können, würde sich noch zeigen müssen. Die Aktivierung der entsprechenden Quantencomputerbänke und erste Versuche einer Kommunikation sollten in den nächsten Tagen stattfinden.

»Hey, alter Mann!« Joy stürmte in die Suite auf der Orbitalstation, die Alex für die Dauer seiner

Rekonvaleszenz zur Verfügung gestellt worden war. Sie lag unmittelbar neben Mireilles Wohnbereich und hatte ebenfalls einen Transparentschirm anstelle einer Außenwand. Alex hatte sich inzwischen daran gewöhnt, doch Joy warf der scheinbar offenen Wand einen misstrauischen Blick zu.

»Hey, Mireille«, sagte sie und nahm ihre Adoptivmutter kurz in den Arm, was Alex mit einem erstaunten Stirnrunzeln quittierte. Mireille zwinkerte ihm über Joys Schulter hinweg fröhlich zu. Joy war nicht dafür bekannt, besonderen Wert auf körperlichen Kontakt und die Zurschaustellung ihrer Gefühle zu legen.

Alex freute sich darüber, dass sie zu einem unbeschwerteren Umgang mit ihm und Mireille zu finden schien.

»Ich muss leider morgen wieder zurückfliegen«, sagte Joy. »Hollmuk springt mir an die Gurgel, wenn ich nicht pünktlich in der Akademie bin.«

Es war dem Hegemon persönlich zu verdanken gewesen, dass Joy einen Sonderurlaub erhalten hatte. Nachdem das Ergebnis der Schlacht nach Kraytar-Prime übermittelt worden war, hatte Joy für achtundzwanzig irdische Tage – ein Monat auf Kraytar-Prime – eine Ausgangserlaubnis erhalten. Da der Hin- und Rückflug bereits vierundzwanzig Tage in Anspruch nahm, blieben nur vier Tage für den eigentlichen Besuch auf Terra. Doch Joy, Mireille und Alex hatten sich gefreut, wenigstens für kurze Zeit wieder vereint zu sein.

»Ich werde leider deinen *Winter-Soldier*-Arm nicht mehr erleben«, sagte Joy und grinste. Sie hatte Mireille und Alex diese Bezeichnung erst erklären müssen. Sie stammte aus einem uralten Hollywood-Schinken über sogenannte *Avengers*. Einer von ihnen, der als *Winter Soldier* bezeichnet wurde, besaß ebenfalls einen künstlichen Arm.

Alex nahm sich vor, sich diesen antiquarischen Film demnächst einmal anzusehen. Vielleicht konnte er etwas von diesem *Winter Soldier* lernen.

Die Tür zu Alex´ Suite öffnete sich erneut. Jarallor trat ein und watschelte auf die Dreiergruppe zu.

»Wie geht es Ihnen heute, General Walker?«

»Das hängt auch davon ab, was Sie zu berichten haben, mein Freund.«

Mireille hatte Jarallor beauftragt, ein Briefing über die zu erwartende Reaktion des Zelkanischen Imperiums vorzubereiten. Es war wichtig, zu wissen, ob man alsbald mit einem erneuten Angriff zu rechnen haben würde.

»Ich bringe gute Nachrichten«, sagte Jarallor. »Unsere Spione auf Zelka berichten, dass dort eine umfangreiche Säuberung eingesetzt hat. Der Konziliar ist angesichts der Niederlage extrem ungehalten und sucht nach Schuldigen. Galaxienträger erster Klasse Kolak Potera, quasi der Verteidigungsminister des Imperiums, wurde schon seit einigen Tage nicht mehr gesehen. Es wird vermutet, dass er hingerichtet wurde. Galaxienträger zweiter Klasse Erak Workat, der den Angriff auf die Erde befehligt hat, steht unter Hausarrest und ihn wird wohl bald das gleiche Schicksal ereilen. Angeblich gibt es außerdem ein Stühlerücken im Konzil selbst. Der Konziliar nutzt anscheinend die Gelegenheit, um sich auch noch anderer Widersacher zu entledigen.«

»Was bedeutet das für uns?«, wollte Mireille wissen.

»Das Imperium wird auf absehbare Zeit mit sich selbst beschäftigt sein«, erklärte Jarallor. »Bis sich die Machtverhältnisse wieder stabilisiert haben, dürfte gut ein irdisches Jahr vergehen. Bis dahin ist mit weiteren militärischen Abenteuern nicht zu rechnen.«

Alex konnte ein Aufatmen nicht unterdrücken und auch Mireille sah erleichtert aus. Die Menschen brauchten dringend eine Ruhepause nach den Turbulenzen der letzten sechs Monate.

»Zeit für einen Neuaufbau und dafür, unsere Rolle in der Hegemonie von Krayt zu definieren«, sagte Mireille.

»Und Zeit, uns darauf vorzubereiten, dass eines Tages die Zentrumsmächte vor der Tür stehen werden«, warnte Jarallor. »Wir dürfen auch nach diesem Sieg nicht vergessen, dass dort draußen noch andere Gefahren lauern. Denn eines steht fest: Dies wird nicht die letzte Bewährungsprobe gewesen sein. Andere, noch größere Herausforderungen werden unweigerlich auf die Menschheit zukommen!«

ENDE
von Teil 2

Personenregister:
(die wichtigsten handelnden Personen)

Joycelyn 'Joy' Bernard

Die junge Engländerin ist im Alter von 12 Jahren aus einem Waisenhaus in London geflohen und hat seitdem als Straßenkind gelebt. Hochintelligent und inzwischen eine der besten Hackerinnen der Erde. Als 16-jährige von Mireille Bernard und Alexander Walker adoptiert. Mit 17 Jahren in die Spaceforce Academy der Hegemonie von Krayt aufgenommen.

Mireille Bernard

39-jährige CEO und Mehrheitsaktionärin der *Société de Fusion Nucléaire* (SFN), eines der größten Konzerne der Erde. Studium in Physik und Wirtschaftswissenschaften. Vom Hegemon zur Gouverneurin auf Lebenszeit über das Sol-System ernannt.

Alexander Walker

45-jähriger ehemaliger Astronaut der ESA. Lebensgefährte von Mireille Bernard und Chef der SFN-Raumflotte. Nach der Aufnahme der Erde in die Hegemonie von Krayt zum *Zweiten Schild* (General) und Oberbefehlshaber der Terranischen Raumverbände ernannt.

Charu Prasad, Igor Toljak, Wang Bailin, Silvio Martelli, Henry Madison

Besatzung der *Goldenen Nova*. Nicht unbedingt dicke Freunde.

Thoth

Bordcomputer der *Goldenen Nova.* Nicht unbedingt immer ehrlich. Thoth ist *keine* KI, da er weder empfindungsfähig ist noch über ein Ich-Bewusstsein verfügt – was man im Gespräch mit ihm aber gerne vergisst!

Hakir Alt´kranor

Spezies: Krayt. *Erstes Schild* (Admiral) der achten Flotte der Hegemonie. Derzeit im Sol-System stationiert. Manchmal ein netter Kerl.

Lanti Gok´zern

Spezies: Krayt. Hegemon auf Lebenszeit und Herrscher über die Hegemonie von Krayt. Scheint ein netter Kerl zu sein.

Jarallor:

Spezies: Trakon. Ehemaliger Protektor des Sol-Systems und nun Berater von Mireille Bernard. Ist ein netter Kerl.

Laskaron

Der Barox ist Alexander Walkers rechte Hand und erster Offizier (XO) auf der *Blitz von Gwalthir* und später auf der *Albert Einstein* – er ist sozusagen Walkers '*Will Riker*'.

Mitgliedsvölker der Hegemonie von Krayt:

Krayt:

Zwei Meter große, ursprünglich amphibische Spezies. Der Körper ruht auf sechs Extremitäten, die ähnlich wie die Arme eines Oktopus extrem beweglich sind und sowohl als Beine wie auch als Arme eingesetzt werden können. Auf dem relativ kleinen, spindelförmigen Körper sitzt auf einem kurzen Hals ein Kopf, der mit seiner Schnauze und den beiden Schlappohren verblüffend an einen irdischen Dackel erinnert. Lediglich die vier rings um den Kopf verteilten Augen stören diesen Eindruck. Der gesamte Körper ist mit einem kurzen, braunen Fell überzogen, was die Ähnlichkeit mit einem Dackel noch verstärkt.

Trakon:

Schlanker, humanoider Körperbau mit zwei Armen und Beinen, deren Gelenke jedoch in alle Richtungen beweglich sind. Ein dichter, grüner Flaum bedeckt den gesamten Körper. Der kugelrunde Kopf wird von zwei seitlich angebrachten Stielaugen beherrscht, die ähnlich wie bei einem Chamäleon unabhängig voneinander bewegt werden können. Die Nase über den wulstigen Lippen ähnelt einer winzigen Trompete.

Chrish:

Zwei Meter große Insektoide, die einer irdischen Kakerlake ähneln. Ein brauner Chitinpanzer umgibt den gesamten Körper. Chrish laufen aufgerichtet auf vier dünnen, aber kräftigen Beinen und verfügen über zwei Arme mit Krallenhänden. Der Kopf weist zwei kurze Fühler, zwei Facettenaugen und einen hornigen Mund mit zwei Mandibeln auf.

Schurak:

Wasserbewohner. Ähneln im Körperbau einem irdischen Hummer von einem Meter Länge. Besitzen sechs Beine, verfügen jedoch anstelle der Zangen über zwei Arme, die in filigranen Fingern enden. Ledriger, schwarz-brauner Körper. Schurak verlassen selten ihre Heimatwelt und sind kaum an Bord hegemonialer Schiffe anzutreffen.

My'lasch:

Etwa einen Meter große, von Nagern abstammende Spezies. Laufen vorwiegend auf ihren vier Extremitäten, können sich jedoch auch aufrichten und die beiden vorderen Gliedmaßen als Arme und Hände verwenden. Aufgerichtet ähneln sie mit ihrem grauen Fell, den beiden nach vorn gerichteten Augen, der spitzen Schnauze und den beiden seitlich am Kopf sitzenden 'Segelohren' einem irdischen Erdmännchen.

Friem:

Ein fast drei Meter langer, sechsbeiniger, massiger Alien mit zwei kräftigen Armen, die in Händen mit vier überraschend filigranen Fingern enden. Der tonnenförmige Körper mit seiner dicken Fettschicht und der grauen Lederhaut ähnelt dem eines Seelöwen. Der halslose Kopf mit der spitzen Nase, den beiden dunklen, runden Knopfaugen und den Schnurrhaaren seitlich der Schnauze, in der eine weißliche Kauleiste schimmert, vervollständigt diesen Eindruck.

Paschtarur:

Paschtarur sind Cyborgs unterschiedlicher Größe und Form. Ihr Gehirn steuert den Robotkörper über ein komplexes Neuro-Interface. Die Originalkörper der eingeschlechtlichen Pilzabkömmlinge, die sich über Sporen vermehren, sind fast unbeweglich, schwammartig und unregelmäßig geformt.

Barox:

Die menschenähnlichste Spezies unter den Mitgliedern der Hegemonie. Körpergröße und -form sowie die vier Extremitäten und die Statur entsprechen völlig denen eines Menschen. Zwar weist die Haut eine schwach rötliche Tönung auf, doch dies könnte ein Beobachter auch auf einen leichten Sonnenbrand zurückführen. Ansonsten unterscheidet einen Barox äußerlich nur die vollständig fehlende Körperbehaarung von einem Terraner.

Kerak:

Reptiloide Spezies, die einer aufrecht gehenden Eidechse ähnelt. Schuppige, braun-grüne Haut, zwei Arme mit dreigliedrigen Händen, einem Kopf mit zwei Glubschaugen und einer spitzen Schnauze. Hinter den dünnen, hornigen Lippen befinden sich zwei Reihen messerscharfer Zähne.

Holv:

Eine aviane Spezies. Durchschnittlich 1,50 Meter groß, auf zwei kurzen, stämmigen Beinen. Die im Lauf der Evolution zu Armen umgewandelten Flügel tragen am Ende dreigliedrige Hände, sind jedoch nach wie vor ebenso wie der Rest des Körpers rosarot befiedert. Der auf einem extrem beweglichen, langen Hals sitzende Kopf trägt zwei Knopfaugen und einen langen, spitzen Schnabel.

Goo´maht:

Eine von einer Wüstenwelt stammende Spezies, die am besten mit dem Begriff Spinnenkrabbe umschrieben wird. Nur ungefähr einen Meter hoch, wobei der weniger als einen Meter durchmessende, fast runde, aber sehr flache Zentralkörper auf sechs Beinen ruht, die einen Goo´maht insgesamt auf eine Spannweite von fast zwei Meter bringen. Die Sinnesorgane ruhen oben auf dem mit einem harten, roten Panzer überzogenen Zentralkörper. Auch die insgesamt acht Gliedmaßen sind von einer harten Schale umhüllt. Sechs Facettenaugen verleihen einem Goo´maht Rundumsicht und die beiden rechts und links am Zentralkörper angebrachten Arme enden in je sechs filigranen Fingergliedern.

Danksagung:

Wenn man seit über einem Jahr vorwiegend zuhause sitzt, nicht verreisen kann oder darf und sich danach sehnt, endlich wieder etwas anderes als die eigenen vier Wände sehen zu können, dann sind Bücher die beste Alternative zu Flugzeugen oder Kreuzfahrtschiffen. Wie sonst könnte man ferne Länder besuchen und aufregende Abenteuer erleben, ohne sich gleichzeitig der Gefahr durch ein gefährliches Virus aussetzen zu müssen.

Bücher sind eine Reise für die Vorstellung und den Geist! Sie erlauben den Blick auf ferne Welten aus der Bequemlichkeit des heimischen Sessels. Und ganz besonders die Science-Fiction eröffnet hierbei Möglichkeiten, die kein anderes literarisches Genre bieten kann. In Gedanken reisen wir hier nicht nur ans Meer, in die Berge oder in die Wüste, sondern in ferne Galaxien oder auf andere Planeten, wo wir Kulturen kennenlernen können, die fremdartiger sind als alles, was unsere Erde je hervorbringen könnte.

Diese Welten zu erschaffen ist ebenfalls eine Reise, jedoch eine, die man niemals alleine antritt. Sehr viele Begleiter sind auf dieser Reise notwendig, um sie zu einem guten Abschluss bringen zu können.

So auch auf dieser Reise! Ich bedanke mich bei all meinen Begleitern, die mir dabei zur Seite gestanden haben, besonders bei meiner langjährigen Lektorin Birgit Böckli, die jede meiner Reisen bunter, vielfältiger und gleichzeitig interessanter gemacht hat – so auch diese.

Aber natürlich muss mein größter Dank denjenigen gelten, die es mir überhaupt erst ermöglichen, immer wieder auf diese gedanklichen Reisen in die Weiten des Universums zu gehen. Meine treuen Leser, denen ich mit meinen 'Reiseberichten' hoffentlich ein paar unterhaltsame und freudige Stunden bereiten, und die derzeit nicht sehr vergnügliche reale Welt für einige Zeit vergessen lassen kann.

Sollte Ihnen diese Reise, diese Geschichte gefallen haben, so würde ich mich wie immer über eine positive Bewertung bei Amazon sehr freuen!

Danke, und bleiben Sie gesund!

Cliff Allister
Tsada, Zypern, im April 2021

Printed in Germany
by Amazon Distribution
GmbH, Leipzig

25836712R00192